小路幸也

スローバラード
Slow ballad

実業之日本社

実業之日本社文庫

CONTENTS

東京・北千住の一角に弓島大（ダイ）の生家はあった。さほど大きい敷地ではないが、祖父が建てた和洋折衷の小さな家と、向かい合うように建てられた平屋で純和風の家。中庭には祖父が植えたという桜の老木が、毎年遅咲きの花を咲かせていた。ダイは、祖父母が亡くなった後の家で、大学でバンドを組んだ淳平、ヒトシ、ワリョウ、真吾と暮らし若き日を過ごし、淳平と恋人になった緒川茜の事故死を経験した。それから二十数年後、真吾の葬儀に集まった淳平、ヒトシ、ワリョウとともに、あの日々へと思いを馳せるロングドライブをする（『モーニング』で語られる大学生だったダイと仲間の日々と、四十五歳になった仲間との再会の一日）。

　若き日は過ぎ、大学を卒業してそれぞれが社会人となりそれぞれの人生を送り、広告会社に就職したダイは恋人であった夏乃との永遠の別れを経験。退社し家を改装して〈弓島珈琲〉を開き喫茶店のマスターとして過ごしていた。両親の友人であった元女子プロレスラーの丹下、ビリヤード場を経営する苅田、常連の高校生純也や香世などと平穏な日々を送っていたが、そこにやってきた近所の子供である芳野みいなに、姉のあゆみを捜してほしいと頼まれたことから、部屋を貸していた刑事の三栖とともになったダイと店の常連仲間が巻き込まれる事件）。
に夏乃との別れと再び向き合うことになる（『コーヒーブルース』で語られる二十歳

時が流れ、年配者はさらに年を重ね、若者は大人へと成長した。ダイも四十歳にな
ろうとしていた。ある夜に、相変わらず平屋に住みダイと日々を過ごしている刑事の
三栖良太郎（りょうたろう）が失踪したと、部下の甲賀芙美（こうがふみ）から知らされる。時を同じくして、大学生
になったあゆみから親友が無断欠席をしていて心配なのだという相談を持ち掛けられ
る。まったく別と思われていた失踪事件はやがて暴力団組長である松木孝輔（まつきこうすけ）を通じて
ひとつになっていった。社会人となった純也、過去を乗り越えた橋爪（はしづめ）、ダイを慕い続
けるあゆみらと共にダイは二つの失踪事件を追うことになる（『ビタースイートワル
ツ』で語られる四十歳になろうとしているダイとその仲間たちの友情と悔恨の物語）。

※　※　※

そして、五十歳を越えたダイとその仲間たちに、〈弓島珈琲〉に、またひとつの事
件が持ち込まれる。

二〇一四年四月。

1

ひらひらと桜の花びらが一枚、カウンターの上に落ちた。

一息つこうとコーヒーカップを持って、カウンターの端の椅子に座ったときだ。

クロスケが、ひょい、とカウンターの上に乗ったのとほぼ同時だったから、まだ地面のどこかに残っていた花びらがクロスケの身体についていたのかもしれない。

月曜の朝。

モーニングのコーヒーやトーストを食べて出勤していくサラリーマンの常連さんたちで賑やかになる朝のひとときが終わって、九時を回ると〈弓島珈琲〉はしばらくの間、静かになる。お客がいないとカウンターを歩いておやつをねだってもいい、と、クロスケは理解していて、おやつが入っているガラスの壺に手を伸ばして、ちょんちょん、と触る。最近のお気に入りは焼きささみというやつだ。

壁のＪＢＬのスピーカーから流れてくるのは、さっきあゆみが掛けたエリック・クラプトンの〈SLOWHAND〉。トーンアームの針が拾うＬＰの細かな雑音は、昔ならレコードの溝に埃がついているんだなと気になったが、デジタルデータ全盛の今となっては、その雑音がまるで温かなハミングのようにも聞こえる。

最近はレコードの、LPの復権を告げる声があちこちから届いていて、この十数年頑なに店でLPを掛け続けてきた身としては嬉しい限りだ。もちろんMacやiPhoneにはダウンロードした膨大な数の曲が詰まってはいるんだが、店で聴くならやっぱりアナログに限る。いちいちレコードのA面だB面だと引っ繰り返して針を落とすのは面倒だろうという人もいるが、それもまた店に流れる時間の、重要なアクセントになっていると思う。

そんなことを言うのは年寄りだから、というのは、もちろん自覚している。

開け放した中庭に面する扉から、春らしい香りを含んだ風が店の中に静かに流れ込んでくる。その風に、店に漂うミートソースの匂いとコーヒーの薫りが混じりあっていく。

いつもの、朝。

クロスケにささみをあげた丹下さんの、よっこいしょ、という声が響く。

「あの桜も終わって、五月になるね」

カウンターの中の木製の丸椅子に座りながら、丹下さんが外を見て言う。

「そうだね」

中庭の真ん中にある桜は、どういうわけかわからないけど、かなり遅咲きだ。いつも四月の中旬以降に咲き出す。近所の常連のお年寄りはここの桜が咲いて眼を楽しませてくれて、そして散っていくとそろそろゴールデンウィークだね、とか、もう五月になるんだねと話す。

「桜の絨毯（じゅうたん）も消えてきたねぇ」

「うん」

枝ぶりもいいここの桜は本当にきれいに、絵になる形で咲き誇る。四方に枝を広げてまるで傘のようになってたくさんの花をつける。散ってしまっても、文字通り庭に桜の絨毯を広げたようになって店の周りの空気を桜色に染めてくれる。

それが風に乗って飛ばされ、あるいは色あせ、だんだんと芝が見えるようになると四月も終わるんだと実感する。

「『あと何年見られるかねぇ』は言わないでね丹下さん」

あゆみが皿を拭きながらそう言って、三人で少し笑った。この時期の丹下さんの口癖だ。

『私はあと何年あの桜を見られるかねぇ』

もう十年、いや十五年以上その台詞（せりふ）を春のこの時期に言っているけど、まだまだ丹下さんは元気だ。こうやってカウンターの中で、ミートソースを仕込んだ寸胴（ずんどう）鍋に木のへらを差し込んでぐるぐる回していられる。

　でも、その大きな寸胴鍋を持ち上げるのは私の役目になって、もう数年。今は、ときには明（あきら）や翔太（しょうた）が持ち上げてくれる。

　無敵の肉体を誇った元女子プロレスラー〈キラー・ザ・怒子（どこ）〉こと丹下さんも、今年で八十一歳だ。めっきり老け込んでしまった。でももう仕事は、少なくとも身体に負担が掛かるようなことはしなくてもいいんだよ、と、言ったら怒られてしまう。

　怒られるし、丹下さんがカウンターの中でミートソースを作っていない〈弓島珈琲〉は〈弓島珈琲〉ではない、とまで最近は言われてしまう。今の時間はこうしてのんびりしていられるけれど、十一時半を回る頃にはミートソーススパゲティを食べに来るお客さんで一杯になる。本当に、大忙しなんだ。

　きっかけは、二年前のテレビ。

　淳平だ。大野（おおの）淳平。

　大学時代、まだこの店が亡くなった祖父母の家のままだった頃にバンドを組み、淳平と私、ワリョウとヒトシと真吾の五人で一緒に暮らした仲間。

　今では実力派の人気俳優となった淳平が、珍しくお昼のバラエティ番組に出た。そういうのは苦手だと人気が出てからも出演しないようにしていたらしいのだが、人生初の主演映画の宣伝のために一大決心して出たらしい。

そこで、淳平のプライベートがあれこれ紹介された。

大学生の頃には東京に住んだこともあるけれど、長年横浜に住んでいる。

皆さんご存知の通り元国立美術館キュレーターでタレントの花凜さんが奥さんである。

夫婦二人の暮らしを楽しんでいて、芸能界でも有名なおしどり夫婦と言われている。

そういう誰に知られても支障のない話だ。

そして淳平は、プライベートで訪れるお店として、うちを、〈弓島珈琲〉を紹介したんだ。テレビクルーの皆さんが大挙してやってきてロケまでした。丹下さんの作るミートソーススパゲティが絶品で、一度食べると定期的に食べたくなってしょうがない、と笑顔で話した。

それで、細々とやっていた北千住の小さな喫茶店にどっとお客さんが押し寄せるようになってしまったんだ。一時期はテレビに出る前と比べるとお客さんの数が十倍以上にもなった。

さすがにそれから二年も経つと客の数は減ったものの、丹下さんのミートソースのファンは倍増、いや五倍増ぐらいしてしまい、店の売り上げも増し続けたままだ。

非常にありがたい話で、あゆみとも淳平には大いに感謝していたんだけど、新しいお客さんはほぼ全員、丹下さんがここのママだと思っているようだ。私はその息子か、あるいは雇われ店長ぐらいにしか思われていない。あゆみに至っては近所に住んでる奥さんがアルバイトか何かしているんだろうと。

まぁ実質そんなようなものだから特に訂正もしないでそのままにしてある。

カラカラと音がして、隣の古い日本家屋の縁側のガラス戸が開いて、翔子ちゃんがサンダル履きで店にやってくる。その後ろから出てきたのは、双子の弟の翔太。

「おはようございます！」

「おはよう」

「朝ご飯、お願いします」

「待ってね」

あゆみがこくん、と頷く。

「明くんは？」

「トイレ行ってます。今来ますよ」

翔太が答える。翔太の癖毛は神様が冗談にやったんだろう、というぐらいにくるくるだ。特に朝起き抜けは、パーマを掛けてもこんなにきれいにはならないだろうというぐらいにすべての髪の毛が丸まっている。双子のお姉さんの翔子ちゃんがストレートの奇麗な黒髪なのはどこで遺伝子が違ったのか。

目玉焼きとベーコン、たっぷりのポテトサラダとレタスなどの野菜、日替わりのスープに厚焼きトースト。いつもの、朝食メニュー。

三人が隣の家で下宿を始めると決まったときに、朝はパンか白米かどちらがいいのか訊いたら三人ともパンだったので、ずっとそのパターンだ。もちろんときにはフレンチトーストにしたり、クラブハウスサンドにしたりと、食事付きの下宿らしくバリエーションは出している。

寝ぼけ顔の明もすぐにやってきた。

「おはようございます」

「おはよう」

父親のワリョウに似ないで、背が高い。自称一八九センチだが、たぶん一九〇センチは超えている。もう少し体格が良ければ立派な身体だと言えるんだが、あいにくとひょろひょろと細い。そして、思いっきりインドア派の男だ。

「明くんもしっかり食べられる？」

あゆみが訊くと、小さく笑って頷いた。

「食べます」

「おや」

おばあちゃんのような優しい笑みで三人を見ていた丹下さんがふと外を見て、その顔に今度はにやり、という笑みが浮んだ。振り返ると、スーツ姿の三栖さんが中庭から店に入ってきた。

「しばらくぶりじゃないか三栖の旦那」

「先週の水曜に来たでしょう。すっかりボケたんですか」

苦笑いしながら、三栖さんが皆に軽く手を振りながら言う。

「うるさいよ。あたしの中ではあんたは毎日来なかったら久しぶりなんだよ」

「いつの話ですか」

皆で笑う。

「おはようございます三栖さん！」

三人の声が揃う。警視庁の警部。しかも俳優顔負けの渋さを誇る三栖さんは三人の間でも人気抜群だ。特に翔子ちゃんはこんな渋くてカッコいいお父さんが欲しかったといつも言う。

「三羽ガラスの朝飯と一緒になったか。俺もポテトサラダだけもらおうかな」

カウンターのスツールに、翔子ちゃんの隣に座りながら三栖さんが言う。

「朝ご飯は食べてきたんでしょう？」

訊いたら、頷いた。

「あゆみちゃんのポテトサラダは絶品だからな。俺はもうマカロニが入っていないポテトサラダは食べられない身体になってしまった」

翔太がそのくるくるヘアーを大きく揺らして頷いた。

「俺もそう思います！　他の店で出てきたポテトサラダ残しますもん！」

「食べものを残すなお前」

翔子ちゃんがツッコんで頭を叩く。私は兄弟姉妹がいないので、双子の姉弟とはこんなにも仲良くて賑やかなものかと、いつも楽しそうでいいなと思う。

「はい三栖さん」

コーヒーを入れたマグカップをそのまま眼の前に置く。ブラックなのだからスプーンも皿もいらないといつも言うからだ。お金を取る身としては一応体裁は整えたいのだが、他にお客さんもいないのだからまぁいいかといつもそうしている。

三栖さんは小さく頷き、そのままカップを持って、中庭に置いたテーブルに移動していく。煙草を吸うんだろう。煙草を吸わない、そしてこれから朝ご飯を食べる若者たちに遠慮したんだ。

〈弓島珈琲〉は〈喫茶店〉だ。つまり、煙草とコーヒーを自由に楽しめる店だが、時流に抗えずにランチタイムの十一時半から二時までは禁煙にしている。その他の時間も、喫煙者の常連には、たとえば食事をしている人が近くにいたならば節度を持って楽しんでほしいと頼んでいる。

ただ、中庭に置いたテーブルではいつでも喫煙可能だ。ポテトサラダとフォークとお冷(ひや)をトレイに載せて中庭に出て、テーブルに置いた。

「一人じゃ淋(さび)しいでしょう」

そのまま隣の椅子に座って、煙草に火を点(つ)けた。三栖さんがにやりと笑う。

「お前が吸いたいだけだろう」

「さっさと出勤しなくていいんですか？」

「定年間近の刑事なんてな」

そう言って煙草の煙を流す。

「書類仕事ばかりでつまらなくてしょうがないんだよ」

ネクタイを緩めて、笑う。最近の三栖さんの口癖がそれだ。曰(いわ)く、現場から遠ざけられて閑職だと。毎日がつまらなくてしょうがない。何か俺が動ける事件は起こらないものかと物騒なことを言う。

奥さんの芙美さんが食事にも気を使っているので相変わらずスリムで、そして鍛えている雰囲気の体形に変わりはないけれども、三栖さんもそろそろ還暦に手が届きそうだ。若い頃より少し長めにしている髪の毛は白髪が半分以上混じっている。顔にも年齢を感じさせる皺(しわ)が目立つようになってきた。

それを考えると、自分もそれだけ年を取ったのだと思う。

今年で五十三歳になる。もちろん淳平もワリョウもヒトシもそうだ。おじさんの仲間入りをして久しい。死んでしまった者たちだけが年を取らずにそのままの姿で思い出の中に居続ける。

「それでも忙しかったんじゃないですか？」

丹下さんが言っていたように、いつもは出勤前に必ず顔を出すのに先週の水曜から来ていなかった。三栖さんは肩をひょいと竦める。

「事件じゃない。このところお偉いさんとの野暮用ばかり多いのさ。鬱陶しくてしょうがない」

「事件じゃないことで忙しいのはいいですよ。ボケ防止になりますよ」

「その通りだな。〈弓島珈琲〉も商売繁盛でけっこうなことだ」

笑ってから、店の中を見た。

「考えてみりゃ、あの三羽ガラスが来てから店が賑やかになったようなもんだな」

コーヒーを一口飲み、カウンターで賑やかに朝ご飯を食べている下宿人三人をあごで示して三栖さんが言う。

「そうですね」

金沢在住の明が、ワリョウの長男の美園明が、東京のS大学に合格したのが三年前。東京で安くていい下宿やアパートを探しているんだけど、と、ワリョウに相談されて、それなら家に来ればいいと言った。

かつて私の両親が住み、バツいちの三栖さんが間借りしていた店の隣の日本家屋は、三栖さんが結婚して新居を構えてからはほとんど空き家同然だった。もし明が住んでくれるなら家賃はいらないと言ったのだが、ワリョウはいくらなんでもそれは申し訳ない。いくらかは取ってくれというので、ならばと下宿形式にしたんだ。

毎月食費として二万円貰う。朝と夜は店であゆみが食事を作るのでそれを食べてくれればいい。さやかを産んでから育児に専念したいと弁護士を休業していたあゆみも、ぜひ下宿のおかみさんをやってみたいと言ってくれた。

そこに、ひょんなことから大学で明と親しくなった北海道出身の翔太と翔子ちゃんも転がり込んできた。昔の、ワリョウやヒトシ、淳平と真吾のようにだ。事情が事情だったので快くそれを許可して、今では三人で仲良くあの家で下宿生活を楽しんでいる。

明が下宿人になったというので、淳平や花凜さんも仕事で東京に来たときには、よく顔を出すようになった。

俳優やタレント、芸能人というのは、きっと人気や実力がつけばつくほど自分でも気がつかないうちにオーラみたいなものを出すんだろう。人を呼び寄せるのだろう。淳平や花凜さんが店に顔を出せば出すほど、何もしないでも客が少しずつ増えていった。

そうして、あの番組だ。〈弓島珈琲〉は【懐かしい味のミートソースを出す隠れた名店】として、その手の情報誌にも名前が載るようになってしまった。

「来年、あいつらが卒業しても下宿は続けるのか？」

「いや、それはないですね」

下宿屋で生計を立てる気にはとてもなれない。さやかに手が掛からなくなれば、弁護士業を再開したいとあゆみは言っている。私一人じゃ、喫茶店の親父に加えて下宿の管理人業は手に余る。

「これで、智一でも東京の大学に入って、明と同じようにここに下宿したいと言えば別ですけど」

「あぁ」

ヒトシの長男の智一だ。三栖さんが頷く。

「智一な。今は高一だったか？」

「今年二年生です。それに、来年はさやかも小学生ですからね。自分の部屋も必要になるでしょう。そうなったら向こうの家も使うだろうし」

「そうだな。店の二階だけじゃ手狭になるな」

そう言ってポテトサラダを旨そうに三栖さんは食べる。下宿していた頃は五人前のスパゲティをぺろりと平らげたけど、今では一人前でも多いと言っている。きれいに食べて、コーヒーを飲んで、また煙草に火を点けて、それから何か含みを持たせたように笑った。

「何ですかその笑い」

「いや、もういいだろうから言っちまうがな」

「何を」

「明をここに住まわせればいい。遠慮するな、とお前がワリョウに言ってしばらくしてから電話があったんだ」

「三栖さんに？　ワリョウから？」

私を通じて知りあった二人だ。親しくなって七、八年は経つだろうが、電話することなど滅多にないだろう。

「以前に下宿していたときにはいくら払っていたのか、本当にそんなに甘えていいものかってな。だから言っておいた。気にすんな俺なんか一万五千円しか払ってなかったんだから、お前とダイの間柄ならただでいいってな」

「そんなこと言ってたんですか」

三栖さんが苦笑いして頷く。

「いくら親しい仲とは言え、さすがに自分の息子の下宿代も満足に出せないみたいになってしまうのは、男として、親としては、親友に対して微妙に気恥ずかしかったり、心苦しかったんだろうさ」

そうだ。ワリョウはそういう男だ。軽く、今風に言うならチャラく振る舞うのはいつも何かを隠すためだった。人一倍周りに気を遣って、自分の感情を隠して明るさを振りまく。

「気にしなくていいのに」

言うと、そうだな、と三栖さんも頷く。

「だが、若い頃ならいつか恩返しするってことで済ませられたことも、この年になるとその時間も余裕もなくなる。友への返せそうもない恩を友情でチャラにしてしまうには、あいつは優し過ぎるんだろうさ」

「そうですね」

「そのうちに金沢に旅行にでも行って、あいつの奢り（おごり）で美味（うま）いものでも食べればいいさ」

「そうします」

自分たちだけなら、男と男の付き合いだけなら気にならないことも、お互いに子供を抱えた所帯持ちになってしまった。家族を含めた友情は、柵（しがらみ）というものに名前を変える。大人になればなるほど人生が複雑になるのは、その柵が増え過ぎて迷路のようになってしまうからだ。単純に真っ直ぐ（まっすぐ）に並べられないからだ。

複雑な分だけおもしろくなるのも事実だが、どこか壊れていないか見回るだけでも時間が掛かる。

三栖さんが煙草を揉み消した。

「中に入るか。署に行く前にもう一杯コーヒーをくれ」

「早く行かないと定年前に昼行灯って呼ばれますよ」

「それこそ本望だ」

笑って、二人で店の中に戻る。若者三人はもう朝食を食べ終わって、コーヒーを飲んでいた。

「ダイおじさん」

明が私の名を呼ぶ。

「なんだ」

「今、丹下ママから聞いたんですけど、駅前の通りのあの古いビリヤード場を貰ったんですって？」

「あぁ」

頷いた。もう築何十年かわからないぐらいの古ぼけたビルの二階。

「知らなかったか？」

うんうん、と頷いた。そうか、言ってなかったか。

「去年、苅田さんっていう持ち主だった人が亡くなったのは知ってるだろう」

明も翔太も翔子ちゃんも同時に頷いた。三人はまったく面識がなかったので出席しなかったが、私たちは店を閉めて葬儀に出向いた。

まだその名前を出すと、ほんのわずかに胸の内の何かが疼く。亡父の友人だが、本当の親戚のように、あるいは息子に対するように私に接してくれた町内の名物男が逝ってしまって半年が過ぎる。

「いろんな事情があって誰も相続する人がいなくてさ。その人の遺言でね。いやじゃなかったら貰ってくれって言われてさ」

若い頃を過ごした苅田さんのビリヤード場がある三階建ての小さな古いビル。権利関係のことはあゆみが全部やってくれて、基本的には何も問題はなかった。なかったが、営業もしないでそのままにしておくのは費用の面でも問題があるので何とかしようと思いながら、忙しさにかまけて時が過ぎた。

「じゃあ、ビリヤードできるの？　今でも」

翔子ちゃんが眼を輝かせて訊いた。

「できるぞ。純也がときどき掃除や手入れをしている」

「純也さんが」

ゲームクリエイターとして活動する純也は、そこを自分の事務所にしようかなとも言っていた。その気なら安く貸すぞと話してはいるが、まだまとまってはいない。純也も今や十人のメンバーを抱えるゲーム制作集団の代表だ。昔のように自分の好みでフットワーク軽く動くわけにもいかない。

「友達を入れたりするのはまずいけど、三人で遊ぶ分にはかまわないよ。鍵は純也が持ってるから借りればいい」

「ラッキー。一回やってみたかったんだ」

「やったことなかったのか？」

翔太に三栖さんが少し驚いたように訊いた。

「まったくないです」

「僕はあるよ。二回ぐらい」

「私もない」

「そうか」

そんなもんか、と、三栖さんが少し顔を顰める。私たちの時代は、ビリヤードは若者の遊びの必須科目みたいなものだったが、今はそんな時代じゃないんだろう。それ以外に楽しいものはいくらでもある。

カウンターに置いてあった私の iPhone が、電話の着信音を鳴らした。ディスプレイに出ている名前を見る。

「ヒトシ？」

一瞬、自分の頬が緩むのを感じたそのコンマ何秒か後に、何があったんだという思いが浮かんだ。

こんな朝の時間にあいつから電話が来るなんてのは、たぶん初めてだ。

「もしもし」

(ダイか)

「あぁ」

(今、電話大丈夫か？　店は忙しくないか)

「大丈夫だ。この時間帯は暇なんだ」

(久しぶりだな。明はどうしてる)

「元気だよ。今、眼の前にいる。朝ご飯を食べてこれから大学に行くところだ」

(そうか)

「どうした。お前は元気なのか」

(あぁ、俺は元気だ)

身体と同じで厚みも張りもある声が電話の向こうから響く。

「俺は、っていうのは何だ。誰か病気にでもなったのか」

張りのある声に違いはなかったが、そこに何か陰りがあったので訊いた。そもそも今日は平日だ。中学の教頭先生のあいつは、学校にいる時間だろう。そんな時間に電話をしてくるのは、何かがあったのに違いない。
（ダイ）
「うん」

（そっちに、うちの智一は行っていないか）

「智一？」

ヒトシの息子。長男の上木(うえき)智一。

さっきも三栖さんとその名前を出したばかりだ。

この春で高校二年になった。今年の正月にヒトシが家族を連れて遊びに来たが、体格のいいヒトシに似て、ますます分厚い身体になっていた。

思わず腕時計を見る。時刻は九時半を回っていた。

「来ていない。来る予定があるのか？」

ヒトシの家は水戸(みと)だ。高校二年の男の子なら一人でも簡単に来られるだろうが、学校は、新学期が始まったばかりだ。

（実は）

躊躇(ためら)うように言葉を切る。一度、咳払(せきばら)いが聞こえた。

（さっきあいつの担任から電話があって気づいたんだが、家出をしたらしい）

「家出!?」

思わず繰り返した言葉に、皆が反応した。三栖さん、丹下さん、あゆみ、そして明と翔太と翔子ちゃん。全員が同時に私の顔を見た。

(智一が登校していない、という連絡が入ったんだ)

「ということは、朝、学校に行くと言って家を出たのか?」

(そうだ。ごく普通に登校していった。学校に行ったと思っていた。もちろん俺も家にいて顔を合わせて一緒に朝飯を食った。おかしなところはまったくなかった。いつもの、智一だった)

「何故、家出とわかったんだ」

(かみさんが担任の電話に慌てて部屋に入ってみると、机の上に書き置きがあった)

「書き置き」

ヒトシが電話の向こうで大きく息を吐いたのがわかった。

(『東京に行ってきます。連絡するから心配しないで。しばらくしたら帰ります』。書いてあった通りの言葉だ。それ以外には何も書いていなかった)

「携帯は」

(持っていったはずだが、何度掛けても出ない。財布も持って出ている。あいつはガキのくせに倹約家だったろう。多少は余裕ある金額を持っているはずだ)

そうだ。そんな話は昔からしていた。教えたわけでもないのにお小遣いはしっかり貯めて、いらなくなったおもちゃやマンガの本をフリーマーケットで売っていたとも話していた。ここで一緒に暮らした頃は金に無頓着だったヒトシに似ないで良かったな、と皆でからかっていたんだ。

（かみさんの話では、たぶん二、三万、下手したら四、五万は引き出しに貯めていたそうだ）

普通の高校生が持つにしては結構な金額だ。それだけあれば確かに水戸から東京に来ても二、三日は楽に過ごせるだろう。それこそ節約すれば一週間の滞在だって可能かもしれない。

「心当たりはまったくないんだな？」

（我ながら恥ずかしいが、まったくない）

苦しそうに、ヒトシが言う。

（ただ、知ってるだろ？　野球部を辞めたのは）

「そうだな」

運動神経がよく、ヒトシに仕込まれて野球好きになった智一は小学校の頃から野球をやっていて、高校は県内でも野球の名門校に入ることができた。

だが、腰をやってしまった。ヘルニアだ。重症なものではなく、普通にしていれば日常生活に支障はないが、野球を続けるのには少しばかりキツイものだったらしい。何度も休んだりしているうちに、部活の仲間や先輩に申し訳ないと辞めることを自分で決めたらしい。

(それで少し悩んだり落ち込んだりはしたろうが、自分で決めたことだ。そんなことで悔やんで家出するとは思えないが)

「心当たりとしたら、それしかないってことだな?」

(そうだ)

皆が顔を顰めながら、あるいは心配そうな顔つきで私の言葉を聞いている。

(書き置きがある以上は、警察に届けるのもどうかと思ったんだ。あいつは東京の知り合いはお前しかいないはずだから、ひょっとしたら顔を出すかもしれないと考えた)

「そうか」

(それと、三栖さんのアドバイスが欲しくてな。こういう場合は素直に警察に届けた方がいいのかどうか)

「ちょっと待ってくれ。ちょうど今、三栖さんが来ているんだ。訊いてみるから。iPhoneをスピーカーにするぞ。今、店にはお客がいない」

(わかった)

iPhoneをカウンターに置いて、スピーカーに切り替えた。三栖さんの顔を見る。

「智一が今朝、書き置きを残して家出したそうです。内容は『東京に行ってきます。連絡するから心配しないで。しばらくしたら帰ります』と。携帯もお金も持っているそうです。お金はたぶん二、三万かそれ以上」

三栖さんが頷いて、少し顔をiPhoneに近づけた。

「三栖だ。おはよう」

『おはようございます。朝っぱらから申し訳ないです』

「心当たりはまったくないんだな？」

『親としては情けないんですが、まったく。三栖さんもご存じでしょうけど、野球部を辞めたことぐらいで』

うん、と、三栖さんが頷いた。

「ここ何日か、塞ぎ込んだりもおかしな様子もなかったのか。もしくは変な奴らとつるんでいたとか」

『かみさんにも確認しましたし、姉のいちこにも訊きましたが、まったくです。いつも通りの明るい様子でした。何もおかしなところは感じられなかったと』

「そうか」

三栖さんが、一度息を吐いた。

「まずは、地元の警察に届けを出すことを勧める。ただし、そういう状況であるなら申し訳ないが警察は捜索をしない」

電話の向こうで、ヒトシが溜息(ためいき)をついた。

『やはり、そうですか』

「警察が家出人捜索を行うのは、家出人に自殺のおそれ、もしくは事故や犯罪に巻き込まれる可能性がある、あるいはその家出人が一般人に危害を加える可能性がある場合だ。そう判断されたのなら、特異家出人としてすぐさま捜索に入る。だが、今の状況では智一はそのどれにも当てはまらないな？」

『そう、ですね』

「帰ってくる、という書き置きもあって朝も普通の態度で学校に向かった。ということは疑いようもなく計画的な家出ということだ。しかも、家族に心配をかけないように配慮もしている。筆跡は間違いないんだな？」

『間違いなく、智一の字です。確認しました』

「そしてお金も持っている。学校での成績も生活態度も智一はそれなりに良かったはずだな？」

『その通りです』

三栖さんが顔を顰めた。

「ならば、一般家出人として届けを受理するだけだ。働き者の警官ならきちんとその後の対処の仕方のアドバイスもしてくれるが、緊急な捜索はできない。申し訳ないが、俺もその状況では地元警察に無理も言えないな。だが、届けは出すんだ。出して、確認をお願いしておけば、どこかで補導されたり不慮の事故、何らかの事件に巻き込まれて警察に保護された場合にすぐに身元確認の連絡が入る」

『わかりました』

「それと、わかってはいると思うが、学校が終わり次第、智一の親しい友人に頼んで携帯に電話させろ。ラインでもツイッターでもフェイスブックでもメールでも何でもいい。あらゆる手段で連絡を試みてほしいと頼め。生存確認が取れればそれだけでも安心だろ」

『そうですね。それはお願いしようと思っていました。すみません、お手を煩らわせて』

「ヒトシ」

　確認したかった。

『おう』

「東京に知り合いは僕以外にいないと言ったが、たとえばネットでの友達とかそういうのはどうだ。把握していないのか」

『わからん』

また電話の向こうで息を吐く。

『今まで、さんざん生徒たちのこういうことを扱ってきたが、肝心の自分の息子のことになって、つくづく自分が情けなくなった。学校や近所の仲の良い友達は何人か把握しているが、そういう方面はわからんのだ。そもそもあいつがネットでどんなことをしてたのかもわからん』

「パソコンはあるんですか？」

急に声が飛んできた。スマホをいじりながら、じっと話を聞いていた明だ。

「すみませんヒトシおじさん。明です」

『おう、久しぶりだな』

「お久しぶりです。今、智一くんに電話してみましたけど、出ません」

していたのか。意外に行動が早いことに少し驚いた。

『出ないか』

溜息が聞こえる。

『ありがとな。それもやってみてもらおうと思っていたんだ』

「智一くんは自分のパソコンを持っていましたよね」

『持っている。高校の入学のときに買った』

「ひょっとして、パスワードとか掛けてるんですか」

ヒトシが唸るような声を出す。

『その通りだ。そいつがないと立ち上がりもしない。さんざんいろいろ試して、やってみたが駄目だった』

明が、首を捻る。

「ヒトシおじさん、僕、そっちへ行きましょうか。パスワード破れるかどうかやってみましょうか」

翔太と翔子ちゃんが思わず眼を丸くして、うんうん、と頷いている。そうだ。明はその方面に明るいと聞いている。冗談だとは思っていたが、翔太は明のことをハッカーとまで呼んでいる。

「メールや、SNSを調べれば東京に友人がいるかどうかわかるかもしれません。スマホでしかやっていないんならお手上げですけど、パスワード掛けてるってことは、パソコンでもそういうことをやってる可能性はありますよね」

「その通りだな」

三栖さんが少し大きな声で言い、続けた。

「ヒトシ」

『はい』

「教育者としては個人のパソコンのパスワード破りなんてさせたくないだろうが、親としての監督責任を果たすためなら、しょうがないだろう。何より、本人はひょっとしたら単なる二、三日の遊びと思っているのかもしれないが、知らないうちに犯罪に巻き込まれているという可能性がないわけでもない」

沈黙があった。

「ヒトシ」

『おう』

「僕もそっちに行こう」

『ダイもか』

「お前は教頭という立場上、家出した息子の捜索をしたいので休みますとは言えないだろう。僕なら智一をよく知っているし、自由に動ける」

『店が忙しいんだろう。さやかちゃんの世話だってある』

「そんなこと言ってる場合か」

店は私がいなくても回る。丹下さんとあゆみが大きく頷いた。

「ヒトシさん。大丈夫です。いざとなれば私の母や、みいなにも手伝いに来てもらいますから」

あゆみがiPhoneに向って言う。

「こっちは心配するんじゃない。裕美子ちゃんもバイトしているんだし、任せな」

丹下さんが続けた。

「あの！　ヒトシさん。翔子です。私いま講義そんなに入っていないので、さやかちゃんと遊んでいられます！」

「俺も！　翔太です！」

電話の向こうで、沈黙があった。

『済まん。皆、申し訳ない。ありがたい』

大きな図体をしているくせにあいつは涙脆い。きっと眼が潤んでいる。

「これから出る。もし、着いてすぐに智一の無事がわかってもそれはそれでいい。飯でも酒でも奢ってもらう」

『わかった。家には智恵がいる。俺もなるべく早く帰るようにする』

「また連絡する。切るぞ」

通話を終えた。三栖さんが、私を見て頷く。

「逐一連絡しろ。俺も一応、水戸署に知人がいなかったかどうか確認してみる。智一が本当に東京にいるとわかったのなら、対処のしようもある」

「お願いします」

留守の間頼む、と、あゆみに言おうとしたときだ。

「ダイさん！」

スマホを見ていた翔子ちゃんが、慌てたように大声を出した。

「これ！　花凜さんが！　淳平さんの花凜さんが！」

驚きながら、スマホの画面を私に勢い良く向けた。ニュースサイトだ。そこに、見慣れた名前があった。

〈タレントの花凜さん襲われる。ストーカー被害か〉

「何だってまた」

一緒に見た三栖さんが声を上げ、同時に自分の iPhone をスーツのポケットから取り出した。

花凜さんが？

2

(大したことじゃないんだ)

電話に出た淳平はそう言った。声音にこちらを安心させようという色が混じっている。本当に大したことではなくて、ニュースサイトに出た記事の内容は概(おおむ)ね事実ではあるけれども、その速さとあまりにも大げさな書き方に淳平も花凜さんも今さらながら驚いたらしい。実際、三栖さんも事件になっているわけではないのを確認してくれた。

　慣れてはいるものの、相変わらず芸能関係の記者はどこで誰が見ているかわかったもんじゃないと淳平が続けた。

（ストーカー騒ぎのようなものがあったのは事実だけど、とにかく花凜は無事だ。危害を加えられたわけじゃないし今も仕事に行ってる。詳しくは今度行って話すよ。それよりもヒトシの、智一の方が大変だろう）

「そうだな」

　話の流れで、智一の家出のことは伝えた。淳平も住まいは横浜だが、俳優という職業柄東京にいることも多い。そして、智一も淳平の携帯の番号は知っているのだから連絡が入る可能性もある。

　五十を過ぎた芸能人夫妻のストーカー騒ぎよりも、まだ将来ある高校生の謎の家出を解決するのを優先すべきなのは確かにそうだ。もっとも花凜さんはまだ四十五歳なので五十代と言ってしまっては怒られるけれども。

（俺もこれを切ったら智一に電話してみる。お前はすぐに水戸に向かうのか？）

「そうだ。明と二人で行く」

（車か電車か）

「ひょっとしたら、向こうであちこち動き回ることになるかもしれないからな。車で行くよ」

（俺は明日から、スケジュールが押しても明後日からはたぶんしばらくオフになる。花凜は無理だろうけど、店に顔を出すかあるいは電話するよ。メールでいいから詳しく経過を教えてくれ。手伝えることがあるかもしれない）

「了解。そうする」

電話を切り、皆にストーカー騒ぎは事実ではあるけれども、現段階では騒ぎ立てるようなものではないことを説明した。そして、淳平もオフになるので智一の件で手伝えることがあれば駆けつけると。

「いやそれ無理でしょ」

翔太が笑って言った。

「淳平さんが智一くん捜して歩き回ったら、そっちの方が大騒ぎ！」

「そうそう！」

翔子ちゃんも同意して頷く。たぶん日本全国どこに行っても、淳平と花凜さんはすぐに知られてしまう。知られないようにするには帽子とサングラスとマスクをするしかないけれども、そんな格好で歩き回るのは明らかに芸能人か不審者だ。

「ヒトシさんとワリョウさんにもメールしておいたら？　ニュースに花凜さんのことが出てるけれど心配しなくていいって」

あゆみが言うので、頷いて、すぐにメールを送った。

「店の方は心配しなくていいから、さっさと行きな。奥さん、智恵さんは相当心細く思ってるはずだよ」

丹下さんが言う。

「どうせヒトシの野郎は自分の生徒のことばっかり考えて、家庭のことなんか放ったらかしなんだからね」

率直な物言いに、苦笑いするしかない。確かに、ヒトシにはそういうところがある。


三泊分の着替えや荷物はまとめればちょうどボストンバッグひとつぐらいになる。どこかへ出掛けるのにはそれぐらいがちょうどいい。着替えなどは三泊分あれば後は出先で洗濯すれば、何泊滞在が延びようが何とかなる。明にもそう伝えて荷造りさせると、普段は見たことのない、黒い大きめのデイパックを背負って玄関を出てきた。

「でかくないか？　何を持ってきたんだ」

「ノーパソとかいろいろ。必要になるかもしれないし」

「あぁ、なるほど」

淳平から、智一に電話したがやはり出ないとメールがあった。暇を見つけてまたかけてみると。そしてワリョウとヒトシからも花凜さんのニュースに対するメールが入っていた。まずは気にするなと返信しておいたそうだ。

「ワリョウには電話したのか？」

「しました」

明が頷く。

「全部説明しました。とにかくヒトシおじさんの力になってやれって。後できちんと報告しろって」

「そうか」

「ヒトシおじさんにはメールするだけにしておくから、後からダイおじさんから電話が欲しいって」

「わかった。向こうで落ち着いてからしよう」

仕度ができたのを確認して、三栖さんは出勤していった。水戸方面の警察の知り合いに声を掛けるのと、ヒトシから届けが出されればできるだけ対処するからと。ヒトシの奥さんの智恵さんにはくれぐれも念を押しとけと言い残して。

店にお客さんが入り始めたので、丹下さんとあゆみには軽く手を振り、中庭の方に回ってミニクーパーに乗り込んだ。翔太と翔子ちゃんの「気をつけて！」という見送りを背中に、車を出す。

「さやかちゃん、淋しがるんじゃないですかね。どうしてお父さんがいないのかって」

「大丈夫だろう」

父親としては少しばかり淋しいが、あの子はお母さんっ子だ。あゆみの姿さえ見えていれば安心しているし、翔太にも翔子ちゃんにも随分懐いている。父親の二、三日の不在は何でもないはずだ。

「水戸までどれぐらいでしたっけ？」

「高速に乗れば二時間か、掛からないぐらいだろう」

まだ十時半過ぎ。ちょうど昼飯時にはつける。

「向こうに気を遣わせないように、どこかで昼飯を食べてからヒトシの家に行こう」

明が頷く。頷いた頭を戻すと、背の高い明は車の天井に頭をぶつけそうになる。

「相変わらずこの車が似合わないな」

「小さ過ぎですよこの車。なんたっけ。ミニクーパーでしたっけ？」

「そうだ」

「もっと大きい車に乗ればいいのに」

私たちの世代では男の子は基本的に車に興味を持つものだ。そして免許を取れば車を買って走り回りたくなる。経済的にもしくは諸事情でそれが許されなくても、あるいはそれほど興味がなかったとしても、自分の好みの車の一台や二台は必ずあって酒の席でも多少の話題にはなった。

だが、明たち、大学生の友人の間で車が話題になることはほとんどないという。もちろん車好きな連中はいるし、実際、明も大学一年の夏休みに免許は取ったが、好きな車なんていう概念はないという。そういうのを聞くと、やはり時代とともに変わっていく何かはあるものだと実感する。

千住新橋（せんじゅしんばし）を渡って首都高（しゅとこう）に乗る。常磐（じょうばん）自動車道を走れば水戸まではちょうどいいぐらいのドライブだ。

「ワリョウは車好きだったけどな。街を歩いていてもしょっちゅうその辺の車に眼をやっていた」

「父さんは機械フェチなんですよ。あ、今はステンレスフェチかな」

「ステンレスフェチ？」

なんだそれは、と笑った。

「知らないですか？　シンクのステンレスとかしょっちゅう磨いてましたよ。ああいうのが好きなんですよあの人」

「それは知らなかったな」

また笑いがこみ上げる。大学時代に知り合ってから三十四年が過ぎてはいても、一緒に暮らしていたのは大学の四年間だけだ。お互いに知らないことは多い。

窓を少し開ける。ドアに取り付けてある灰皿の蓋を開ける。

「スマンが吸うぞ」

「どうぞ」

シャツの胸ポケットから煙草を一本取り出し、ライターで火を点ける。

「いつも思いますよ。煙草を吸う人のそういう仕草って絶妙だなって」

「絶妙？」

「動きに無駄がないんですよ。煙草を取って口にくわえて、ライターを取って火を点けて吸うまでの動き」

「そうか」

そんなこと考えたこともなかったが、煙草を吸わない若者がほとんどの時代だ。私たちの慣れた仕草程度にもそんな感想を持つんだろう。

慣れるはずだ。十八の頃からもう三十数年間、その仕草を続けている。それが仕事だったら超一流のプロフェッショナルと言ってもいい。

「父さんも吸っていたんですよね？　大学の頃は」

「そうだな。ワリョウもヒトシも淳平も、真吾も吸っていた。むしろ煙草を吸わない男の方が珍しかった」

そんな時代を知っている人たちもどんどん年を取る。明たちが私たちのような年頃になったとき、そんな話はまるで大昔の出来事として語られるのかもしれない。

「一緒に暮らしていた頃の父さんって」

「うん？」

「どんな男だったんですか？」

明が少し含羞むように言う。

「それは、今までさんざん話してきたじゃないか？」

「いや、でも」

皆のいる前では当たり障りのないところしか話してないでしょう？ と、明が言う。

「ダイおじさんと二人きりになるなんてこと、あまりないから」

確かにそうだ。大学時代からの旧友の息子。生まれたときから知ってて今は同じ敷地内に住む住人とはいっても、翔太も翔子ちゃんもそしてあゆみもさやかもいる。二人きりになることはさほどない。

「何でそんな話を訊きたい？」

明が小さく、うん、と頷く。

「父さんは、大学のころから家業を継ぐのを決めていたっていつも言ってて」

「そうだな」

確かにそうだ。初めて会ったときからそれを言っていた。

「正直言うと、僕はまだそんな気になれなくて」

「そうか」

煙をサイドウィンドウに向けて吐き、そうか、ともう一度繰り返してから、優しく頷いてやる。それは、ワリョウにも聞いていた。金沢で三代、ワリョウで四代目の老舗豆腐店。もし明が継いでくれるのなら五代目になるが、そしてそうして欲しいけれど、決して無理強いはしたくないと。

それはつまり、ワリョウは何かを諦めて家を継いだという話になる。そんな話はまだしていないとも確かに言っていた。

「とにかく明るい奴だったな」

今年で五十三歳になる私たちは、まだ十九歳だった。

私とワリョウこと美園和良、ヒトシこと上木晃一、大野淳平、そして、八年前に死んでしまった河東真吾。

今は〈弓島珈琲〉になっているあの古い洋館風の家に一緒に住んで、五人でバンドを組んで、大学の四年間を過ごした。全員ホモ疑惑が同級生の間で流れるほど仲が良く、朝も昼も夜も、一緒に過ごしていた。

五人で、前に私と淳平、その後ろにヒトシと真吾とワリョウ。バンドで演奏するときと同じ並びで歩いた道程を、距離を調べたらどれぐらいになるのだろう。誰も車を持っていなかったので、どこかへ出かけるときにはとにかく歩いた。歩いている間、とりとめのないくだらない話をずっとしていた。

実質的に実家に暮らしていたことになる私はともかくも、ほぼ全員が貧乏学生だったこともあって、毎日のご飯は徹底的に自炊した。向かい合ってひとつのテーブルを囲んで、米だけは私の家から貰えたのでたくさん炊いて食べた。庭に生えていた野草を図鑑で調べて食べられるものなら調理したこともある。

あの庭の桜が咲く頃には花見を何度もやった。後に真吾の奥さんになった裕美子ちゃんや、亡くなってしまったお姉さんの茜さんを呼んだこともあるし、五人での晩ご飯がそのまま花見になったこともしょっちゅうだった。

笑い合って、春を喜び、夏を騒ぎ、秋を憂え、冬を凌（しの）いだ仲間。

「ワリョウは、大学生活が最後の自由時間って思っていたな」

「自由時間」

そうだ、と、頷いてやる。

「子供の頃から家の仕事をずっと手伝っていて、自分はこのまま店を継ぐんだって漠然と思っていた。特に疑問に感じたことはなかったそうだ。でも、高校生のときにビリー・ジョエルというミュージシャンに出会った」

「ビリー・ジョエル？」

「知らないだろう」

この車自体は古いものだけど、カーナビは最新のものを積んであり、私のiPhoneと繋(つな)がっている。ディスプレイを操作させて〈ビリー・ジョエル〉を選ばせた。すぐに車内にその歌声が流れてくる。〈ピアノ・マン〉だ。

「ずっとピアノをやっていたのは知ってるだろ？」

「うん」

ワリョウの唯一の習い事がピアノだった。それは、お母さんが自分がやりたかったことをさせたそうだ。性に合っていたんだと思う。ワリョウはそれにのめりこんでいった。

「あいつは確かに才能があったんだよ。残念ながら音大に進むとかピアニストを目指すというところまではいかなかったけれど」

ビリー・ジョエルでロックやポップスに目覚めた。自分で作曲して自分で演奏する楽しさを知った。誰かと組んでステージに立つ快感を知った。それを存分に楽しみたいと考えた。

「それができるのは、大学時代だけだって思ったそうだ」

それで、親に我儘(わがまま)を言って東京の大学を受けた。大学でならきっと気の合う音楽仲間ができる。思う存分ピアノを弾いて、楽しくやっていける。そう思っていた。実際、音楽仲間の間でもワリョウのピアノの巧(うま)さや作曲能力には定評があった。引き抜きがやってきたことも何度もあったが、ワリョウがそれを拒んだ。

何かの才能を得た人間は、自分を知るということもあるのだろう。自分はプロとしてやっていける器じゃないと言っていた。

「じゃあ」

明が言う。

「父さんは、望んだ通りの大学生活になったんだ。ダイさんたちと出会って、バンドをやって」

「そうだな。大げさに聞こえるだろうけど、思い残すことはない、と言っていた」

卒業式の日だ。

振り返れば濃密な、二度と戻ってこないであろう日々を過ごした四年間。これが終わったらもうワリョウは金沢へ、ヒトシは水戸へ、淳平は横浜、真吾は福岡へ帰って行く。

落ち着いたらまた皆で集まろうぜ、という話はしていたが、その一方でなかなか会えなくなるんだろうという思いはあった。それでも、私たちは若かった。その気になればいつでも会えるんだからと湿っぽい感情などは湧いてこなかった。

その中で、ワリョウだけが瞳を潤ませていた。今にも泣きそうになっていた。それは前の夜からずっとそうだった。

終わってしまう。終わってしまった。酒に酔い、何度もそう呟いた。何が終わったのかと問えば、自由な時間が終わったんだと言った。

自分で決めた、最後の日々。

ここから先は、自分は〈美園豆腐〉の四代目として生きる。それ以外は何も考えないで、望まないで生きる。

「そういう覚悟が、あいつの中にずっとあったんだ」

そんな覚悟をして四年間過ごしてきたのは、たぶんワリョウだけだ。淳平もヒトシも真吾も私も、卒業後の進路は決まっていたものの、まだ何にでもなれると思っていたはずだ。自分たちの未来にはたくさんの道があると感じていた。

ワリョウだけが、ただ真っ直ぐの一本の道を見据えていた。

「だからあいつは人一倍明るかったし、遊んだ。可愛いと思った女の子に声を掛けまくって、あちこちのコンパにでかけて、友人を増やしていた」

私たちは、ワリョウの軽さと明るさが自分たちの暮らしを彩っていると実感していた。

「あいつがいなかったら、もっと地味な暗い生活をしていたかもしれないな」

「そうなんですか」

そう言って、しばらく明は黙っていた。

自分の子供が大学生になっているという感覚は、どんなものなんだろうかと思う。結婚が遅かった私の子供であるさやかはまだ五歳だ。そして女の子だ。この明の年齢のときに、私たちは一緒に過ごしていたのだ。

時代は確かに移り変わっている。自分たちの子供と、自分の年齢がそれを証明している。だが、移り変わっていく時代に合わせて自分の何かを変えてきたという実感は、ない。

日々は、地続きだ。毎日が積み重なり年を取り愛する伴侶を得て子供が出来て。新しく得たものが増えていく。得るものがあれば失うものがあるのが世の道理だ。では、得たものの代わりに、私たちは何かを失ってきたのか。

わからない。

身体の若さを失ったことだけが、確かだ。

「父さんたちの頃の人はそうなのかな。そういう覚悟なんて、普通にできたのかな」

「どうかな」

あまり変わらないと思うのだが。

「ワリョウが特別なのかもしれない。私たちの中ではいちばん軽い人間で、それでいて地に足がついていた」

首都高が混んでいた。どこかで事故でもあったかと思うぐらいに動いていない。

「人それぞれさ」

明に言う。若者にアドバイスできるような人生は送ってこなかったはずだ。それでも、確かなことはある。

「息子のお前から見て情けないところや、しょうもないところもある親父なのかもしれないけれど、少なくともお前のお父さんはお前をここまで育てた。それだけでも立派で、凄いことだ」

育ててもらったことに感謝しろ、などとは言えない。それはあまりに押し付けだ。

「せいぜい、悩んで考えてやれ。お前が真剣に考えてくれたってことだけで、継ぐ継がないは別にしてワリョウは嬉しいはずだ」

少し笑って、こくん、と明は頷く。

自分の進路を子供のうちに決めてしまったワリョウにとって、一人息子の明が自由に自分の人生を考えることこそが、生き甲斐のはずだ。それが嬉しいと思っている。

だからこそ、厳しい生活の中でも、遠く離れた東京の大学への進学も許した。

友の人生を考えると溜息が増える。

そう感じるようになったのも、五十を過ぎてからだ。それぞれの生活の中でのし掛かる様々な事柄の重さを実感できる。

ワリョウの両親は二人ともご健在だ。だが、二人ともに施設に入ってしまった。認知症が進み、とても自宅での介護が無理になってしまったからだ。当然のことながら費用はとんでもなく嵩(かさ)む。それを、店の売り上げひとつで支えなければならない。本人たちの年金も使っていると聞くが、大変なことであるのは間違いない。

子供が一人だけでまだ良かったよ、と、力なく笑っていた。

比べると私は、既に両親を失ってしまったのは確かに悲しい事実ではあるが、現実問題として毎日の生活の負担ははるかに少ない。喜ぶようなことでは決してないが、友の精神的な負担を考えると自分の気楽さが歯痒(はがゆ)くなる。

「智一くん、心配ですよね」

「そうだな」

何があったのか。そもそも家出なんて言葉はまったく似合わない子だった。

「ヒトシおじさん熱い人だから、何かあったのかな」

その言い方に何か含むものを少しばかり感じた。

「何か、とは、何だ。思い当たることでもあるのか」

「や、具体的には何もない」

小さく首を横に振った。

「でも、智一くん、お父さんの、ヒトシおじさんの勢いについていけないって僕に言ってたことありました」

「ついていけない、か」

上木晃一。ウエキという名字だけでヒトシと呼び出したのは淳平だ。今でも、ヒトシと呼ぶのは私たちと、大学時代の親しい友人だけだ。

子供たちがもう大きいのはワリョウの美園家と、ヒトシの上木家。ワリョウの一人息子である明と、ヒトシの長男の智一は男同士で年齢も近い。会えば親戚かいとこ同士でもあるかのように楽しげに会話をしている。他には、真吾の遺児である結花ちゃんだけだ。淳平と花凜さんには子供がいない。

「どういうふうについていけないとか、言ってたか」

明が少し首を傾げる。

「本当は内緒だって言われていたんです」

「智一にか」

「そうです。でも、こういう事態だから言った方がいいんですよね」

「そうだな」

何が結びつくかわからない。

「智一くん、腰をやってしまって野球部を辞めたでしょ？」

頷く。

「あれも、ヒトシおじさんは随分がっくりしてたし、智一くんのことを心配してすごく気遣っていたんですけど、実は、本人はそんなにがっかりはしていなかったんですよね」

「そうなのか？」

それは知らなかった。

「野球は小さい頃からやっていて大好きだったけれど、別に青春や人生を賭けていたわけでもないし、スポーツができなくなったら他のことをやればいいだけだって思っていたんだけど、ヒトシおじさんはそうでもなくて」

「親子の間で意識の温度差があったという話か」

「そういうことです」

それで、何かがあったわけではないだろう。少なくとも私はそんな話は聞いていない。だが、ヒトシが本当に落ち込んでいたのは事実だ。

かなり苦労してせっかく野球の名門校に入学させたのに、と泣いていた。できれば一緒に酒を飲んで前後不覚になるぐらい酔っぱらっちまって眠りたい、とまであいつは言っていた。中学の教頭先生にそんな真似（まね）ができるはずがないのだが。

「残念と思いながらも、ちょっとホッとした部分もあったみたいですよ。智一くんは」

「そのホッとしたというのは」

「腰をやってしまったという正当な理由で、お父さんの希望に添えなくなってしまったことに」

うん、と頷き、最後の煙を吐き出し煙草を揉み消した。どうやら渋滞を抜け出したようで、メーターの針が六十キロを超えていく。七十、八十とようやく高速道路らしい数字を叩き出していく。

「やっぱりそう思っていたか」

「気づいていたんですか？」

「少しな」

それは、ヒトシの奥さん、智恵さんも言っていた。夫の息子に懸ける期待がちょっと大き過ぎて困ると。

最初に生まれたのが長女のいちこちゃんで、智一が産まれるまでそれから八年が過ぎていた。待望の男の子で、ヒトシの喜びようはなかった。本当に喜んでいた。これでキャッチボールができる、野球を教えてやれるとそれこそ子供のように無邪気にはしゃいでいたのを覚えている。

「あいつの夢は、智一が甲子園に行くことだったからな」

ですよね、と、明は頷く。

ヒトシは男気があって、熱くて、正義漢だ。本当にそれは変わっていない。出会った頃は既に大学生だったわけだから、ヒトシがどんな高校時代を過ごしたかは話にしか聞いていない。恵まれた体格は生まれたときからで、四千グラムもあったらしい。運動神経も良くて、小学生の頃は絵に描いたようなガキ大将だったと話していた。

お祖父さんが柔道家だったと聞いた。その頃には既に廃業していたが、小さな道場も開いていたと。それで、物心ついたときにすぐに柔道をやらされた。

元々の体格の良さと負けん気と運動神経でめきめきと上達した。小学生のときの試合ではほとんど負け知らずだった。そうなると周りも期待する。中学や高校でも柔道部に入って活躍したのだが、実は、本音を言えば他のスポーツをやってみたかった。

それが、野球だ。

中学でも野球部を選ぼうと思っていたのが、柔道で有望視されている自分と、地元の柔道界では有名人だったお祖父さんの存在が、それを許してくれなかったと言っていた。

「期待に応えようとしてしまったんだな」

「わかります」

明が頷く。

「だけど、心の中に多少の悔いのようなものが残ってしまった」

そして、高校二年生のときに音楽と出会ってしまった。他のスポーツではない、まったく違うジャンルの音楽に夢中になるのなら、誰も文句は言わないだろう。自分の中でも期待を裏切るわけではないといういいわけにもなった。あいつの十八番（おはこ）というか鉄板のネタになっているんだが、ヒトシは柔道の部活が終わった後にそのまま柔道着でベースを弾いていたそうだ。それが面白くて、高校時代にあいつが組んだバンドは全員柔道着をきて学園祭のステージに立ったそうだ。

「あいつのベースは本当に個性的で、燃えていたんだぞ」

「言ってましたね」

明が少し笑う。本当だった。私は中学の頃からギターを始めて、高校時代は音楽一色の生活を送っていた。たくさんのアマチュアバンドとも交流があった。それでも、ヒトシほど全身を使って、まさしく根性と筋肉とパワーで弦を弾（はじ）くようなベーシストには初めて出会ったぐらいだ。

「智一が産まれてすぐに、あいつは硬式のボールを何個も買い込んだな」

おもちゃ代わりに智一に与えていた。野球をやってくれればいい。頑張って甲子園に行ってくれれば嬉しい。それが俺の夢でもある。子供の話をするといつもそう言っていた。

「智一くんの行った長矩高校は甲子園に何度も行ってましたしね」

「そうだ」

地元では野球の強豪校、名門校だそうだ。私はそれほど高校野球には詳しくないのでよく知らなかったが、名物監督さんもいると。その監督のいる高校に進めたことも、ヒトシは本当に喜んでいた。野球の才能は確かにあったそうだが特待生で入学できるほどの実力はなかったらしい。入試もギリギリだったと聞いた。余計に嬉しかったのだろう。

「智一が、ヒトシの期待を重く感じてるようなら少し言ってやった方がいいな、とは話していた」

「淳平さんとですか？」

「そうだ」

私と淳平は、住んでいる場所が近いせいもあって普段からよく会っていた。そもそも最初に出会ったときから互いに気が合うと思っていた。同じ人種だと理解していた。五人で暮らしていた頃も、何かを決めるときには常に私と淳平は同意見になっていた。

同じものを見て、感じていた。

「でも」

明が言う。

「だからですけど、野球を続けられなくなったことは、絶対に今回の家出の原因じゃないですよね」

「違うだろうな」

もしもそれで何か親子の間で、ヒトシと智一の間で熱量の違いが発覚して口論にでもなっていたのならば別だが。

「電話ではそんなことは言ってなかったしな」

「そうですね」

だが、その辺りも奥さんの智恵さんに確かめてみた方がいいだろう。

ヒトシは、正直な男だ。こんな事態に自己保身のために隠し事などするはずがない。

そのはずだが、人生には何が起こるかわからないというのも、確かなことだ。

それは私がいちばんよく知っている。

☆

ヒトシの実家は水戸市にある。あいつは実家のある町で運良く中学の教師になることができて、そのまま市内の中学をいくつか回る教師生活を続け、二年前に第六中学というところの教頭になった。

実家は駅からは少し離れた三河町というところにあり、祖父母の代までは農家をやっていた。今は、畑は全部売り払い、大きな家だけが残っている。知り合ってからここを訪れるのは四度目だ。

前に来たのは、ヒトシのお母さんの葬儀だった。四年前だ。それで、ヒトシの両親も二人とも鬼籍に入ってしまった。

ナビのお蔭で迷うこともなく辿り着いた。以前はかなり大きな農家であったことを感じさせる広い前庭に車を乗り入れて、停める。家そのものも、私たちの感覚からすると大きいものだし、母屋があり納屋があり、以前は牛小屋に使っていたという古い小屋もある。小さい頃はかくれんぼには不自由しなかったそうだ。ただ、建てられたのは祖父母の時代だというからそれなりに傷みもある。後から改築した部分と昔からの部分の落差が激しく、それも実は悩みの種だとヒトシは言っていた。

車を降りると同時に玄関の戸が開き、中から智恵さんが出てくるのが見えた。

「ダイさん！」

その顔に笑みが浮んでいるのを見て、安心する。心の内はともかくも、少なくとも私たちに笑顔を見せることができるぐらいの精神状態ではあるんだろう。

「久しぶり」

「すみませんわざわざ！　明ちゃんも！　また大きくなった？」

　いや、と、明も笑みを見せた。

「そんなに変わってません」

　そこで、一拍、間が空いた。深刻にならない程度に互いに浮かべた笑みを消して、顔を見合わせた。

「その後、連絡は？」

　智恵さんは、一度唇を真っ直ぐに引き締め、小さく首を横に振った。

「あの人が、三十分に一回は電話してみろと言うのでそうしているんだけど、留守番電話サービスになるだけ」

「そうか」

　でも、と、智恵さんはまた笑みを浮かべた。

「来ていただいて言うのも何だけど、大丈夫よ。あの子、馬鹿な真似はしないって思ってるから」

「その通りだよ。僕もそう思う」

　智恵さんの肩を軽く叩く。

「まずは、やれることをやってみよう」

家へ入って、そのまま智一の部屋へ案内してもらった。広い農家の二階。階段を上がって左へ折れて、庭に面した十畳間が智一の部屋だ。以前に来たときにも入ったことはある。畳の部屋に緑色のカーペットが敷いてあり、シングルベッドに本棚に勉強机に衣裳ケース。ゲーム用に使っている小さなテレビもある。

壁に、雑誌から切り抜いたらしいイチローの写真が何枚か貼ってある。鴨居には野球のユニフォームが掛けてある。古めかしい、私たちの世代でももう忘れかけている状差しが柱についているのは、きっとお祖父さんかお祖母さんが使っていたものなんだろう。

特に汚いわけでも、きれいにしてあるわけでもない、高校生の男子の部屋と言われれば誰もが納得する部屋だ。むしろ、きれいにしてある方かもしれない。

「朝、出ていったときのまま？」

こくん、と、智恵さんが頷いた。

「引き出しを開けたりはしたけれど、基本的にはそのままにしてあるわ」

「何か特別になくなったものとかは？」

念のために訊いてみたが、首を横に振った。

「わからないの。もちろん、大きなものはわかるけど、引き出しの中に何があったかなんて、知らないし」

　明も大きく頷いた。その通りだろう。高校生の息子の机の引き出しの中身を全部把握している母親がいたとしたら、かなり気持ち悪いだろうし、問題もある。

「部屋を、いろいろ探してみていいかな？」

「いいわ。お父さんもそう言っていた。ダイさんの勘は信じられるからって」

　あまり期待してもらっても困るが、確かに小さい頃から勘は良い方だった。そのせいでいろいろな出来事に巻き込まれたこともある。

　パソコンは、机の脇のパソコンラックに収まっていた。椅子も別にある。なかなか贅沢だ。Windows のデスクトップのパソコン。私は Mac を使っているので、どの程度のものなのかはさっぱりわからない。

「じゃあ、僕はこっち、やっていいですか？」

　明が言うと、智恵さんも小さく頷いた。

「悪いわね。何かジュースでも持ってくるわ。ダイさんはコーヒーでいい？」

「あぁすみません」

　智恵さんが部屋を出ていき、階段を降りていく。

「じゃあ頼む。俺は机の中を漁ってみる」

「了解」

明が椅子に腰掛ける。パソコンの電源ボタンを押す。起動音がして、ハードディスクが動き出す音がする。高校入学時に買ったとヒトシは言っていた。最新のマシンではないが、それほど古くもない機種だろう。

立ち上がる前に、ディスプレイにパスワードを要求するウィンドウが開いた。

「オッケー」

明が小さく呟いて、指をほぐすように動かす。ここから先は見ていてもわかるはずもないので、勉強机の前の椅子に座り、眺める。

机の上に置かれているのはブックエンドに挟まれた参考書やノート。スポーツ雑誌に教科書。特におかしなものはない。まさか日記などつけてはいないだろうが、そういうものがあれば非常に助かる。

引き出しをひとつずつ開けて、確かめていく。高校生にしては身分不相応なものはないか。日記のようなものはないか。友人たちとの写真などはないか。それと、考えたくはないが、今まで私の身にも何度も降りかかってきた事件に関する物も頭に入れながら探す。

クスリだ。薬物だ。最近は脱法ドラッグというものもある。そういうものに関わってしまうのは高校生でも例外ではない。もちろん、智一がそんなものを手にするとはまったく思えないが。

明が叩くキーボードの音を聞きながら、探していく。一番下の大きな引き出しを開けたときに、デジカメを見つけた。

新しくはない。そもそも最近の高校生はデジカメをあまり持たないと聞く。スマホで済んでしまうからだ。電源を入れてみたが、うんともすんとも言わなかった。

（バッテリー切れか）

ソニーのものだ。どこかに充電ケーブルがあるはず。

「来た！」

明が、ガッツポーズをする。

「開いたよ」

ディスプレイからパスワードを要求するウィンドウが消えていた。

「何だったんだ？　パスワードは」

「難しいものじゃなかったよ。家族全員の名前の最初の文字の組み合わせ」

「名前か」

「ヒトシおじさんは晃一でK、おばさんの智恵のT、お姉さんのいちこさんの1、そして自分のT。それから飼ってる猫のカノンのK。最後に何かわからないけど数字の1と6」

なるほど。感心していると、明がデイパックからノートパソコンとタブレットを取り出し、立ち上げる。

「パソコンに入ってる写真を全部こっちに移すから、ダイおじさんチェックして。必要でしょ？　写真に東京の、家族の誰も知らない友人が写ってるかもしれない」

「そうだな」

意外にそういうことに知恵が回ることに驚いた。

「僕は、メールやSNSを全部チェックする。このマシンに入っている名前や住所やメアド、ハンドルネーム、その他もろもろをリストにしてプリントアウトできるようにするよ。それでいい？」

「充分だが、明」

「なに？」

「随分と慣れているようだが、こういうことをした経験があるのか？」

私を見て、苦笑した。

「慣れてるというか、ネットでのトラブルに対応するための基本的なことだよ。ちょっとネットに詳しい人間なら誰でも思いつくよ」

なるほど。デジタルネイティブという言葉があるのは知っているが、まさにそういうことか。

明がパソコンに向かう。マウスを動かした途端に、「あれ？」という声を上げる。

「どうした」

ディスプレイを指差す。

「データを移そうと思って開いたんだけど、いきなりあったこの画像。きっと東京だよね。この辺じゃない。大きいよね」

ネオン街がそこにあった。

きらびやかな、華やかな夜のネオン街で笑う青年が三人写っている。しかしその中に智一は、いない。

見知らぬ若者。まだ相当若い。十代と言っても通用するだろう。しかし派手な髪の色に派手な服装。どう見ても、真面目な青年とは思えない。

「これは、新宿だ」

間違いない。新宿の、歌舞伎町だ。

明と顔を見合わせる。

「さっそく当たったか」

この若者たちが東京の人間なら、親が知らない友人ということになるのじゃないか。

3

「見たことないわ」

眉間に皺を寄せてディスプレイを凝視してから、智恵さんが言った。それから何度も首を捻ったり唇を歪(ゆが)めたりしながらさらに見つめていたが、息を大きく吐いた。

「全然わからない。ごめんなさい」

「謝ることはないさ」

どうしてこんな写真があるんだろう、と、小さく智恵さんは呟く。困惑しているのがよくわかる。

息子の友人を全部知ってるという母親は少ないだろう。たとえば智一が所属していた野球部なら、いつも応援に行っていたのだから部員の顔を全員知っていても不思議ではないが。少なくともこの写真の三人にはまったく見覚えがないと言う。

パソコンに入っていた写真は明が持ってきたタブレットに移して、全部時間を掛けて一枚一枚確認した。机の中に入っていたソニーのデジカメは五年ほど前にヒトシが買って、使わなくなったものを智一にあげたものだそうだが、充電して残っているデータを確認したが、パソコンの中に取り込まれていたものと一致した。もちろん、パソコンの中にはデジカメデータには入っていない写真も数多くあった。ほとんどはスマホで撮ったものなんだろう。

　半分以上は辞めた野球部の仲間たちとの写真だった。後は家族や猫を撮ったものや、クラスメイトとの写真が半々程度。家の周辺で撮られたものもあった。

　その写真のほとんどが、思わず「へぇ」と声を出してしまうほどに巧みな構図のものだった。

　もう何十年も前の話だが、広告会社で制作をやっていた身だ。ポスターやチラシやカタログを嫌というほど作って、カメラマンやグラフィックデザイナーと一緒に〈写真〉というものを扱ってきた。〈良い写真〉と〈普通の写真〉の区別はできる。

　そして良い写真の中でも、偶然そんなふうに撮れたものか、センスのある人間が意図的に撮ったものかも判断はできる。

「智一はこういうセンスがあるんだな」

　言うと、智恵さんが小さく頷いていた。

「凝っていたわけじゃないけど、写真を撮るのは好きみたいね。撮り始めると何枚も場所を変えて撮っていたわ」

　親に見られては、もしくは他人に知られてはまずいような画像はなかった。そういう点では智一は真面目なのか。

「あるいは、全部消去したかもだね」

明が言った。

「家出を決めたときに、誰かに見られちゃヤバい画像は消したとか」

「あり得るな。それは確認できるか」

「やってみるね」

消したデータは、完全に消去しなければハードディスクから復活できるはずだ。明がパソコンに向かい作業している間にタブレットに移した写真をもう一度眺める。

華やかな夜のネオン街で笑う三人の青年。

「うん」

確信があった。

「この写真は明らかに智一が撮ったものじゃないね」

「そう思うわ。だってあの子、夜の歌舞伎町なんかに行ったことないもの」

智恵さんが言う。

「それは、どうでしょうか」

明がキーボードを操作しながら、ディスプレイから眼を離さないまま言った。

「可能性の話をするなら、ダイおじさんの家に遊びに来たときにちょっと行って帰ってくることはできますよね」

　あぁ、と、智恵さんが小さく頷いた。

「そうね。それは確かにそうね」

　そうだと思う。智一は何度か私の店に遊びに来ている。夜中に一人でどこかへ行ったことはなかったはずだが、普段の日だって水戸から東京は電車で二時間もあれば着くのだ。その気になれば、ちょっと部活で遅くなると言って夜の歌舞伎町に行って、真面目な高校生が怒られない程度の時間、たとえば夜の十時ぐらいに帰ってくることは可能だろう。

「だけど、そこじゃないんだ智恵さん」

「なに？」

「この写真」

　タブレットを指差す。

「明らかに普通の人が、普通に撮った写真だ。だけど、智一の撮った写真はそのほとんどにある種のセンスを感じる。巧いんだ。天性のものなんだろうな。だから、たとえばこれ」

　タブレットの画面を触って別の写真を見せる。これにも野球部の仲間が写っている。

「これは智一が撮ったものじゃないだろう。友達の誰かが撮ってメールか何かで送ってきたものだ」

これも、これも、と見せていく。見せていく内に、智恵さんも頷きだした。

「明らかに違うだろう？　智一の撮る写真は意識的なのか無意識なのかはわからないけど、構図が巧みなんだ。光の取り込み方も巧い」

「そうね」

うん、そうなのね、と大きく頷いた。

「知らなかった。そう言われて比べて見たらわかるわ。あの子、本当に写真を撮るの上手なのね」

「そういうことだ。帰ってきたら、将来の選択肢にそれを入れればいいって話をするといいよ」

本人にその気があるかどうかはわからないが、カメラマンを職業とする資質は充分にあると思う。

「なので、この歌舞伎町の写真も〈誰か〉が送ってきたものだというのは断定できる。三人ともか、あるいはこの中の誰かが、それは撮影者も含めてという意味で、智一の友人なんだろう」

そしてそれは高校生とは限らない。この三人を見ると、高校生ではない可能性の方が高いと思う。

「年上の友人は？　たとえば中学の二年先輩、あるいはＯＢならもう大学生や社会人でもおかしくない」

智恵さんはゆっくり首を二、三度横に振った。

「親しい人がいるって話は聞いたことない」

「嫌なことを訊くけど」

わかってる、というふうに智恵さんは頷いた。

「私は、智一とはよく話すし、智一も素直な良い子。冷静に考えても仲の良い母子だと思う。勘違いなんかじゃないし、親に隠さなきゃならないような悪い友達はいないと思う」

それはわかっていた。私もそう思う。智一は思春期の男の子にしては本当に良い子だ。父や母に反発することもなく、仲良さそうにしている。

「裏表のある子じゃないよな」

「そう思ってる。だから、家出もバカなことをするためじゃないって信じているんだけど、理由にまったく見当がつかなくて」

タン！　と、明がキーボードを少し強く叩いた。

「サルベージかけてみたけど、特にエロ画像とかを消した後もないね。ごく普通のいらない画像を消した形跡しかない。それはそれで真面目過ぎって気もするけど」

「お前のパソコンにはあるのか」

「ご想像にお任せします」

少し笑う。同時にプリンターが動き出した。

「今、この中にあるメアドや個人名を出してる。この後SNSを、ラインやフェイスブックやツイッターなんかを探るね」

「そもそもそういうのをやっているのか智一は」

明が小さく顎を動かした。

「やっていないみたいだ。少なくともこのマシンではね。それでもクライアントを使ってはいるから、友達とかのを見ていた可能性はある。その辺をちょっと探してみる」

「インスタグラムとかはどうだ。これだけ良い写真を撮れるならそっちに興味を持ってる可能性はあるだろ」

「あぁ」

そうだね、と明は頷く。

「それも探してみる」

「悪いわね。なんか迷惑かけちゃって」

明が、智恵さんを見て少し笑う。

「何てことないです。好きなことだから」

確かに、パソコンの前にいる明は生き生きとしている。眼の輝きが違う。何であろうと寝食を忘れて熱中できるものがあるのは良いことだと思う。


二時間掛けて、パソコンの中にあったメアドやメールの内容、ＳＮＳの履歴などを探ってみたが、まったく有用な情報はなかった。

「そもそもパソコンはあまり使っていなかったみたいだからね」

「そうだな」

そう思えた。メールクライアントに入っているメールの数も少ない。届いているメールは全部中学と高校の友人ばかりだった。メアドだけでは見当がつかないものが多いが、書かれている内容でそれとわかった。

家出の原因となるようなものならともかく、とんでもない事件の匂いがするものが出てきたら困るなと思っていたが、他愛ない日常の話ばかりだった。それが普通と言えば普通なのだが。

友人の息子とはいえ、個人のプライバシーを覗(のぞ)いているのだから多少気が咎(とが)めたが、それは何も言わずに家出なんかする方が悪いという大人の無茶な理屈で押し隠す。

「やっているとしても、やっぱりスマホで全部済ませているのね」

ラインはやっていたはずだと智恵さんは言った。ただ、しょっちゅう覗いていたわけでもない。居間にいる間は、つまり親の前ではほとんどスマホをいじっていなかったそうだ。そんなに興味はないんだ、というのを前に言っていたそうだ。

「普通の高校生ならそうですよ。僕みたいに常にパソコンを使いたいような人間ならともかく、智一くんは野球部だったし」

「家に帰ってきても疲れてパソコンどころじゃなかったんじゃないか？」

そうだと思うけど、と、智恵さんも言う。

「でも、辞めてからは割りと暇を持て余していたみたいだし」

二年生になる前、つまり春休みの前に退部届を出したと聞いた。そのまま野球部のマネージャーとして部に残るという選択肢もあったようだが、本人がとりあえずは一度離れると。もし、マネージャーとして仲間のために頑張りたいという気持ちが出てきたら、また入るかもしれないけどと言っていたそうだ。

二年生になっても他の部に入ることはなく、いわゆる帰宅部になっていたようだ。そこに何か、家出の理由はあるのだろうか。

「何かの、文科系の部活に入るという話はしていなかったのかい」

「してなかった。私たちも、あまりそこには触れない方がいいかと思っていたから」

気を遣っていたのか。野球ができなくなった息子に。ただ、明の話ではそんなに気を遣わなくてもよかったはずだが。

「他に気になる点は何もなかったかい。ヒトシは何も思い当たるものはないって言ってたけど」

男親と女親の観点は違う。

「イジメとかはないと思う。あの子は優しい子だけど、あの通り身体も大きいし気が弱いわけでもないし」

「野球部を辞めた理由は、純粋に腰をやってしまっただけだね？　念のためだけど」

「それは間違いないと思う。練習はそりゃあ名門校だけあって厳しかったけれど、同じ一年生同士は本当に仲が良かったし、先輩に虐められたって話はまったくなかった。そこは、本当にお母さんたちも気をつけていたから」

「智一くんは、巧かったんですよね？　野球」

明が訊くと、智恵さんは少し笑みを見せた。

「下手くそではなかったみたいね。大いに期待されてたわけでもないけど、レギュラークラスになれる素質はあるって言われてた」

勉強は推して知るべしだろうが、多少成績が悪いところでそれが家出の原因になるような子じゃないのは確かだ。

一階の、広い縁側に面した居間。大きな座卓。開け放した縁側からの風が少しばかり涼しさを感じさせる。まだ四月だ。この辺りもきれいに晴れていて春の心地好さを存分に感じられる日だったが、そろそろ夕方。陽射しも弱くなってくる。

ヒトシから、五時前には帰れるというメールが智恵さんに入っていた。そこでとりあえず話をするまでは、これからどう動くかは決められない。

そして、智一からの連絡は誰にも入っていない。ワリョウや淳平、あゆみ、純也も電話をしてみたがやはり出ないとメールが入っている。ただ、繋がることは繋がる。少なくとも充電切れや、電波の届かないところにいるわけじゃない。

真面目な高校生が置き手紙をして家出するのにどんな理由があるだろう？　しかも、〈帰ってくるから〉と書き残しているのだ。

どう考えても、友人関係だろう。その他には考えられない。

「ちょっと、智一の高校を見てくるよ」

言いながら立ち上がった。

「何があるわけじゃないけれど、これからもし動き回るのなら見ておきたいから」

そうだね、と、明も立ち上がった。智恵さんが申し訳なさそうな表情を見せながら頷く。

「ヒトシが帰ってくるまでには戻るから」

車でほんの五分のところに、長矩高校はあった。校舎に何か特徴があるわけじゃないが、敷地をぐるりと囲むようにして大きな木が立ち並んでいる。これは、春楡だろうか。詳しくないので何とも言えないが、これから夏に向けて緑が濃くなれば気持ちの良い環境かもしれない。

昨今は学校をただ見ているだけで通報されるかもしれないような時代だ。ぐるりと回ってから、ちょうどグラウンドの反対側、道路向こうにコンビニがあったのでそこの駐車場に停めた。かなり広い駐車場だから、端で少しばかり休憩している風を装っても問題ないだろう。

明にコーヒーを買ってきてもらって、車のエンジンを掛けたまま二人でグラウンドを眺めながら飲む。

煙草に火を点けた。窓から紫煙が流れていく。道路向こうのグラウンドには何人かの生徒が動いているのが見える。バックネットがあって野球部のユニフォームを着ているからそうなんだろうが、人数は明らかに少ない。

「まだ部活の時間じゃないよな?」

明が頷く。

「四時過ぎたから、そろそろですね」

「そうか」

そんなに早い時間に部活は始まるんだったか。高校を卒業してもう三十数年だ。すっかり忘れてしまっている。

「智一も去年はあの中にいたんだな」

「このまま智一くん帰ってこなかったら、どうします？　どうやって動くんですか」

明が聞いた。風が少しばかり強くなってきたようだ。

「全ては親であるヒトシの判断に任せるが、自力で捜すのならば今のところはまずはあの写真を手掛かりにするしかないな。少なくとも〈東京〉というキーワードに当てはまるのはあれだけだ」

「じゃあ、聞き込みってやつ？」

少し唇を歪めて、明が言う。

「そうだな。ただ、相手は高校生だ。不審な中年男がいろいろ訊き回っていると通報されても困るから、あくまでも親から、ヒトシから連絡をしてもらって、智一の友人」

そこで、グラウンドを指差した。ユニフォーム姿の男子達が大勢出てきた。

「彼らに聞いて回るしかないだろう」

「できれば、あの中に入っていって全員にいっぺんに訊けた方がいいですね。時間の節約になって」

「そうだが、それもこれもヒトシに確認してからだな」

東京まで二時間だ。ヒトシと打ち合わせしてから家に帰ることも可能だが、五十を過ぎてからは夜の運転は極力避けるようにしている。少しばかり夜目が利かなくなってきたのを自覚したからだ。しなくていいのならば夜の運転はしないと決めている。

それもこれも、結婚して子供ができたからだ、と思ったことがある。

もし一人で、独身で暮らしていたのならそんなことは考えなかったろう。気ままに夜のドライブを楽しんだはずだ。

子を持って初めて判る親の苦労。子を思う親の気持ち。

ここ数年、自分の子供をもう高校生や大人になるまで育て上げた、ヒトシやワリョウたちに改めて感心することが多い。もし、私が今も数年前までのように独身だったら、子供がいなかったら、今回の家出にもそんなに騒がなかったかもしれない。ここまで親身にはならなかったかもしれない。

「今日はヒトシの家に泊まって、明日から動き出すことになるだろうな」

「もっと手っ取り早く」

「うん？」

明がひょいと右手を動かした。

「ああいう連中に訊いたらどうかな？」

見ると、コンビニ脇のところに高校生たちが四、五人固まっていた。コンビニで買ったんだろう何かを飲みながら楽しそうに話している。授業が終わって帰ってきた帰宅部の生徒たちか。

一見しただけで、決して真面目な、優等生な生徒ではないことはわかるが極端にワルそうな連中というわけでもなさそうだ。まぁ、ちゃんと学校に来ているだけで充分真面目といえばそうなのだが。

明がタブレットを出して、あの写真を出した。

「もし、この写真の男たちが智一くんの学校の先輩なら、彼らの中に見覚えのある奴がいるかもしれないよ」

それは、確かにそうだ。まだヒトシが帰ってくるまでに時間はある。

「ちょっとやってみるか」

明からタブレットを取って、ドアを開けた。

「お前はここにいろ」

「何で？」

「何もないとは思うが、もしこの先何かトラブルがあったときに、顔を知られるのは一人だけの方がいいんだ。それにお前はワリョウから預かってる大事な息子さんだからな。危ないことに巻き込むわけにはいかない」

明は少し驚いたように眼を大きくさせた。

「もう大学生ですよ僕」

「それでも、子供は子供だ」

明が苦笑する。

「何て言って訊くの？　あいつらに」

簡単だ。

「私立探偵だと言えば、充分ウケてくれる」

そんなことをしたいなんて思ったことは一度もないのだが、今までの人生で何故か人捜しや、危ない橋を渡ったことは何度もある。車に轢かれそうになったことや、おっかない人たちの中に飛び込んだことや、そもそも逮捕だってされたこともある。だから、そういうときにどうやって切り抜けていくかという知恵も度胸もついてしまった。できればそんなことには巻き込まれずに、ただの喫茶店のオヤジとして静かに生きていきたいとは思っているのだが。

車を降りて、タブレットを手に歩いていく。五人の高校生はまだたむろしている。ただ、座り込んでいないし、そんなに悪そうな面構えもしていない。一年生ではないな、と当たりをつけた。二年生か、三年生。

「済まないけど」

全員で何だこのおっさん、という顔をする。私は基本的には人畜無害の雰囲気を漂わせているつもりだ。叩けば崩れ落ちそうな身体もしている。だから、誰も警戒していないはず。

「そこの長矩高校の子だよね」

「そうだけど」

こういうときに応対するのは、リーダー格じゃないというのは相場が決まっている。大抵はいちばん下の位置に属する子だ。

「ちょっと訊きたいんだけど、この写真に写っているので、知っている男はいるかな。長矩高校の先輩だと思うんだけど」

タブレットを見せる。反射的に全員が画面に映し出された写真を見る。何故か人間はこういうのに逆らえない。見たくなくても眼を向けてしまう。

全員で見て、二秒の間が空いた。

「わかんない、です」

「誰？」

「見たことないよ」

言葉遣いでもちょっとやんちゃそうだけど、普通の生徒だというのがわかる。その中でたぶん彼がリーダー格だろうと眼をつけていた男の子が、首を捻った。

「見たことある？」

「や」

顔を顰めた。私を見る。言っていいのかどうか、という顔をする。

「心配しなくてもいい。私は興信所の調査員だ。平たく言うと探偵だね。ちょっと人捜しをしているだけで、ここに写っている子たちに危害を及ぼす者じゃない。もちろん、君たちにも迷惑は掛けない」

探偵、とか、調査員、とか、すげぇ、などと口々に小さく言って驚いたり笑ったりする。高校生らしい反応だ。リーダー格だと思った男の子は、それでも何か疑うような眼を向けていた。

いいな。君は将来きちんと仕事ができると思う。

「わかんないけど、この人」

指差した。真ん中の男だ。細身で、飛び抜けてきれいな顔立ちをしているとわかる男。

「たぶん、学校の先輩だと思う。もう卒業して、いないけど」

「名前は？」

「知らない。でも、野球部だった」

野球部。

やはり、この写真が当たりなのか。

「何年前の先輩？」

「俺が一年の時、三年生」

「君たちは今何年生？」

「三年」

ということは、智一からすると三つ上のOBか。直接学校で一緒だったわけじゃないことになる。

「君はどうして知ってるの？　君も野球部だった？」

「知ってるってわけじゃない。イケメンだって騒がれてたから」

その態度と表情と言葉尻に、何か隠しているものがあると思えた。ほんの少しだけ、顔を覗き込んでやる。

「何かがあって、この先輩を知っていたんだね？」

「や」

顔が歪む。言いたくないって顔をしている。

「頼むよ。繰り返すけど君に迷惑は掛けない。どうして何も関係のない先輩の顔を知ってるのか教えてほしい」

しょうがないって顔をする。

「なんか、フラれてさ。あの先輩が好きなんだって」

「なるほど」

言葉は足りないが、理解できた。好きになった女の子に告白したけど、私はあの人が好き、と言われたのか。それで相手の顔を覚えていたのか。そんなことあったのか？　と、仲間が少し騒いだ。

「その女の子は、この先輩と付き合っていたのかな？」

「いや、それはわかんないけど」

けど、か。

少し考えてから三歩下がって、フラれた彼を手招きした。なんだよ、という顔をしながらも来てくれる。他の子は、黙って見ている。素直な子たちだ。

「その飲んでるやつ、おじさんのおごりだ。皆の分も」

財布から千円札を出した。高校生相手ならこれぐらいで充分だと思うのだがどうか。

「明日飲む分まである。君をフッたその女の子の名前を教えてくれないか。大丈夫。絶対に迷惑は掛けない。その女の子にも君にも」

唇を尖らせて、千円札を受け取った。

「村藤。村藤瑠璃。同じ三年生」

☆

長い付き合いだ。出会ったのは大学入学してすぐ。だから、もう三十四年の付き合いになる友人だ。

だが、こんなに打ちひしがれた様子の、疲れた顔をしたヒトシを見たのは初めてだった。そういえば、学校に通うときのスーツ姿を見たのも初めてかもしれない。付き合いが長いと言っても、知らないことはたくさんある。

「大丈夫か」

「あぁ」

済まんな、と言いながら背広を脱ぐ。シャツ姿でもその身体が筋肉質であることが浮かび上がる。今はただの教頭先生なんだろうが、体育教師として長年やってきた。身体を鍛えることが習い性になっていてランニングやストレッチは毎日欠かさないんだと言っていた。

どさりと座卓の前に座り込む。台所で晩ご飯の仕度を始めていた智恵さんが、心配そうな顔をしながらお茶を持ってきた。

「学校の方には？」

「うん」

智恵さんに訊かれ、ヒトシは小さく頷いた。

「校長には事情を話しておいた。休むわけにはいかないが、何かがはっきりするまで、個人的な電話連絡や昼休みに抜けたりするのをお願いしておいた」

「そう」

智一の担任とも既に話を済ませたそうだ。黙っていなくなったわけではなく置き手紙があるので、とりあえずは智一は具合が悪いのでしばらく休むという話にしておいてほしいと。後日、学校での様子を聞かせてほしいと頼んでおいたそうだ。

ヒトシが、お茶をぐい、と飲む。

「明も悪かったな。大学を休ませて」

ヒトシが言う。

「何でもないですよ。大したこともしてないし」

「それでだ」

パソコンを調べた結果を説明した。

「写真？」

「これだ」

タブレットを見せる。ヒトシが眼を細めて覗き込む。そして、凝視する。

「わからん。だが確かにこれは歌舞伎町だな。この写真が智一のパソコンの中にあったのか?」

「そうだ。そして少なくとも智一が撮ったものではないのは確かだ。誰かからメールか何かで送られてきたんだろうが、そこまではわからなかった」

何故そう判断したかの根拠である、智一の写真の巧さの説明をする。うん、うん、と頷きながら腕を組む。いつもそうだった。ヒトシはこうやって私と向かい合って真面目に話を聞くときには腕組みをする。

そうして、唸るような声と一緒に息を吐いた。

「たまらんな」

「何がだ」

「自分の息子のことを何にもわかってない情けない父親だってことだ。説明されてようやくあいつの撮った写真の巧さに気づいた」

「それは、元広告屋だからわかっただけの話だ」

そんなことで自分を卑下する必要はない。

「智一が東京に行ったとするなら、この写真が手掛かりになると思った」

高校の近くのコンビニでちょっと聞き込んだ話もする。ヒトシがまた驚いていた。

「もうそんなことをしたのか」

「成り行きでな」

そこで、この男が高校の先輩であることと、村藤瑠璃という女の子と付き合っていた可能性があることを伝えた。

「聞いたことないか」

「ないな」

お前はどうだ、と、台所にいる智恵さんに声を掛けた。智恵さんには確認済みだ。

「知らないのよ」

エプロンで手を拭きながら智恵さんが来る。

「野球部の先輩もさすがにもう卒業した子までは知らないし」

「だろうな」

「だが、野球部の顧問にこの写真を見せて訊けばすぐにわかるだろう」

そうだな、と、ヒトシが頷く。頷きながら、顔を顰める。

「だが、迷ってる」

「迷ってる?」

その顔がさらに歪んだ。

「置き手紙があって、帰ってくると書いてあるんだからこれ以上騒ぐ必要もないのか、って気持ちもある。それに」

そこで言葉を切った。言い難そうにしている。

私を見る。

その眼は、一緒に暮らしていた頃にも何度か見た覚えのある眼だ。困っているんだ。

どうしたらいいのかと悩んでいる。

「お前だから言う。聞いたら忘れてくれ。俺は、教頭という立場の人間だ」

早口で言った。それを聞いた智恵さんが、少し下を向いて唇を噛んだ。

「それは、自分の息子が家出などという不始末をやらかしていることを、これ以上広げたくないという気持ちを持っているということか」

ヒトシが小さく息を吐いた。

それから私を見て、今度はわざと大げさに息を吐いた。

「どうしてお前はそうやってストレートに言うかな」

「ストレートだったか？」

「昔っからそうだ。言い難いことをしれっとした顔をしてズバリと言いやがる」

「それは悪かったね」

ガリガリと頭を掻いて、ヒトシは辺りを見回す。

「煙草は持ってるのか」

「当然」

仲間内でもいまだに煙草を吸っているのは私だけだ。淳平は役柄で煙草を吸うこともあるので、純粋に止めたとは言えないが。

「灰皿がないな」

「家の中では吸っていないよ」

我慢できないほどのヘビースモーカーではないし、人様の家に来て灰皿を要求するほど不作法でもない。吸いたくなったら外へ出る。

「一本くれ。灰皿、どっかにあったろ？」

智恵さんが頷いて立ち上がった。

「吸うのか」

「酒でも飲みたいがそうはいかん。これから智一の担任に会いに行くからな。せめて煙草でも吸わなきゃやってられん」

煙草のケースとジッポのオイルライターを取り出して、座卓の上を滑らせた。ヒトシが一本取り出す。

「あれ以来か」

訊くと、火を点けながら少し考え、頷いた。

「そうかもしれん」

もう、十年近くも前になる。真吾が死んでしまって、その葬儀の後のロングドライブのときだ。ヒトシもワリョウも、車の中で禁煙して以来の煙草を口にした。同じように、煙草でも吸わなきゃやってられんと。

　ヒトシが煙を吐き出す。唇を歪めて、少し考えるように眼を閉じた。

「世間体が悪いのもそうだが、教頭という立場の人間の息子が家出なんてのは、最悪も最悪なんだ。むろん、校長には報告はしたがその他の先生方には知られないようにしている。そして」

「智一の高校の方にもできるだけ知られたくないってことだな?」

「そうだ」

「それは、智一の高校でも、親であるお前は中学校の教頭先生であることを認識しているからか。そんなことが知られてしまったら体裁が悪いと」

　唸るような声を出して、ヒトシが頷く。その瞳に、何かが揺れる。

「お前に隠しても始まらん。まぁ、その通りだ。情けない男だと思ってくれてもいいぞ」

　体裁、世間体、社会的地位。

　私たち大人は、そういう柵の中で生きている。生きていかざるを得ない。そこから離れて生きようとするならば、相当に特殊な立場に身を置かなきゃならない。

「そんなことで俺はお前を蔑んだりしないから安心しろ。あたりまえのことだ」

私たちは親であると同時に、社会人だ。

「明ぐらいの年齢なら、怒るかもしれないけどな」

そう言って明を見たら、ちょっと首を傾げて苦笑いをした。

「怒らないけど、確かにちょっとそれはどうなんですか、って思ったけど」

「当然だ。そして、ありがとな」

ヒトシが同じように苦笑いする。

「智一が前に言ってたぞ。明くんと話してると楽しいんだって」

「そうですか？」

「自分とはまるで違う世界を持ってるからだろうな」

そうなのだろう。親同士が友人で、子供の頃から知っている、智一から見たら年上のお兄さん。一年に一回会うか会わないかだから、親しい友人とは言えないだろうが、ある意味では素直に心許せる立場の男性なんだろう。

「明」

「うん」

「ヒトシがこう言っているのは、智一を信用しているからだ。〈帰ってくる〉という置き手紙に信頼を置いているからこその判断だ。決して、世間体が悪いということだけでそう言ってるわけじゃない」

言うと、少し眼を大きくさせてから、小さく頷いた。

「担任の先生との約束は何時だ」

「六時には身体が空くと言っていたので、その頃に会うことにした。晩飯前に済ませてしまう」

「僕も行こうか？　部外者で驚かれるかもしれないが、身内とでもしておけばいい。それこそ東京に住んでいる遠い親戚とでも」

もし、探し回るとしたら手を借りるので連れてきたと説明すれば納得してくれるだろう。ヒトシが少し考えてから、頷いた。

「頼む」


智一の担任の先生は女性だった。賀川先生、と、ヒトシは呼んだ。年齢までは訊けなかったが、若々しい。まだ二十代の後半ではないかと思う。

高校からさほど離れていないマンションに一人暮らしなので、部屋に上がるわけにはいかない。近所のファミレスで会う約束をしたらしく、そこまで出向いた。

先生は着替えないで学校からそのまま来たんだろう。グレイのパンツスーツ姿だ。

「電話でもお話ししましたが、まったく見当がつきません」

心配そうな表情で、アイスレモンティを一口飲んで言う。肩までのストレートの髪、小柄で、太めとまではいかないが少しばかりふくよかな印象もある。丸く愛らしい瞳から、まるで子グマみたいだと思ってしまった。きっと生徒たちもそんなようなあだ名を付けているのに違いない。

訊けば、単なる偶然だが、賀川先生は一年生のときも智一の担任だったそうだ。

「上木くんは、普段からとても明るく、そして男の子にしてはって言うと偏見かもしれませんけど、細やかな心配りのできる生徒です。クラス内で何かのグループを組んでも、上木くんのいるところなら安心って思えるんです」

そうだったのか。智一はそういう生徒だったのか。

「クラスの中でいじめとかそういう問題も今のところまったくありません。それは、確信してます」

ヒトシの顔を見て言う。その言葉遣いに、言葉尻に、ただの生徒の親ではなく同じ教育者、中学の教頭という立場の人間に向けての何かが含まれていると感じた。

クラスで仲の良い生徒の名前も何人か出た。きっと彼らなら、今日欠席した智一にもうラインや何かで連絡しているはずだ。もし、何の反応もなかったら、そして明日も欠席するとなったら何か言ってくるかもしれないと。

「隠し通すのには限界があると思いますが」

それも、まるで上司に報告するような感じだった。相手がヒトシなら、教頭先生ならどうしてもそうなってしまうんだろう。

ヒトシも、顔を顰めながら頷いた。

「今夜一晩は、智一からの連絡を待ってみようかと。それで連絡がなければ、明日にでもその親しい友達に聞いてみたいと思っているんですが、いかがでしょうか」

賀川先生が、少し考え、小さく頷いた。

「了解しました。もし、そうなったときには校内でお願いできますか？」

「それは、もちろんです。私が放課後に出向きます」

高校へヒトシが行って、そして智一の仲の良い友人を校長室かどこかに集めて話を聞く、という形にするのだろう。学校側としてはそれが正しい判断になるのか。仮にヒトシが逆の立場になってもそう考えるんだろう。

ヒトシに、まだあの写真は見せるな、と念を押された。明日、皆に訊くときにまとめたいと。

「智一くんの仲の良い友人の中に、女の子はいるんでしょうか。付き合っている彼女みたいな、という意味ですが」

私が訊いてみた。これはヒトシも同意していた。彼女がいるとはまったく聞いていない。親には言わないだろう。知っているとしたら友人だし、担任が女性ならば何か気づく部分はあるかもしれないとの期待を込めた。

　賀川先生は、少し首を捻った。

「把握している限りでは、そのような話も噂も聞いていません。でも、上木くんは女生徒には人気がありましたよ。モテているということではなく」

　ごめんなさい、と少しだけ微笑んだ。

「優しく気遣いのできる男の子、という意味合いで、です」

「村藤瑠璃という生徒は知っていますか」

　これは、アドリブだった。でも、賀川先生の瞳に何かが浮かんだ。ただの勘だが、何かある、と思った。

「その子が何か？　どうしてそのお名前を？」

「智一のパソコンのアドレス帳に、その名前がありました」

　もちろんこれは嘘だ。ヒトシが思わずといった感じで私を見たが、黙っている。賀川先生が私とヒトシの顔に順番に眼をやる。

　表情に、戸惑いが浮かんでいる。

「村藤瑠璃さんと智一に何か関係があるのでしょうか」

「いえ、何もないと思います。少なくとも私は知りません。彼女は三年生ですし、それに」

思わず、といった感じで言葉を切った。唇が歪んだ。明らかに動揺している。

「それに?」

畳み込んだ。そんなつもりはまったくないのだが、こういうときの私は怖いとあゆみにも言われる。穏やかな声と表情が余計に恐怖をあおると。

「彼女は」

賀川先生の口から小さく息が漏れた。

「春休み明けから、学校に来ていません。不登校になっています」

4

普段は台所のテーブルで済ますという朝ご飯を、智恵さんは私と明がいるので居間の座卓の上に並べてくれた。

朝の七時、ヒトシは既に朝飯を済ませて学校に向かっていた。教頭先生という、いってみれば学校の中間管理職は貧乏暇なしだと聞かされている。それでなくても忙しいのに、何とかして空き時間を作って智一に電話をしてみたり、私との連絡を欠かさないようにしなきゃならない。

基本的にはメールで逐一状況を報告し合うことにした。ラインでグループ作った方が楽ですよと明が言ったが、生憎とヒトシの持っているのはガラケーだったし、そういう方面には疎いので今から覚えるのも辛いと言っていた。実際私もiPhoneは使っているが、ラインもツイッターも、その他SNSと呼ばれるものは知識だけはあるのだがまったくやっていない。〈弓島珈琲〉のフェイスブックはあるが、更新しているのはあゆみだ。私はただ眺めているだけ。

「〈弓島珈琲〉の美味しいモーニングと比べたら雑でごめんなさい」

智恵さんが笑いながら、言う。

「同じですよ」

トーストにスクランブルエッグ、レタスとトマトのサラダに自家製だというヨーグルト。そしてコーヒー。充分過ぎるほどの朝ご飯だ。

笑みを見せて話し掛けてくる智恵さんだが、明らかに寝不足の眼をしている。眠れていないんだろう。それはたぶんヒトシもそうだ。昨日の夜にこれからの方針を話し合い、日付が変わる前には床についたのだが、そのあともきっと二人は智一からの連絡を待って眠れない夜を過ごしたんだろう。

わかってはいたことだが、私と明が参加してあれこれと話し合い検討しても家出の原因はまったく摑めなかった。

智一の机も部屋も引っ繰り返して、もちろんパソコンに残っていた全てのデータを洗って調べてみたが、家出を匂わせるものの欠片(かけら)さえなかった。むしろ、友達とのメールでのやりとりなどは、智一はやっぱり真面目で優しい男の子だったんだな、というのを再確認したぐらいだ。

智一の八つ上の姉であるいちこちゃんは、地元の信用金庫に勤めている。二年前ぐらいまではここで同居していたのだけど、一人暮らしを経験したいという話になって今は市内のマンション暮らしだ。

姉弟仲は良い。いちこちゃんは年の離れた弟を、智一を本当に可愛がっていた。離れて暮らすようになってからもよく電話で話をしていたらしい。そのいちこちゃんも昨日の夜に顔を出してくれて言っていた。

悩みがあるのなら絶対に私に話してくれたはずだ、と。

そして東京での行き先にも、弓島さん以外にはまったく心当たりがないと。

だから、唯一の手掛かりと言っていいものが、あの歌舞伎町で写された三人の若者の写真だ。

あれだけが、〈東京へ行く〉と書いた智一の書き置きと関連付けられるものだった。

「翔太と翔子からライン入ってた」

明が言う。

「何かこっちでできることありますかって」

うん、と、頷いた。智恵さんと顔を見合わせると、苦笑いを見せた。

「皆に心配掛けちゃって申し訳ないわ」

「気にすることはない」

明と智一は、彼らの父親であるワリョウとヒトシが友人という関係はあるが、翔太と翔子はまるで関係がない。明の大学の友人というだけなんだが、こうして心配してくれる。

大勢で過ごすことが本当に楽しいんです、と二人はいつも言っている。

翔太と翔子の双子の姉弟には親がいない。高校生のときに不幸な交通事故で父と母を同時に失ってしまっている。しかも、父も母も同じ施設で育った孤児だったので、残された彼ら二人に親類縁者は誰一人いない。親が遺してくれた生命保険で、倹約生活ではあるけれども、大学に通い社会人になるまでは充分に暮らしていけるのが唯一不幸中の幸いだった。

だから、下宿して父母と同じような年齢の私たちや、兄弟と同じような年齢の明や智一、私や三栖さんや純也の子供たち、そして淳平や花凜さんといった個性豊かな大人たちが親戚のように周りにいてくれるのがたまらなく楽しい。明と友達になれて幸運だった。私たちと毎日を過ごすのが嬉しくてしょうがないと言っている。

いい子たちなんだ。

まだ子供のうちに、人生を左右するような不幸などその身に降りかからない方がいいに決まっている。だが、降りかかってしまったが故にその心を成長させる場合は確かにある。翔太と翔子はその好例だと思う。

「とりあえずはないな。普通にしていてくれと伝えてくれ」

「了解」

もう一通り全員が智一の携帯に電話やメールを入れている。智一に連絡する気があるのならそのうちに誰かにしてくるだろう。それが一切無いというのが、智一の何らかの覚悟を示している。

ヒトシは、今日の夕方授業が終わる頃に智一の高校へ顔を出すことになっている。今頃、担任の賀川先生にその連絡を入れているはずだ。そこで、賀川先生を交えて、智一と親しかった数人の友人を呼んでもらって家出の件を告げ、何か知っていることはないかを訊く。同時に、今現在智一と連絡が取れるかどうかを試してもらう。

そこで、友達の誰かが家出した後に智一と連絡し合っているのなら、生存確認が取れたということになる。ならば私たちがこっちで動くことはしない。間違いなく智一は何か目的があって自分の意志で家出をしたのだ。

そして、東京にいることが確かだとわかったのなら、戻って三栖さんと相談してみる。無理矢理にも頼み込んで警察で捜してもらうのが確実だ。

だが、もしも親しい友人も、誰も連絡が取れていないとしたら。

☆

中学校の教頭であるヒトシの立場の難しさは重々承知しているが、夕方まで何もせずにぼうっとしているわけにもいかない。

「かと言って、いったん東京に帰ってまた来るのもめんどくさいよね」

「その通りだな」

手掛かりはあの写真に写っている野球部の先輩。そして、ひょっとしたらその彼と付き合っていた現在三年生の、不登校となっているらしい村藤瑠璃ちゃん。

「下手に動いてヒトシさんの立場をこれ以上悪くしたくないってなると、やっぱりネットで見つけるしかないですよね」

「できるか」

朝食の後、智一の部屋で話していた。明がタブレットの写真を見る。

「長矩高校の野球部の名簿をネットで探して、彼の名前と現在どこにいるかを判明させる、だよね」

「そうだな」

もうひとつの手段は、昨日賀川先生に聞いて確認した村藤瑠璃ちゃんの自宅を訪問してみることだが、さすがにそれはヒトシに内緒ですることはできない。だが、不登校になっているというのも少し引っ掛かっていた。

「とりあえずは野球部をあたってみるか」

明が、うん、と頷く。

「やってみる」

パソコンに向かい合って、何かを打ち込んでいく。

「野球では県内の名門校って話だからね。必ず試合の動画やデータがどこかにあるはず。OBやお母さんたちってそういうのよく撮ったり記録したりしてるでしょ」

「たぶんな」

そういう話はよく聞く。

「そこから探してみるよ。好きな人ならフェイスブックとかもやってるだろうし。案外簡単に見つかるかもしれない」

「なるほど」

「それから」

　そう言っていったん言葉を切った。

「なんだ」

　一度首を捻ってから少し唇を曲げるように笑った。

「若干アレなんだけど、この写真を使ってみる？」

「どう使うんだ」

　うーん、と唸る。

「あまり詳しくは言いたくないんだけど、要は掲示板のようなところ。写真をアップして〈この人知らない？〉ってやったら、〈あ、これどこそこの店のホストじゃん〉ってすぐにわかるようなところがあるんだよね」

「なるほど」

「もちろんそのための掲示板じゃないんだけど」

　年寄りだからってネットの世界にまるで免疫がないわけじゃない。むしろ、年齢の割りには詳しい方だ。

「そこで、こっちの跡を辿れないように確認することはできるのか？」

「たぶんできると思うけど」

　少し考えた。その手も確かにあるだろう。ネットでのそういう捜索、犯人捜しのような行動が、恐ろしいほどにすごい威力を発揮するのは知っている。が、まだ勝手に写真をばらまくような段階ではないかと思える。

「それは後の手段にしよう。もし、その写真をネットに上げたことがこの野球部の先輩とかに知れて、拙い結果を生んでしまっても困る」

明が頷いた。

「そうだね。僕もそれを心配した」

「そっちの方は、アナログだが、むしろいちばん慎重で確実な方法でやってみよう」

「どういう方法？」

「簡単だ」

自分の iPhone を取り出した。

「三栖さんに写真を送るんだ」

あぁ、と、明が頷いて笑った。

「盛り場には詳しいよね」

「歌舞伎町なら、あの人の庭と言ってもいいはずだ」

長年の付き合いで、かつ定年間近とはいっても現役の警部さんだ。まずはメールをして電話をしていいかどうかを確かめる。少し待つかと思ったが、数秒後に返事が来た。

〈いいぞ〉

最近の三栖さんはいつもそうだ。何時に連絡しようがすぐに返事が返ってくる。あの人は本当に仕事をしているのかとも思ってしまうぐらいに。

（はい）

「ダイです。大丈夫ですか仕事は」

一応、確認する。

（問題ない。今、隔離部屋にいるからな）

隔離部屋というのは以前に聞いた。秘密の喫煙室だそうだ。と言っても実際にはフロアの奥まったところにある一室で元々は仮眠室のように使われていたところだそうだ。いくら庁内が、喫煙所以外は全面禁煙になっても、いつの間にかそういう部屋ができあがるそうで、もちろんこれは警官の不祥事よりも極秘事項だと笑っていた。

（どうだ。何かわかったか）

事細かに説明した。

現段階では何もわかっていないと言っていい。なので、唯一の手掛かりと思える歌舞伎町で撮られた写真を送っていいかと。

（すぐに送れ。折り返し電話する）

電話を切って、写真を添付してメールを送った。本当にすぐに電話が掛かってきた。

「はい」

（これは誰が見ても確かに歌舞伎町だな。一番街の入口のところだ）

「そうですよね」

そこで、少し間が空いた。

（この若者三人とも、少なくとも俺の見知っている顔ではないな）

それは、クスリの売人関係ではないということだ。

（暴力団に絡んでいるチンピラや半グレという風情でもないな。どこぞの店の、水商売のアルバイトの小僧か、あるいは単なる不真面目な大学生って感じだな）

「そう思いました」

（歌舞伎町か）

もう一度、三栖さんはそう呟いた。その言葉に何か妙なニュアンスがあったので、訊いた。

「何かありましたか」

（いや）

ジッポの音がしたので、煙草に火を点けたんだろう。ふぅ、と、煙を吐く音が聞こえていた。

（詳しいことは淳平がそのうちに話してくれるんだろうが、あの記事になった花凜さんのストーカー騒ぎな）

「はい」

（確認してみたら、まだ確証は取れていないようだが、歌舞伎町のバーで働いている男が関係しているみたいでな）

「歌舞伎町ですか」

そうか、と、思った。言葉に含みがあったのはそのせいか。

「偶然ですね」

（偶然だな）

そしてそういう偶然が、決して偶然ではなく必然だったと思い知らされることを、私と三栖さんは何度も経験してきた。それも、楽しくも嬉しくもないような、偶然ではない形で。

「それは、その男が花凜さんを付け回していたという話なんですか？」

（そうでもないらしい）

「というのは？」

（その男が、いきなり花凜さんの眼の前に現われたらしい。付け回していたかどうかは今のところ把握できていない）

「そもそも警察が捜査をしている段階でもないんですよね」

（その通りだ。それはまぁ、淳平に確認してみればいい。問題は）

「歌舞伎町ですね」

（そうだな）

「その男が、この写真の三人のうちの誰かという可能性は」

また煙草の煙を吐き出した音がする。吸いたくなってくるが、こちらは吸える部屋ではない。

（現段階ではあるともないとも言えないが、偶然は偶然だ。それも頭に入れておこう。こっちは任せろ。すぐにこの三人を知っている人間がいないかどうかを探ってくる）

「釈迦（しゃか）に説法でしょうけど」

（わかってる。口の堅い連中にしか確認しない。何かわかったらすぐにメールする）

「お願いします」

（これからどうするんだ。その村藤瑠璃ちゃんの家を訪ねてみるのか）

「夕方まで何もすることがありませんからね。最終的にはそれも考えてみます。充分に注意しながらやってみます」

了解、という言葉を残して電話が切れた。

「三栖さんが歌舞伎町に行くんですか？」

明が訊いてくる。

「嬉しそうな声を出してたぞ」

二人で笑った。

「最近はヒマだって言ってたからな」

「三栖さんって、本当に怖い人ですよね」

明がディスプレイに向かってキーボードを叩きながら言う。

「どうしてそう思う」

以前は麻薬関係の捜査をやっていたという話はもちろん知ってはいるが、基本的には店で他愛ない話をする程度だ。そんな場面に出会(でくわ)したことなどないはずだが。

明が頷く。

「三栖さん、どんなときでも眼が笑ってないんですよね。警察の人って皆そうなのかな」

「あぁ」

そういうことか。私や丹下さんなんかは慣れてしまっているから何とも思わないし、互いの顔を見ながら長い時間話をしないと、そういうものには気づかない。確かに三栖さんの眼は怖い。他に何人かの刑事さんと話し込んだことは何度かあるが、皆三栖さんほどではないにしろ、同じような眼をしていた。

「それにほら、この間皆でカラオケに行ったときに」

苦笑いして頷いた。娘のさやかの誕生日だ。日曜日の夜早めに店を閉めて、集まってくれた皆で飲み食いした。酒も入って、子供たちが皆眠った頃に、若者たちが近所のカラオケに行くと言い出した。実は三栖さんはカラオケ好きだ。十八番は沢田研二（さわだけんじ）だ。歌も上手くて〈時の過ぎゆくままに〉など歌い出すと、何度聴いていても、思わず聴き入ってしまうぐらいに雰囲気も歌唱力もある。

私は行かなかったのだが、聞いた話では、カラオケ店に入ってすぐだ。指定された部屋に入る直前に三栖さんが「ちょっと先に行っててくれ」と立ち止まり、いきなり通り過ぎたばかりの部屋のドアを開けて中に入っていった。どうしたんだろう、知り合いでもいたのかと話しながら皆でオーダーや曲を探しているうちに廊下の方が騒がしくなり、見ると制服警察官が何人かやってきて誰かを連れていった。

後から確認すると、どうやら三栖さんが通り過ぎたドアの窓からちらっと見ただけで怪しげな風体の男を見つけ、しかもハーブの匂いを嗅ぎ取り逮捕に至ったらしい。そして当の三栖さんはすぐに何もなかったように戻ってきて沢田研二を熱唱したと。

「刑事の性（さが）ってやつなんだろうな」

「そうだね」

どんなときでも、その眼は何かを探している。その鼻は何かを嗅ぎ分ける。友人ならこんなにも頼もしい存在はいない。

「あ、あったよ」

明がディスプレイを示した。

「これ、三年前の野球部の練習試合の動画だよ。思いっきりアップされてるね」

「三年前」

ということは、あの写真のイケメンの彼が二年生のときじゃないのか。

「見てみよう。まさか試合全部じゃないだろう?」

「時間は十分ぐらい。編集してるんだね。あぁほらたくさん出てきた。いろいろアップしてるんだこの人」

動画をアップしている人間の名前は〈aoisora〉という、多少詩的ではあるがあまり意味のないような名前だった。野球は青空の下がいい、などという意味合いだろうか。他に何か意味があるのかもしれないし、ひょっとしたら青井さんという人なのかもしれないが、とりあえずそこはまだどうでもいい。

他にいくつも野球部の動画をアップしていて、ほぼ同じ位置、バックネットの少し右側から撮っているようだ。練習試合があり、公式戦もある。どれも編集してあるから何かそっちの方面の仕事をしている人物か。

「OBなのかな」

「そうかもしれないな」

動画を見始めて、すぐに発見した。ズームで映し出された長矩高校のユニフォームを着てマウンドに立つ投手。

「ピッチャーだったんだ」

「そのようだな」

坊主頭で野球帽を被ってはいるけれども、きりりと引き締まった目元は間違えようもない。

あの写真で真ん中に写っている青年だ。

「応援の声をヘッドホンで聞くか」

ひょっとしたら名前を呼ぶかもしれない。

「じゃあ手分けしよう」

私がそのままパソコンの画面に向かい、智一が使っていたんだろうヘッドホンを付けた。明が自分のノートパソコンで動画サイトを開いてURLを打って開き、イヤホンを付けた。

画面を見ながら、音量を上げて流れてくる音に集中する。

声が出ている。野球部特有のベンチからや、野手からの応援の声だ。しばらく、二人で動画を見続ける。ベンチの監督の顔も何回か映った。どこかで観たような気もするのは名物監督だというから、あるいは以前にヒトシに観せられた智一の練習試合のビデオにでも映っていたのかもしれない。

細面で、年齢は五十代か六十ぐらいだろうか。名物監督というのでもっとご老体をイメージしていたが、意外と若いように思える。〈長谷川監督〉と呼ぶ声が聞こえた。名前は長谷川というのか。もしかしたら、今日の夕方にでも会えるかもしれない。

「おっ」

思わず声が出た。

「にしな、と聞こえたぞ」

言うと、明がイヤホンを外して頷いた。

「こっちでも聞こえた。〈ピッチャーにしなくん〉って。あ、スコアボード映った。これでしょ！」

投手のところに書いてあった文字は〈仁科〉だった。


これだけ個人情報がどうのこうのと言いながらも、実はネットの世界ではザルからもれる水のように個人情報に溢れているのが現状だと聞いてはいたが、その通りだった。それからほんの三十分ほど、検索を掛けているうちに、長矩高校野球部の試合のメンバー表などがぞろぞろ出てきた。

写真のイケメンは、元長矩高校野球部でピッチャーの仁科恭生くんだと確定できた。まぁ電話番号や住所まではさすがに出てこなかったが。

「非合法なことをやれば何とかなると思うけど」

明が言うが、そこはさすがに頷けなかった。

「正当な手段で手に入れられなかったときの最終手段だな」

この後、長矩高校で話をきちんと聞くことができたのなら、簡単に判明するかもしれない。部外者である私たちが事を難しくしては拙い。

「ねぇ、でもさダイおじさん」

プリントアウトした何枚かの試合のメンバー表を見ていた明が首を傾げた。

「どうした」

「三年生のときのメンバー表に、仁科くんの名前がないね」

「そうなのか？」

手に取って確認してみる。

「確かにいないな」

二年生のときの試合の動画ではいつも先発していた。ということは、エースクラスのピッチャーだろう。それなのに、三年生になったときには試合に出ていない。

「考えられるのは怪我（けが）か」

「どこにも名前がないから、それが原因で退部したのかもね」

もしそうなら、智一の状況と多少は被ることになる。

「それもまた偶然だな」

メールで名前が判明したことを三栖さんに報告する。

すぐに返ってきた返事には〈定年退職したらお前と探偵事務所を開く〉とあって、苦笑いした。

☆

私たちが家でずっと手持無沙汰にしていては智恵さんも気を使う。かといって、顔を突き合わせて智一の話ばかりを無理矢理にしていても落ち着かないだけだろう。少し眠った方がいいと言って、昼飯はどこかで適当に済ませて、夕方までには戻ってくるからと車で出た。

「行ってみるんでしょ?」

「そうだな」

村藤瑠璃ちゃんだ。仁科くんと付き合っていたと思われる、そして不登校の女の子。家を訪問するわけにはいかないが、とりあえず自宅の場所をきちんと確認しておいても無駄ではないだろう。不登校というのなら、今でも家にいるのかもしれない。さすがにばったり会えるかもしれないとは思わなかったが。

「この辺りだね」

十五分も市内を横切るように走ったところで、明が頭を下げて窓から外を見回して言う。どこの町にでもあるような住宅街だ。アパートに一軒家に、十階建てぐらいのマンションも見える。全体的に町並みは古く感じる。水戸市の交通事情は確認していないが、ここからなら高校へはバスで通うんだろうか。

「駐車場探す？」

「ありそうか」

下手に路上駐車してトラブルになっても困る。明が携帯をいじっている。

「真っ直ぐ進んで一キロぐらいのところにある」

「よし」

駐車場に車を停めて、村藤瑠璃ちゃんの家へ向けて歩き出す。方向音痴ではないと自覚しているが、便利なものがあるのならそれを使う。明が携帯を見ながら進むので、それに従う。わかっているけれど、便利なものだ。たぶん世界中どこに行っても目的地に迷わず進んでいけるんだろう。

「そこの角の隣ぐらいかな」

「あれか」

角に小さな歯科医院がある。一軒家の庭に何かわからないが、大きな木が生えている。その隣に古めかしい赤い瓦屋根の家。そこかと思ったが表札の名前が違う。するとその隣の、新築ではないが明らかに新しそうな大きな家か。

「そこだね」

塀の表札に〈村藤〉の名前があった。無遠慮に眺めるのも、誰かに見咎められては拙いだろうと少し手前で立ち止まって、様子を窺(うかが)った。

道路に面して少し奥まってすぐに玄関がある。胸ぐらいまでの高さの塀があって反対側にカーポート。築年数は浅いと感じられるのに、どこか煤(すす)けた印象がある。一階の居間とおぼしき部屋のベランダに面して小さな庭のスペースがあるが、何か物寂しい。あまり手入れをされていない雰囲気がある。

天気が良いのに窓も開いていないし、洗濯物も干されていない。留守なのか。しかし、村藤瑠璃ちゃんは不登校になっているという話だった。だとしたら本当に閉じこもっているのか。

家を見ただけでそう判断するのは早計だろうが、少なくとも余裕のある生活ができていそうな雰囲気はある。

そこまで考えたときだ。

何か、気配があった。

危険を知らせるブザーのようなものが、身体のどこかで鳴っているのも感じた。だが、周囲は静かな住宅街だ。車の音もしないし、歩いている人もいない。何が危険だと感じているのか、知らせているのかわからなかった。

「どうしたんですか？」

明の声がした。

「いや」

何だ？　何の気配だ？

どこかで知っているようなこの雰囲気は何だ、と思っているうちに、村藤家の玄関の扉が開いた。少し驚いて見ると、そこからスーツ姿の男が出てきた。

中年、五十絡み、中肉中背、短く刈り込んだ髪の毛には白髪、顔に刻まれた皺は長年の苦悩でそうなってしまったかのような重たい匂いを醸し出す。

一瞬でそこまで感じて、その後に後悔した。

これは、気配を感じたときにすぐに回れ右をして帰るべきだった、と。

「あぁ、ちょっと済みません」

男が発した言葉こそごく普通のものだったが、声には重みがあった。有無を言わさぬ力強さがあった。済みません、と言いながら、そこから動くな、と圧していた。すぐに後ろからもう一人の男が出てきた。今度は少し若めの男性だ。二十代後半から三十代半ば。ひょろりと背が高くすっきりした顔立ちで、どこにでもいるようなサラリーマンの風情だった。

それで、確信した。

この二人は、刑事だ。

嫌というほど知っている匂いが、二人には染みついている。

「こちらの家を訪問ですかねぇ」

中年の男が笑みを浮かべながら一、二歩近づいて言った。その距離は、手を伸ばせば私の腕を摑める距離。

溜息をつくと同時にアドレナリンが身体を巡り始めるのがわかった。

今までの人生で何度となく経験した、日常ではない事態にまた遭遇してしまっている。

「何でしょうか？」

質問に、質問で答えた。これは、刑事さんが最も嫌がることだと知っている。案の定、中年の男が唇を歪めた。スーツの内ポケットから警察手帳を取り出して、私の眼の前に出す。

茨城県警。佐々木真樹夫（ささきまきお）。

「この通り、水戸警察署のものですがねぇ。質問に答えてくれるとありがたいんですが」

私をじろりと嘗(な)め回すように見る。それから、私の後ろに立つ明を見上げる。この中年の刑事の身長は一七〇もないだろう。明の身長なら正に見上げてしまう。

「警察の方。事件でもあったんですか?」

また質問に質問で答えた。

逆らうつもりはまったくないしそんなタイプでもないのだが、この刑事さんに主導権を取られると拙いと感じた。だから、まったく身体を動かさなかった。背筋を伸ばし、じっと相手を見たまま静かなゆっくりとした口調で話す。そして、そのまま相手が答えるまで見据えて、待つ。

中年の刑事が眼を細めて、私の顔をまた見る。たっぷり三秒見つめてから、首を回して後ろで控えていた若い方の刑事さんを見た。

若い刑事さんが、頷く。頷いて、少し笑みを浮かべる。これも、二人組の刑事さんのお決まりのパターンだ。片方が強面(こわもて)で片方が優しい。そして、簡単に言うことを聞かない相手には優しい方が受け答えする。

「こちらに何の用事があって来られたのか、ちょっと確認したいだけですのでご協力願えますか?」

刑事が二人、家の中から出てきた。そして他に人の気配もある。ちらっと見えた玄関には何人かの靴があった。

　ということは、間違いなく村藤さんの家で何か事件が起きたということだ。強盗か、最悪、殺人か。しかし、家の周囲にパトカーも他の警察車両らしき車は何もない。それは、事件が今起きて通報で駆けつけたものではないというのを示している。ましてや殺人事件でも起きたのならこの近辺を封鎖しているだろう。

　それがないということは、何だ。

　嘘をつくか、正直に言うか。

　今なら嘘で誤魔化せる。

　私と明はまだ玄関にも辿り着いていない。公共の道路に立っている。立ち止まって家を眺めているときに刑事さんは出てきた。家の中から私たちの姿を見て、確認しにきたんだろう。だから、家を間違えたとでも言えば、いい。

　正直に言えば、智一の家出からヒトシのことまで警察に話さなければならない。ひょっとしたら今ここで起こっているであろう事件の関係者として、智一やヒトシまで調べられる事態になってしまうかもしれない。

　それは、ヒトシの立場を危うくする。

　コンマ何秒かでそこまで考えて逡巡(しゅんじゅん)しているときに、ポケットの中の iPhone が鳴った。着信音だ。

すぐさま取り出しながら、ちょっと済みません、という意味を込めて二人の刑事に右手のひらを向けた。

iPhone のディスプレイには、明からの電話の表示。一瞬で意図を察した。明はジーンズの後ろのポケットに手を突っ込んだまま素知らぬ顔で立っている。ポケットの中で操作して私に電話を掛けたんだ。どうやったのかまるでわからないが、ファインプレーだと心の中でガッツポーズした。

「あぁ。どうも」

何も聞こえてこない iPhone を耳に当てながら、ゆっくりと歩き出す。何の不自然さもない動作だ。誰もがそうする。

「あぁ、はい。そうですね」

演技をしながら、ゆっくり歩く。明も、同じようにゆっくりと後をついてきた。二人の刑事は渋面を作りながらもこっちを黙って見ている。それしかできないだろう。私はただの通行人かもしれないのだ。無理矢理電話を切れとも言えない。できるだけ長電話のふりをする。明はぶらぶらと所在なげに歩いて、電信柱の脇に立った。そして、自分の iPhone を取り出し、何かを操作する。これもごくありふれた風情だ。若者がスマホの画面をいじっているだけだ。

私の iPhone が切れる。きっと明は私にメールしている。それが届くのを待った。

「もしもし？　あれ、聞こえますか？」

耳から離してディスプレイを確認するふりをして、メールチェックをする。

〈どうする？　逃げる？〉

眼だけで、それは拙い、と告げた。

「何か、聞こえにくいですね。ちょっとメールします」

そう言って、すぐにメールをする。明にではなく、三栖さんに。

嘘をつくのではなく、正直に言うでもなく、第三の手段。

〈村藤家で水戸警察署の刑事に遭遇。何か事件があったようです。関係者かと疑われてますがまだ何も話していません。どう動いたらいいですか？〉

送る。送った後もメールを打ち続けるふりをして二人の刑事の視線を躱(かわ)し続ける。

またすぐに三栖さんからメールが来た。

〈今、水戸警察署に電話してる。そのまま待て〉

待った。メールを打つふりをする。しびれを切らして家の中に戻っていってくれないかと思ったが、二人の刑事は私たちから眼を離さない。

しかし、こうやってじっと待っているということは、家の中での捜索や重要な仕事はもう済んでいるということだろう。

携帯の着信音が鳴った。私や明のではない。

若い方の刑事が携帯を取り出して、出た。何か一言二言話した。そして、顔を顰めた。

「佐々木さん」

中年の刑事を呼ぶ。携帯を渡す。佐々木と名乗った刑事が携帯を受け取り会話をする。その途中で、驚いたような表情を見せた後に、私を見た。眼を大きく見開きながら。そして、口をぽかんと開けながら。

「了解しました」

そう言って携帯を切り、若い刑事に返す。返してすぐに私と明に向かって軽く頷き、そのまま家の中へ戻っていく。若い刑事の不思議そうな表情に背中を叩きながら何事か呟いた。きっと後で説明するとか言ったのだろう。

説明してほしいのは私だった。一体三栖さんはどういう電話を入れたのか。

iPhoneが鳴った。三栖さんだ。

「はい」

(帰ったか?)

「家の中へ戻りました。何も言わずに。どうやったんですか?」

電話の向こうで軽く笑うのが聞こえた。

(その二人は麻薬取締官で潜入調査中だから放っておけと言ったんだ。そこの事件に

は関係ないと）

「また何てことを」

（片が付いたら後で謝っておくから心配するな。その程度で済む話だ。それよりダイ、水戸署に確認したが、おかしなことになってるぞ）

「村藤さんの家ですか」

そうだ、と、声が低くなった。

（昨日、一一九番に通報があったらしい。怪我人がいるから救急車をお願いすると。若い女の声だったそうだ。駆けつけるとその家で中年の婦人と、老女の二人が血を流して倒れていた。重傷で二人ともまだ喋（しゃべ）れる状態ではないが、命に別状はないらしい）

「まさか、瑠璃ちゃんが行方不明ってことですか」

（その通りだ。村藤家の家族構成はその三人らしい。長話はできなかったのでこれから再度確認してみるが、強盗傷害の線は今のところ薄いようだ。したがって警察は行方不明の一人娘の瑠璃ちゃんが何かしらの事情を知っているものとして探している。たぶん、今頃学校にも連絡は行ってるはずだ）

「三栖さん」

思わず、声が大きくなった。明が傍（そば）に来て心配そうな顔をしている。

（そうだ）

三栖さんの声が、さらに低く深くなった。

（智一の家出と関係があるのかもしれないし、ないのかもしれない。まだ水戸署に届けは出していないんだよな？）

「今日、友人たちに話を聞いて、まったく連絡が取れていなかったら出します」

（もし警察が智一の家出を知ったら、同じ長矩高校の女子生徒が行方不明という事件と智一の家出を確実に結びつける。可能性としてな。それで間違いなく刑事が事情を聞きに行くだろう。ヒトシの家へ）

大人が二人重傷を負っているんだ。傷害事件と考えられる。下手すると、智一が犯人だと疑われることだって考えられる。そう言うと三栖さんも電話の向こうで頷くのがわかった。

（あらゆる可能性を検討して、ひとつひとつ潰していく。それが捜査だ）

「この後、どう動いたらいいですか」

沈黙があった。

（まるっきり関係のない事件かもしれないんだ。だが、高校としても、女子生徒の行方不明と、男子生徒の家出は無関係と勝手に決めつけて警察に報告しないというわけにはいかないだろう。後で最悪の事態になったとしたら責任問題になる。まだ智一の家出の話は担任で止まっているんだよな？）

「そのはずです」

（だとしたら校長までは上がっていない。しかし、ひょっとしたらもう村藤瑠璃の行方不明を校長が先生方に報告しているかもしれない。そうすると、担任のなんとか先生が実は、と言い出すかもしれない）

　確かにそう思う。

（村藤家の事件に関してはこの後詳しく聞いてからお前に報告する。それを、ヒトシにも智恵さんにも伝えろ。後で刑事の訪問を受けて動揺したりしないようにな）

「わかりました」

（お前と明はいったん水戸市内でホテルにでも泊まれ。もしヒトシの家にさっきの刑事たちが行ったら話がややこしくなる。その辺はヒトシにもちゃんと伝えておけ。余計なことは言わないようにと）

「そうします」

（それと、運を天に任せて智一の担任のなんとか先生に電話するんだ。もし校長が村藤瑠璃の行方不明を報告したとしても、智一の家出はまだ伏せておいてくれと。少なくとも俺が歌舞伎町であの三人の男を、仁科くんを見つけ出すまではだ）

「どれぐらい時間が掛かりそうですか」

溜息が聞こえた。

(暗くなるまで待ってくれと言え)

5

明に運転を任せて、電話していた。

正直なところ、智一の担任の賀川先生の印象はさほど良くはなかった。子グマのような愛らしいその風貌は別として、智一の家出のことや村藤瑠璃ちゃんの不登校のことを話しているときにも、どこか〈事なかれ主義〉の先生かな、という雰囲気があったからだ。

そういう教師はいる、と、ヒトシから聞いていたし、今に限った風潮でもなく昔からよく聞く話だ。同級生で長年中学校教師をやっている小菅(こすげ)も嘆いていた。人当たりはいいんだが、眼の前の問題から逃げることばかり上手な連中も多いと。

だから、少しばかり驚いた。

(了解しました。私もその方がいいと思っていました。つきましてはもう一度直接お会いしてお話しした方がいいかと)

授業中でないことを願いながら学校に電話するとすぐに電話口に出てくれて、説明するとそう答えた。

「今日の夕方に生徒を集める場ではなく、ですか？」

（はい。それをする前にもう一度確認した方がいいかと思います）

はっきりと、何か確信めいたものがある口調だと感じた。携帯じゃない学校の固定電話だ。近くに同僚の先生方もいるのだろう。細かいことはここでは言えないから察してくれ、というニュアンスに満ちていた。

「わかりました。では、智一の友人たちに会うのは延期して、今日また昨日のお店で会うということでよろしいですか？」

（問題ありません。時間も同じぐらいで結構です）

「了解しました。ありがとうございます」

電話を切ると、運転席でどうなったの？　という表情を見せる明を右手で制して、すぐにヒトシにメールを入れた。年寄りの悲しさか、メールを打ちながら話すという器用な真似はできない。

〈今、電話して大丈夫か？〉

すぐに返信があった。

〈大丈夫だ。こっちから電話する〉

その返信の五秒後に、iPhone が鳴った。

(俺だ。どうした？)

「細かい話は後でするが、今日の夕方に高校に行くのは中止だ。その代わりに賀川先生と昨日と同じ場所で同じぐらいの時間に会うことになった」

(何があった？　智一から連絡はあったのか？)

「少なくとも僕のところにはない。ただ、若干厄介なことが起こっている。例の不登校になっていた村藤瑠璃ちゃんの家で傷害事件が発生していた。まだ推測の段階だが、瑠璃ちゃんの家族が何者かに襲われ入院している。そして瑠璃ちゃんが行方不明だ」

(なんだと？)

「今、事件のあらましを三栖さんに確認してもらっている。詳細がわかり次第メールするけど、同じ高校の生徒の行方不明と家出が重なってしまっては、智一がその傷害事件に関係していると疑われてもしょうがない。その点について賀川先生と話す予定だ。智恵さんにもこれから説明するけど、僕と明はホテルに移る。その理由も含めて、しばらくしたらまた連絡するから慌てないで待っていてくれ」

きっといろんなものが、考えが頭の中を駆け巡ったんだろう。どうしてそんな事態になってしまったのか。そして私たちがどうやってそのことを知ったのか、等々。ヒトシが三秒沈黙した。

（お前たちは大丈夫なのか）

「大丈夫だ。三栖さんがついてる。一度切るぞ。もうすぐお前の家に着く。智恵さんに説明する」

電話を切る。

明がすぐに言ってきた。

「何かあったんだね。向こうに、賀川先生の方に」

「そう思うな」

村藤瑠璃ちゃんの家であった事件はもう学校に伝わっていたんだろう。それで、智一の家出を広めるのはひょっとしたら拙いかもしれないという考えには誰でも辿り着く。そこで、賀川先生もすぐさま予定変更を決めた。だが、その決断に至るには普通は親であるヒトシに相談してから、とするのが普通だろう。

「だが、電話したときにはもう彼女はそれを決めていた感じだった」

「っていうことは、瑠璃ちゃんの事件の他に、賀川先生の中にその決断を後押しした何かがあったってことだよね」

「その通りだ」

明は、頭がよく回る。回転が速い。それは小さい頃からそうだった。父親であるワリョウも決して鈍い方じゃなかったが、方向性が違うような気がする。

「ひょっとしたら、誰かに、友達かなんかに智一から連絡があったことを先生は知っているんじゃないの？」

「それかもしれないな」

決断を後押しする情報となると、それ以外にはないような気もする。今日の放課後にヒトシと会わせる前に、智一と仲の良かったクラスメイトたちにちょっと話を聞いてみたりするのは普通のことだ。休み時間にでもそれとなく智一の話をしたのかもしれない。

「そこで、クラスメイトの誰かが智一と連絡を取っていることを知った。つまり、智一は今のところ無事だ。そして自分の意志で何らかの目的のために東京に行っているのは確実だというのを賀川先生は知った」

「だから、ヒトシおじさんを友達に会わせる必要はない。それよりも瑠璃ちゃんの方面の心配をした方がいいって判断したってことだね」

夕方にはわかることだが、多分そうだろうと思った。

iPhone が鳴った。

「三栖さんだ」

ディスプレイにタッチして、出る。

（話せるか）

「大丈夫です」

（村藤家の事件の詳細だ。一一九番通報があったのは昨日の午前三時三分）

「三時ですか」

（もう朝方と言ってもいいな。若い女の声で、正確に言うと『怪我人がいます。血を流しています。すぐ来てください』という通報だ。その後に住所を言っている。極めて冷静な口調だったそうだ。あまりにも冷静だったので若者のイタズラではないかと疑ったぐらいに）

「そこに何かありますかね」

（あるんだがそれは後で話す。それで電話が切れた。電話は村藤家の固定電話からだ。駆けつけた救急隊が呼び鈴を押しても誰も出なかった、だが鍵は開いていたのでその場の判断ですぐさま家の中に入っていった。二名の怪我人だけがそこにいて他には誰もいなかった。様子がおかしかったのでその場で署に緊急通報。最初に駆けつけた近くの交番詰めの巡査は、現場になっていた居間のテーブルの上に書き置きを見つけた）

「書き置き？」

（筆跡は鑑定中だがほぼ間違いなくその家の長女である村藤瑠璃のものだと、部屋に残された学校のノートなどから判明している。内容はただ一言『ごめんなさい』だ。

水戸警察署の機動捜査班が駆けつけ、瑠璃ちゃんの部屋を捜索したが、携帯電話と財布は見つかっていない）

「その他の私物の何がなくなっているかは、家人が確かめないとわからない状況ですね」

（そういうことだ。交番の巡査は村藤家の家族構成を把握していた。瑠璃ちゃんと祖母と母親の三人暮らし。ちなみに祖母と母は実の親子だ。瑠璃ちゃんの父親は離婚して家を出ている。従って、電話通報したのは村藤瑠璃であろうと警察は今のところ判断している。凶器になったのは自宅にあったと思われる包丁と何かしらの鈍器だ。包丁についた指紋などは照合中だが、鈍器は不明。状況から見て瑠璃ちゃんが祖母と母親を殴って刺して、通報した後に家を出たのだろうと）

「今の段階でそこまで判断した理由もあるんですね？」

（ある。交番詰めの巡査がどうして家族構成を把握していたかというと、村藤瑠璃ちゃんは祖母と母から虐待を受けているのではないかという情報を以前に得ていたかららしい）

「虐待？　祖母と母から？」

思わず繰り返すと、明が反応したのがわかった。

（詳細は後にするが、それが原因になった傷害事件とも考えられる。ともかく水戸警察は瑠璃ちゃんの行方を追っている。傷害事件に巻き込まれた被害者の可能性があるなら公開捜査にするところだが、家も荒らされていなければ書き置きもある。したがって加害者の可能性も高い未成年であることから、今のところ氏名も顔写真も公表しないで、関係者が行方不明、ということで動いている。何よりもな、ダイ）

「何です」

（祖母と母は鈍器で殴られ、包丁で刺されて重傷であることは間違いないんだが、手当てがされていた）

「手当て、ですか」

（簡単なものだがタオルなどで止血されていた。素人（しろうと）がやったと思われるが、一応適切な、的確な処置だったそうだ）

「待ってください。さっき凶器は包丁と鈍器と言いましたね？」

（警察が迷っているのもそこだ。二人ともに鈍器のようなもので口元を殴られている。歯も折れ、今二人は眼を覚ましたとしてもまったく文字通り何も話せない状態らしい。どうだ、一体何が起こったのか混乱する状況だろう）

「まったくですね」

（女子高生の娘が一人で行ったものなのかどうかの判断ができない。水戸警察はどこまで公表すべきか極めて難しい判断を強いられている状況だ。ひとつ訊くがダイ）

「はい」

（智一は止血なんて洒落た真似ができるかどうか知ってるか？）

まさか。

「その現場にいたと考えているんですか？」

（少なくとも水戸警察の連中は〈仮に娘がやったとしても、その他に誰かがいた〉可能性は大きいと考えているな。もちろん智一にはその時間には自分の部屋で寝ていたというアリバイがあるだろうが、実際のところそれはアリバイにはならない。確か、以前に部屋から簡単に庭に下りられると聞いたことがあるぞ）

「確かに」

その通りだ。智一の部屋の窓から屋根伝いに庭に下りれば、夜中に誰にも知られずに家を出ることは可能だ。

（ロープでも垂らしておけば、元野球部の体力なら戻ることも簡単にできるだろう。一応どこかにそんな跡がないかどうか確かめておけ。もしあったのなら）

「あったのなら？」

（写真だけ撮っておいて、痕跡は何とかして消しておけ。お前は家具の修繕やら何やらでそういうのは得意だろう）

「できると思いますけど、いいんですか？」

（俺のカンでしかないが、現段階ではそれをやっておいた方がいいと思う。後でこんがらがっても俺が責任を取るから心配するな。そのことはヒトシや智恵さんには黙っておけよ。あの二人が刑事の追及をごまかせるとは思えない）

「その通りですね」

（智一の担任の方はどうだった）

「連絡はつきました。まだ智一の家出は担任以外には知られていません。そこのところは今日明日は何とか知られずに済むかもしれません。今日の放課後に担任には会います」

一瞬、三栖さんは沈黙した。

（よし、そっちの担任との話がついたらホテルは取らずに一度店に帰ってこい。状況を整理しよう。水戸署の動きは把握しておくから安心しろ）

「ヒトシはどうします。きっと話を聞きたがると思いますが」

（智一と村藤家の事件が無関係と判断できるまでは余計な動きはしない方がいい。家で待っていろと伝えろ。動くのは俺たちだけだ。と言っても、あいつなら強引に来るんだろうな。まぁ息子が家出して東京にいるというんだから、探しに来てお前の店にいるというのは不自然じゃないと後からいいわけはできる。その辺はお前の判断に任せる）

「わかりました」

電話を切ると同時に、車はヒトシの家についた。

「行方不明⁉」

智恵さんが口に手を当てて驚いていた。

「いいかい？　まずは落ち着いてよく聞いてほしい」

ゆっくり言って、智恵さんの眼を見た。智恵さんは深呼吸して、私を見た。その眼を見て大丈夫だなと判断した。

「現段階では、智一の家出と村藤瑠璃ちゃんの行方不明を結びつけるものは何もないんだ。けれどもこの先警察が捜査を続けて、智一が家出をしていると知られたら、まず間違いなくその二つには何か関係があるんじゃないかと考える。ここまでは納得できるね？」

一瞬、身体が動いたけど智恵さんはすぐにゆっくり頷いた。

「そうね。それは、そうだと思う」

「だからもし、警察が家に事情を聞きに来たら、下手に怒ったり隠したりしないで、自分たちが知っている事実だけをきちんと教えるんだ。教えてはいけないのは、僕と明がここに来ていたということだけ」

「それは、さっき刑事さんに出会ってしまって、三栖さんが嘘をついたからね？　変に勘ぐられないようにってことね」

「その通り。後から何か問題になったとしても、三栖さんが対応してくれるから心配ない」

　頷きながら智恵さんは顔を顰めた。

「わかったわ。冷静に考えれば、確かにその二つは結びつけられてもおかしくないわね」

「むしろですけど」

　明だ。

「これは本当に、悪い冗談って怒ってもらってもいいんですけど、智一くんが関係してるって考えた方が納得できるところがありますよね」

　智恵さんが首を傾げた。私も、実はそれは考えていた。

「どういうこと？　明くん」

「や、智一くんの家出っていくら考えてもまったく理由とか原因とかがわからないでしょう？　だから、ないんですよ彼の中に」

「ない？」

「智一くんには本当に家出する理由はないんですよ。自分のためじゃなく、瑠璃ちゃんのために一緒に東京に行ったって考える方が、こちら側としては理由だけで考えればスッキリするなって。だって、智一くんは優しい男じゃないですか。紳士ですよ。女の子のために騎士的な行動を取ったって考えれば納得できるでしょう？」

あぁ、と、智恵さんも頷いた。

「状況はまったくわからないけれど、つまり智一はその瑠璃ちゃんを守るために一緒に行動しているって考えれば、納得できるってことを言いたいのね？」

「そういうことです」

確かにね、と智恵さんは苦笑した。

「そういう事情なら、きちんと書き置きして家出したのも、何だかあの子らしいって納得できるわ」

「もしその瑠璃ちゃんと智一くんが付き合っていたとか、すごく仲の良い友人だったとしたらって、あくまでも仮定の話ですけどね」

「そうだな。それならば十二分に納得できる」

うっかり瑠璃ちゃんが虐待を受けていたかもしれないという情報を口にするところだった。その辺はまだ智恵さんは知らない方がいい。

「納得はできるけれども、まだまったくわからないからな。それを誰かに口にしないようにはしておこう」

明も智恵さんも頷いた。

「でも、その、三年生の村藤瑠璃ちゃん？　心配ね。どういうことなのかしら」

「今のところは何もまったくわからないんだ。智恵さん、三年生のお母さんに親しい人はいる？」

「野球部の三年生のお母さんたちなら少しは知っているけれど」

その表情でわかった。

「そんな話をするほど親しくはないんだね？」

こくり、と、頷いた。

「じゃあそれも余計なことはしなくていい。もし、警察がここに来て村藤瑠璃ちゃんについて聞いてきたら、事件のことは知っていると話してもいい。誰から聞いたとなったら、智一の担任から聞いたとするんだ。実際、今日の夕方にはそういう話になるだろうからね」

「わかった。そうする」

二階の智一の部屋に入って、襖（ふすま）を閉めた。明に眼配（めくば）せして窓を開け、痕跡を探す。窓から庭に出入りした様子がないかどうか。

「とりあえず、この柱にロープを結べば何の心配もなく下りたり上ったりできるよね」

　明が柱を叩く。

「その通りだな」

　古い日本家屋だ。窓枠はサッシにもなっていない木枠のまま、窓は二つ並びその間にしっかりとした柱がある。身体の大きい智一がぶらさがってもびくともしないだろう。

　ためしに柱を力一杯押してみる。ミシリ、と木の音がするが窓枠が揺れることもない。じっくり探したけれども、ロープを縛ったような跡はなかった。

「でも、ロープなんかいらないね」

「お前でも行けるんじゃないか？」

「行けると思う」

　窓から出て瓦屋根を少し歩けば、庭にある物置の屋根に移れる。そこからなら高さは二メートルもない。小学生だって飛び降りられる。

「その逆も簡単だね」

　楽勝だった。

　物置の横には梯子(はしご)がいつでもずっとそこにありますよ、という風情で立て掛けてあるのだ。

つまり、その気になれば智一はいつでも夜中にこの部屋から出ていって、そして帰ってこられる。ヒトシと智恵さんの寝室は反対側だ。多少の物音がしたとしても、気にならないだろう。

「念のためだ。あの梯子だけ、智恵さんに気づかれないように移動しておこうか」

「もし警察が来たとしても、変に勘ぐられないように、だね？」

「その通り」

☆

昨日と同じファミレス。時間もほぼ同時刻だし、偶然にも席まで同じだった。違うのはそれぞれの服装のみ。賀川先生は今日はベージュのニットのカーディガンにブラウスだった。挨拶もそこそこにして、オーダーはドリンクバーにして、それぞれが自分の飲み物をさっさと持ってきて、座る。明は車の中に待たせているのだが、ちょうど席から車が見える。中で、コンビニで買ってきたコーヒーを飲んでいるのがわかった。

「さっそくなんですが」

賀川先生が言う。ヒトシが身を乗り出した。

「今日の昼休みなんですが、智一くんと仲の良い生徒が、名前をお教えした方がいいですか？」

ヒトシが私の顔を見る。

「そちらで問題ないのでしたら、ぜひ。もちろん、私からその生徒に直接話をしたいなどとなれば、賀川先生にも相談してからにします」

賀川先生は、こくん、と頷いた。

「河本圭吾くんと言います。智一くんとは気が合うらしく、いつも一緒にいます」

ヒトシが頷いた。

「この間も名前が出ていましたね。私は知らないのですが」

「その子が、智一くんは大丈夫なのか、と聞いてきたんです。具合が悪くて欠席してるとしていますからね。大丈夫だと思うけどどうしたのか、と尋ねたら、ラインを送っても全然既読にならなかったのに、今日になって突然〈大丈夫。心配しないで〉と返ってきて、それきりになったと」

思わずヒトシと顔を見合わせた。ひょっとしたら智一と友人が連絡が取れたんじゃないかという予想はあらかじめヒトシに話しておいたが、その通りだったわけだ。

「それで逆に余計に心配になったようですね。それで、大変申し訳ないんですが、その場ではとりあえず智一くんは病院に検査しに行ってるようだと伝えました。だから、あまり連絡が取れなくても心配しないようにと」

「そうですか」

ヒトシが頷く。

「いや、それはありがたいです。しかしそれは、あれですね。村藤瑠璃という生徒の件もあったからですね？」

「はい」

顔を顰めた。

「今朝、校長から緊急に通達がありました。三年の村藤瑠璃が行方不明になっていると。その後、警察もやってきて事情を確認していました。私は彼女の担任ではありませんし、彼女との学校での接点はありませんでしたから何も訊かれてはいませんが」

その表情の奥に何かを感じたので、訊いた。

「それで、智一の件を他の生徒に知らせるのは待った方がいいかもしれないと思ったわけですね」

「その通りです。上木先生に一度確認してからの方がいいと思いまして」

予想通りだったわけだ。けれども。

「賀川先生」

「はい」

「先程、村藤瑠璃さんとの学校での接点はない、と言いましたが、あなたはひょっとしたら彼女と別の場所で接点があったのではないですか？　済みません、そんな気がしたものですから訊くのですが」

ヒトシが少し驚いて私を見てから、賀川先生を見る。彼女は私のその質問を予想していたように、一度下を向き、唇を引き締めてから顔を上げて私を見た。

「弓島さんのおっしゃる通りです。私は、瑠璃ちゃんが小学生のときに家庭教師をしたことがあります」

「家庭教師」

こくん、と頷いた。私を見るその瞳の中に、今までとは違ったものが宿ったような気がする。少し周りを気にするようにして小さく見回す。

「上木くんはとても優しくそして健全な考え方をする男の子です。私も、彼が家出をするなんてことは考えられませんでした。でも、もし、もしもです。上木くんが村藤さんと一緒にいるというのなら、もちろん二人が知り合いなんて事実は私は知らないんですが、もしそうなら上木くんは彼女を助けようとしたんじゃないかと。そしてそれはとても上木くんらしくて」

声を落として、一気に言う。その声音の奥に何か彼女を感情的にさせるものがある。

「賀川先生。村藤瑠璃さんには、虐待の噂があったと僕は聞きました。ひょっとしたらあなたはそれを、彼女が小学生の頃から親や祖母に虐待を受けていた事実を知っているのではないですか？」

先生は、苦しそうな表情を見せて、小さく頷いた。

「はい。そうなんです」


ミニクーパーを東京に向かって走らせた。

ただでさえ小さな車に、背の高い明と身体のでかいヒトシだ。後部座席にいちばん体積が小さいであろう私が乗って、運転は明に任せた。アルバイトで花屋の配達を経験している明の運転は慎重でそれなりに上手い。

賀川先生とは緊密に連絡を取ることになった。つまり、学校側から村藤瑠璃に関する情報が入ったのなら、それはすぐにメールで教えてくれる。こちらも、当然だが智一の情報が入ればすぐに教える。水戸警察が智一の家出の事実をどこかから摑み、詳細を知りたいと言ってくるまではこのままで行く。

つまり、私たちだけで智一を探すのは変わらない。ただし、瑠璃ちゃんのことを常に頭の片隅に置きながら。

そして一度三栖さんと話し合うために店に戻るという私たちに、ヒトシも当然行く、という顔をしてついてきた。仮に私の家に泊まったとしても、朝イチの電車で帰れば学校には間に合うという計算だ。

念のために、いちこちゃんには二、三日実家に戻ってくれと連絡したようだ。智恵さんが一人では心細いだろうというヒトシの配慮。

あの頃からそうだ。ヒトシは、身体に見合った感じでいろんなものに大雑把だったけれど、昔から女性にだけは細やかな心遣いをしていた。

「てめぇの息子の不始末なのにスマンがな、ダイ」

助手席からヒトシが言う。

「整理してくれねぇか。どうにも頭の中で混乱しちまってる」

「いいよ」

少し前のめりになって、前のシートに腕を掛けた。

「智一の家出と瑠璃ちゃんの事件はまだ関係があるとは決まっていない。けれども、時系列で話していこう」

「おう」

「昨日の朝方、午前三時過ぎだ。村藤家で瑠璃ちゃんの祖母と母が何者かによって傷を負わされた。そのとき、上木家では誰もが就寝中だ。だが、智一がヒトシや智恵さんに気づかれないように家を出ることは可能だった。そしてやはり気づかれないように家に戻って、何食わぬ顔で登校することも可能だった。ここまではいいな？」

「いいぞ。智一にそんな度胸があるとは思えねぇが、可能性としては確かにある」

腕組みしたままヒトシが頷いた。明も黙って運転しながら聞いている。

「瑠璃ちゃんと智一の関係性は不明だ。ただ、瑠璃ちゃんが智一の野球部の先輩である仁科恭生くんと付き合っていた可能性はある。そしてその仁科恭生くんは歌舞伎町で写された写真に写っていて、それを智一はデータで持っていた。つまり、仁科恭生くんを接点として瑠璃ちゃんと智一が繋がる可能性は、十二分にある。いいな？」

「いいぞ。だが、瑠璃ちゃんと仁科恭生くんが付き合っていたという事実はまだ確かめられていない、だな？」

「そうだ。むろん、仁科恭生くんが東京に住んでいるかどうかもまだ確かめていない。ここは今、三栖さんが動いてくれている。あの人が暗くなるまでには判明させると言っていたんだから、店に着く頃にはもうわかっているだろう」

三栖さんは、そういう人だ。

「ここから先は、瑠璃ちゃんと智一が一緒にいる、という仮定で話す。何故そんなことになったのか。遠因として瑠璃ちゃんが長い間虐待を受けていたのではないかというのがある」

これは、賀川先生の話だ。村藤家では祖母である村藤遥華(はるか)さんが長だったという。

あの家を建てる資金も全部祖母が出したらしい。何故そんなに村藤遥華さんがお金持ちだったのかまではまだわからない。

「そして、瑠璃ちゃんのお父さんってのはマスオさん状態だったんだな？」

「そうだ。あくまでも賀川先生の印象でしかないが、家のことは何もかもお祖母さんが決めていた。家族全員が言いなりだった。瑠璃ちゃんの教育のことさえも。躾けと言えば聞こえはいいが、お祖母さんの瑠璃ちゃんに対する躾けは、虐待と言い換えられるほどに厳しいものだった」

ただの家庭教師だった賀川先生がそう思ってしまうものだったらしい。食べ物をこぼしたら手の甲を物差しで何度も何度もなぐられる。部屋の掃除は全部手で行わされる。小学生なのにトイレやお風呂の掃除も全部やらされていた。家中の窓を冷たい水と雑巾で拭かされていた。口答えをしたら真冬でも外に出された、などなどだ。

「考えるだけで滅入ってくるって話だな」

ヒトシが言う。

「察するに瑠璃ちゃんのお母さんってのも、お祖母さんにそうやって躾けられたんだろうぜ。だから自分の娘に対しても自分の母親が強権を発しても何も感じなかったんじゃないか？　そして、そういうのが表沙汰になってこないってのもよくわかるぜ。瑠璃ちゃんはものすごく良い子だったそうだからな」

「そうだったと言っていたな」

賀川先生は、高校生になった瑠璃ちゃんに再会して涙が出そうになったという。あんなにも厳しい体罰も含めた躾けを受けたにもかかわらず、本当に良い子に成長していた。明るく元気で、周囲のクラスメイトのことをいつも気にかけるような、良い子。

「そういうのはな、裏返しでよくあるんだ」

ヒトシがそう言いながら、煙草をねだった。ライターと一緒に渡すと一本取って火を点ける。窓を少し開けると、煙が流れていく。

「家庭のことを絶対に友達には知られたくない、って気持ちでな。必要以上に外では明るく振る舞う。元気になる。俺ぁそんな子を何人も見てきたよ」

「だろうな」

何故そんなことが起こってしまうのか。そういう話は、店をやっていてもあゆみや丹下さんとニュースを見る度にする。そしていくら話しても結論は出ない。ただ、自分の子供はもちろん、周囲の子供たちがそんなことにならないように注意するだけ。

「そして、瑠璃ちゃんが爆発したのかもしれねぇ、って話だな」

「そういうことだ。それを、ひょっとしたら仁科くんを通じて知った智一は、瑠璃ちゃんを保護した。どこかに匿(かくま)って何食わぬ顔で自宅で朝を過ごしてから、東京まで連れていったのかもしれない。その気になればお前の家のどこかに瑠璃ちゃんを数時間隠しておくなんてことは可能だろう」

ヒトシが、唸った。

「可能だ。納屋や物置なんざ普段は俺も智恵もほとんど近づかない」

「そして、東京に連れて行ったっていうのは、ひょっとしたら、仁科恭生くんのところに、ですね？」

明が言う。

「そうだな。これまでにわかったことで話を繋げていくと、そうなる」

あくまでも、推測を含めた事実と要素をそれらしくしただけなのだが。

「だがまぁ、頷ける話だ。智一の性格も考えたらな」

ヒトシが煙を吐き出しながら言う。

「でも、あたりまえですけど、疑問も浮びますよね。智一くんなら、瑠璃ちゃんを保護して家に隠すんじゃなくて、文字通りヒトシおじさんの前に連れてきてもいいように思いますよ。だって、智一くん、おじさんを尊敬してましたから」

「俺をか」

「そうですよ」

明がちらりとヒトシに顔を向けた。

「そんなことは言ってないとは思いますけど、父親として頼りにしていました。それは僕は聞いています。だから」

「ヒトシに何の相談もなく瑠璃ちゃんを連れて家出したのは不自然だ、と」

「そう思います。僕の個人的意見ですけど」

確かにそれは考えられる。

「智一は、若さに任せて勢いで暴走するような男の子じゃないと思う。ましてや女の子を大人たちから守ろうとするなら、お父さんであるお前に助けを求めると僕も思う」

「そうか」

ヒトシが唸るように言う。

「頼られたら親としちゃ嬉しいし、もちろん、そんな事情を聞かされたなら俺も瑠璃ちゃんを必死で助けようとするさ。真っ当な方法でな」

「だろう？　だから、もしも智一が瑠璃ちゃんと行動を共にしているのなら、そこにはお前に言えない、誰にも相談できない、〈何か〉があったからだと思う」

「何かって何だ」

「それは、わからないさ」

けれども、それしか考えられない。

「まだ僕たちが見つけていない事情が山ほどどこかに隠れているんだ」

☆

あゆみと結婚する前、〈弓島珈琲〉の閉店時間はあってないようなものだったけれど、今は違う。淳平のお蔭でお客さんも増えたので、十時を閉店時間にしている。元々が北千住の住宅街の真ん中だ。夜になれば人通りもなくなり、流しの客など期待できない。夜中にやってくるのは近所の常連ばかりだから、十時に行灯をしまっても店の中に明かりが点いていればふらりと入ってくる。そういう場合は、知り合いが夜中にやってきたのと同じで適当な時間までのんびりと話しながら過ごす。

メールで九時前には店に着くと連絡を入れておいたら、丹下さんは早々と行灯をしまっていた。あゆみはさやかをお風呂に入れて寝かしつけている最中で、店では翔太と翔子がカウンターに座って、クロスケはカウンターの上で寝転がって待っていた。

「お帰りなさい！」

翔太と翔子のユニゾンが店に響いた。双子っていうのはこんなにも揃うものなんだなと毎日接していても思わず微笑んでしまう。

「お疲れさまだったね」

コーヒー淹れるから座っときな、という丹下さんの言葉に甘えて、ヒトシと明の三人でスツールに腰掛けた。

「ヒトシは大丈夫かい」

丹下さんが優しい声で言う。

「大丈夫です」

そこで、立ち上がってヒトシは皆に向かって頭を下げた。

「ご迷惑かけて、本当に申し訳ない。済まんです」

「いいから座んな。あんたのでかい図体で謝るのは似合わないよ。誰も迷惑だなんて思っちゃいないからさ」

丹下さんが言って、皆が優しく笑う。ヒトシは下を向いている。きっと眼が潤んでしまったのを隠している。

「三栖さんもそこまで来てるはずだよ。ついさっき駅についたってメールあったから」

翔太がそう言ったのと同時に扉が開いた。

「着いたか。わかったぞダイ、ヒトシ」

三栖さんがそう言ってスツールに座る前に胸ポケットからiPhoneを取り出した。

「ヒトシ、久しぶりだな」

三栖さんがヒトシの背中を叩きながら続けた。

「謝ったり恐縮したりしなくていいぞ。人捜しは俺の専門だし不謹慎だがヒマを持て余していたんだ。終わったら一杯奢れ」

「済みません」

「とりあえず丹下さん、ミートソースとコーヒーください」

「もう九時だよ。こんな時間に食べるのかい」

三栖さんがディスプレイをいじりながら軽く笑う。

「もう今さら何かを心配する年じゃないですよ。食べたいときに食べる。眠いときには寝る」

「いいご身分だね」

丹下さんがフライパンを持った。三栖さんがiPhoneをカウンターの上に置いた。ヒトシも明も、翔子ちゃんも翔太も覗き込んだ。

「ここだ。二丁目のゲイバー〈じぇんとる〉。あの写真に写っていた仁科恭生とやらは、ここでバイトをしている」

「ゲイバーでですか？」

皆が驚いた。そうだ、と、三栖さんが頷いて煙草に火を点けた。

「彼はそういう男性なのかどうかはまだ確かめていないが、バイトをしているんだからそうなんだろう。今、純也を張り込ませている」

「純也をですか？」

「すぐに動けて、ゲイバーに行って如才なく事情を探れるのはあいつぐらいだろう。電話したら喜んですっとんでいったぞ。あとであゆみちゃんからみいなちゃんに謝っておくように言ってくれ。大事な夫を勝手に使って済まんと」

「そうします」

あゆみとみいなちゃんは仲の良い姉妹だ。ひょっとしたらもうあゆみの携帯にはみいなちゃんから連絡が入っているかもしれない。

あゆみの妹であるみいなちゃんが純也と結婚すると知ったときには、私と純也が義理の兄と弟という関係になってしまうのか、人生には本当に何が起こるかわからないもんだと改めて実感したものだ。

「ねぇ三栖さん」

翔子ちゃんだ。

「この〈じぇんとる〉ってひょっとしたら〈ディビアン〉のお店？」

「そうだよ。知ってたか」

「ディビアン？」

ヒトシが首を傾げた。私もそうだ。

「ヒトシおじさん知らない？　年齢不詳のドラァグ・クイーン。その道では日本のパイオニア。テレビにもよく出てた」

「ここ何年間か出てないけどね。自分でもう年だから表に出るのは疲れたわって言ってたよね」

翔子と翔太の説明に、その姿が浮んできてヒトシと顔を見合わせた。

「いたな。それこそ俺ぐらいでかい奴だろ」

「そうだったな」

歯に衣を着せない発言で随分人気者になっていた時期があったはずだ。歌舞伎町でそういう店をやっているというのも確かにどこかで聞いたような気がする。三栖さんの iPhone にメールの着信があった。

「純也からのメールだ。仁科くんが店にいるのは確認したが、智一はそこにはとりあえずいないそうだ。どうする。閉店まで待って仁科くんに聞いてみるか。智一や瑠璃ちゃんを知らないかと」

どうするか、と、ヒトシと顔を見合わせたところで、カウンターに寝ていたクロスケが急に顔を上げて何かに反応した。急ぐように下りて床を走ってドアの方に向かったときに、誰かがドアを開けた。クロスケが、にゃあ、と鳴くのと同時だった。

入ってきたのは、紺色のスーツを着た長身の男。

「淳平」

「よお」

久しぶり、と、手を上げると同時にしゃがみこんで焦茶色のボストンバッグを下ろして、足元にすり寄ったクロスケを抱き上げた。

「元気だったか？　クロスケ」

クロスケが顔をすり寄せて喉を鳴らした。飼い主である私にも滅多にしない仕草を何故か淳平にはするんだ。

「相変わらずいい男だね淳平ちゃん」

「丹下さんもお元気そうで」

昔から、この家で一緒に暮らしていた大学生の頃から、つまりは俳優でも何でもない一般人の頃から淳平には華があった。端正な顔立ちから醸し出されるのはもちろんだけど、その立ち居振る舞いには確かに人を惹きつけるものがあったんだ。だからこそ、バンドではボーカルをやっていた。

「ヒトシ」

「淳平」

お互いに視線を交して、淳平がヒトシの肩に手を掛ける。ヒトシもその腕を軽く叩く。

「大丈夫か」

　淳平が言うと、ヒトシは苦笑いして頷いた。

「何とかな。わざわざ来てくれたのか」

「ちょうどオフになったからな。花凜は仕事で沖縄に行ってる。しばらく独身なのをいいことにお泊まりセットも持ってきた。智一を探すのを思う存分手伝えるぞ」

「それはありがたいんだが、その前に気になってたんだ。花凜さんのストーカー騒ぎってなんだ。教えろ」

　ヒトシが言うと、淳平はヒトシの隣に座りながら苦笑いした。

「智一の件が片づいてからの方がいいと思っていたんだがな」

「なんでだ」

「どうにも一言では言えない感じが漂ってる」

　その言い方に、丹下さんに渡されたミートソースを食べようとしていた三栖さんが反応した。

「深刻になりそうなものならすぐに警察で対応するから言え」

　淳平が頷きながら私を見る。

「智一の方はどうなんだ。まだ見つかっていないんだろう？」

「まず、生きていることは確認できた。そしてひょっとしたら東京での向かった先も確定できたかもしれない。これからどう動くかはこの場で決める。まずは話してみろ。僕も気になっていたんだ」

うん、と、淳平が頷く。そして大きく息を吐いた。

「直接ストーカー騒ぎに関連しているかどうかはまったくわからないんだけどな。これが、郵便受けに入っていた。花凜の前に男が現れる二日前だ」

淳平がスーツの内ポケットから出したのはクリーム色の封筒だ。何の変哲もないシンプルな封筒。よく結婚式の招待状などが入ってくる形のものだ。

ただし、宛名書きも何もなかった。

「この状態でか？」

「そうだ」

それだけで、不穏なことだと思える。

「幸い、花凜はこれが入っていたことは知らない。まだ伝えていないんだ。家の住所を知っているのはごく限られた人間だけだけど、極秘ってわけでもない。調べようと思えば調べられる」

「だろうな」

「中に入っていたのは、写真だ」

「写真？」

淳平が封筒を開けて、取り出した。

眼を疑う、とはこのことだと瞬間的に思った。

その写真に写っている女性は、忘れるはずもない女性だった。

淳平はもちろん、私も、ヒトシも、ワリョウも。そして、死んでしまった真吾も。

茜さん。

茜さんが、そこにいた。あの頃の笑顔がそこにあった。

「これは」

淳平を見ると、端正なその顔立ちの眉間に皺を寄せていた。まるでドラマのワンシーンのようだった。ヒトシは、文字通り眼を丸くさせて叫んだ。

「どういうこった！　なんでこんなものが!?」

「わからないんだ」

苦々しく、唇を歪ませながら淳平が言う。

「何が起こっているのか、起こるのか、まるで見当がつかない」

6

茜さん。

その名を、その笑顔を思い出すと、今でも胸の奥底で何かが小さく疼く。

二度と会えなくなって三十年以上が過ぎたというのに、今もその笑顔をはっきりと思い出せる。

正確に言うのなら三十一年前だ。

私と、淳平と、ヒトシと、ワリョウと、そして真吾は、大学生だった。茜さんは五歳年上の社会人だった。ちょうど今の明や翔太や翔子ちゃんのように、私たちがこの家で一緒に暮らしていた頃に出逢(であ)い、日々を過ごし、茜さんと淳平は恋人同士になり、そして交通事故で逝ってしまった女性。

青春時代の思い出とは、甘美だったりほろ苦かったり、あるいは思い出せば赤面してしまったりするものだろう。私たちは若く、無謀で無遠慮で、そして軽やかで熱かった。全てを大げさな笑い話として、一晩中でも語り続けることができるような日々をここで過ごしていた。

その中で茜さんとのことだけが、冷めたコーヒーの後味に感じる酸味のように、口を閉じゆっくりとその味が消えるまで嚙みしめるものになってしまっている。

緒川茜さん。

その人の写真が何故ここに。

三栖さんが、ミートソースを食べながら覗き込む。

「これが、茜さんか」

「そうです」

三栖さんは詳しくは知らない。かつての、あの頃の淳平の恋人であり、私たちには憧れの年上の人だったということだけは、教えた。昔話として話した。それはもちろん、あゆみにも、だ。彼女もそれぐらいしか知らないし私たちも伝えない。夫とその友人たちが思い出を共有する過去の女性の話など、楽しい気分で聞けるものでもないだろう。もちろん、丹下さんでさえよくは知らない。

茜さんとのことを、私たちと茜さんの関係を本当の意味で知っているのは、私たち五人だけ。真吾がいない今となっては、四人だけだ。

三栖さんが、少し顔を顰める。

「何か重たい事情と、そして考えられない事態になっているのはお前たちの顔を見ればわかるが、とりあえず決めなきゃならんのは、〈じぇんとる〉にいる純也にどう指示を出すか、だな」

「そうですね」

「そうだった」

ヒトシが唸る。あの写真に写っていた仁科恭生くんは、歌舞伎町のゲイバーでバイトをしている。智一が彼のところに行った可能性は充分にある。そして、瑠璃ちゃんもだ。

「三栖さんはどう判断します？　もしこれが何らかの事件であると仮定するなら、刑事としては」

訊くと、三栖さんは唇を歪めて頷いた。

「簡単だ。智一と瑠璃ちゃんがこの仁科くんのところに行ったと仮定するならば、それは彼なら何とかしてくれるという判断があったからなんだろう。何とか、というのは瑠璃ちゃんの家であった事件も含めての話だ。と、いうことは、純也に『上木智一と村藤瑠璃を知ってますか？』と直接探りを入れさせたなら、警戒されて二人を隠されて余計に話がややこしくなるだろう」

「そうですね」

確かにそうだ。

「だから」

そう言って三栖さんがヒトシを見た。

「話をシンプルにするためには、ヒトシが店に行って訊けばいい。智一の父親としてな。『家出した息子を捜している。息子が君の写真を持っていたので、捜してここまで来た。行方を知らないか?』とね。それがいちばん自然でわかりやすい」

ヒトシが、三栖さんを真っ直ぐ見たまま、ゆっくりと頷く。

「その通りですね」

「ただ」

三栖さんがフォークをひょいと上げた。

「そこで問題になるのが、あの素直な智一が親に黙って家出をした、という事実だ。親には相談できない。後で怒られたとしても一人で黙ってそれを解決したいと考えた結果なんだろう。だから」

「ヒトシが現れたのなら、余計に頑なになって話をこじらせる結果になりかねない、ですか」

淳平が言うと、三栖さんは頷く。

「その通りだな。他にも事情があるのかもしれんがそれも含めて、現段階では親であるヒトシの判断に任せる」

「現段階ってことは、あれですよね三栖さん。もしそこに瑠璃ちゃんが本当に絡んでいることが確認できたのなら、その段階から三栖さんは警察として、刑事としての判断で動くってことですよね？」

明が言うと、三栖さんはちょっと肩を竦めてみせた。

「昔、純也に同じ台詞を言ったような気がするが、明は大学卒業したら警察に入れ」

「嫌です」

「即答かよ！」

翔太がすかさず突っ込んだ。

「そんなこと言ってる場合じゃない！」

間髪容れずに翔子ちゃんが翔太を叩く。皆が少し笑う。大体いつもこの三人はそういう感じで話す。笑っている場合じゃないんだが、この三人のお蔭で私たちの日常には若い笑いが絶えない。それは、とても助かっているんだ。

「それはともかく、その通りだな」

三栖さんがミートスパゲティを平らげて、皿を丹下さんに渡しながら言う。

「〈じぇんとる〉で発見されたのが智一だけだったとしたら、後はもう上木家の問題だから俺は動かない。だが、瑠璃ちゃんも一緒なら、立場上俺は水戸警察署に連絡しなきゃならない。ただし」

「ただし？」

翔子ちゃんが訊いた。

「瑠璃ちゃんが一緒だったとしても智一が素直に事情を話し、その事情如何(いかん)によっては、連絡するのにタイムラグをつけるのは、何てことはない。幸いにして死者は出ていないんだ。しかも家族の問題だ。身内同士のいざこざでの怪我人だけというなら、俺の裁量でどうにかする」

それはつまり、智一の親であるヒトシに対しての配慮だ。もし、村藤家の事件に瑠璃ちゃんが、そして智一がかかわっているのならば、それは中学の教頭であるヒトシの立場に大いなる影響を与えるものだ。その影響を最小限にするために動く時間を与えてくれる、というものだ。

ヒトシが唇をへの字にして、頷く。さらに頭を深く三栖さんに向かって下げた。

「スマンです。よろしくお願いします。俺が今からその〈じぇんとる〉に行ってきます」

三栖さんは軽く手を上げてコーヒーを飲み、それから内ポケットからメモを取り出した。

「〈じぇんとる〉の住所と電話番号だ。純也には俺からメールしておく。ヒトシが着くまで仁科くんを見ていろ、とな」

「一緒に行こうか?」

ヒトシに訊くと、少し考えて首を横に軽く振った。

「純也が向こうにいるんだから、何かあってもお前が一緒より心強い」

確かにそうだ。純也ももう四十になるが、毎日のようにジム通いしているその身体能力は若い頃と比べても衰えてはいない。

「お前は」

カウンターの上の茜さんの写真を指差した。

「淳平とこの件を話しておいてくれ。どう考えても放っておけるもんじゃねぇぞ」

「そうだな」

写真に写っているのは茜さんだけじゃない。

あの頃の私とワリョウと淳平がその横で笑っている。そして、背景の桜の木は間違いなくここの庭にある桜だ。ということは、この写真を撮ったのはヒトシか真吾ということになる。それ以外の人物が、妹の裕美子ちゃんは別にして、私たちの間に入ってきたことはない。

「この写真には、あまり覚えがないんだ」

淳平が言って私を見る。

私も、ない。撮られた覚えもないが。

「まるっきり忘れてしまった可能性もある。そもそも三十年以上も前だ。あの頃に撮った写真を全部覚えているはずもない」

「そうだよな」

ヒトシが頷く。

「お前は撮った記憶はないんだな？」

スツールから立ち上がったヒトシに訊いた。

「ないな。だが、あの頃、写真はよく撮っていたからな。ダイのお父さんのカメラだったよな？　ニコンの一眼レフ」

「そうだな」

そうだった。あの黒くて重たいカメラでよく写真を撮っていた。そして、茜さんが写った写真は、今も何枚かは確かに私も持っている。だがその中にこの写真はないはずだ。

「仮にヒトシじゃないとすると、撮ったのは真吾か」

淳平が言う。そうかもしれない。そしてそれはもう確かめようがない。

「ワリョウにも訊いておいてくれや。まず俺は、歌舞伎町に行ってくる」

「わかった」

気をつけてくださいね、と、翔太と翔子ちゃんが言う。

「おう。事細かに連絡する」

「智恵さんにも連絡しておけよ」

わかった、と頷いて、ヒトシが大股に店を出て行く。カウンターの上に戻っていたクロスケがいってらっしゃいと言うように顔を上げた。扉のベルの音が響く。それを見送って、皆が一様に小さく息を吐いた。

とりあえず、智一の件でできることは今はない。ヒトシの連絡待ちになる。

「それで、次の問題はそいつだな」

三栖さんが、煙草に火を点けながら言った。

「そうですね。明」

「はい」

「この写真を撮って、ワリョウに送ってくれ。まだ起きているよな？」

明が壁の時計を見て頷いた。

「たぶん。文面は？」

言いながらもうスマホで写真を撮っていた。

「この写真に覚えはあるか？　あったら教えてくれ。詳細は後で電話する、と」

「了解」

ほとんど時間を掛けないで、メールを送る。

「あの」

翔子ちゃんだ。少し笑みを見せながら言う。

「この写真の女性は誰なのか、何が起こっているのか、詳しいことを私たちは聞いていいんですか？」

淳平と顔を見合わせてしまった。どうするか、という意味合いでお互いに小首を傾げてしまった。

「誰なのか、という説明はできる」

淳平が、少し笑みを見せながら翔子ちゃんに言った。

「その昔、三十年以上も前に、俺の恋人だった人だ。それは花凜も知っている。事故で死んでしまったんだ」

翔子ちゃんの眉間に皺が寄った。唇が、死んだ、と動いたのがわかった。

「写真でわかるように、俺たち五人と一緒にここでよく過ごした人だ。ダイも、ヒトシも、ワリョウも、死んじまった真吾も。皆、茜さんが好きだった。大事に思っていた人だった。それ以上の説明となると、ちょっと厄介だ」

そう言って、私を見る。私は、頷いた。どうやって説明するべきか、それともしない方がいいか。丹下さんが洗い物を済ませて言った。

「あたしも詳しくは知らないんだけどね。明も翔太も翔子ちゃんも、その茜さんの妹さんのことは知ってるよ。裕美子ちゃんさ」

「え!?　裕美子さんが？」

三人で眼を丸くする。そうだ。三人にしてみれば裕美子ちゃんは、近所に住んでいてこの店を手伝っているアルバイトのおばさん、という認識しかないだろう。

「話してなかったかね？」

丹下さんが私に言う。

「言ってないと思います。裕美子ちゃんはこの茜さんの妹で、そして死んでしまった真吾という仲間の奥さんだったんだ」

真吾が死んだ後、裕美子ちゃんはしばらく福岡で暮らしていた。そして四年前、結花ちゃんが結婚して東京で暮らすことが決まったのを機に、北千住にあった実家に戻ってきた。ちょうど明たちがここに暮らし始める一年ほど前だ。

実家には年老いたお母さんがいる。まだ気持ちはしゃんとしているんだが、身体的にはいろいろと世話もしなきゃならない。ただ、一人で抱え込むのは良くないと、週に三日はデイサービスに送り出している。その空いた時間に、裕美子ちゃんはここでバイトをしているんだ。いい気分転換と、多少だが生活費を稼ぐこともできて一石二鳥だ。

あの時期を一緒に過ごした私と、時を経て、同じ時間の中で穏やかに暮らしていけるのは嬉しいと言っていた。

明が少し考えるふうに、天井を見上げていた。

「ダイおじさん、ヒトシおじさん、父さん、そして淳平さんに、亡くなった真吾さんがここで暮らしていた。そして、茜さんと裕美子さんの姉妹も近所に住んでいた。皆で知り合って仲良くなって、淳平さんと茜さん、真吾さんと裕美子さんがそれぞれ恋人同士になった」

「そうだ」

簡単にまとめてしまえば、そういうことだ。

「だから、茜さんと写っているそういう写真は普通にあっても不思議じゃない。不思議じゃないのに、封筒に入れられて突然郵便受けに入っていたというだけで、それだけダイおじさんたちが驚くというのは、過去に何かがあったからなんですね？」

きちんと整理する。何でもないことのようだが、常にそうやって思考できるというのは、明の秀でた部分なんだろう。冗談抜きで警官になった方がいいかもしれない。

「その通りだ」

そこで、明のスマホに着信があった。

「父さんからです。すぐに電話するからって」

私の iPhone に着信がくる。ディスプレイに〈ワリョウ〉と出る。本名は和良(かずよし)なのに、そう呼ぶのは私と淳平とヒトシだけだ。

「もしもし」

（ボクだけど、何この写真？　どうしたの？　びっくりしたよ）

「僕たちも驚いているんだ」

（智一の家出に関係あるの？　まさかだよね？）

「関係ない。花凜さんの前にストーカー紛いの男が現われたのは聞いたな？」

（聞いたね）

「その二日前に、淳平たちのマンションの郵便受けに入っていたそうだ。住所も宛名もない封筒にこの写真だけを入れて投函してあった。花凜さんには話していないそうだ。関係も何もないのかもしれないけど、淳平が持ってきたんだ」

一瞬の沈黙。驚いているのがわかる。

（全然意味がわからない。でもこの写真は、見覚えがあるよ）

「あるのか？　お前も持っているのか？」

（いや、ない。ボクは茜さんとの写真は全部処分しちゃったよ。覚えてない？　その家を出るときに焼いたよね）

「あぁ」

そうだった。忘れていたわけではないが、今思い出した。

卒業して、私以外の皆がこの家を出る前だ。祖父が庭にレンガで作った小さな竈があって、そこで処分したいものを焼いたんだ。あの頃はまだそういうことをしてもいい時代だった。ノートや、見せられない手紙なんていう燃やすのには多少絵になるものから、ぼろぼろになった下着なんかも焼いた。

最初に、そこに茜さんが写った写真を入れ始めたのは、淳平だった。

何故燃やすのか、とは訊かなかった。誰も何も言わなかった。そして、皆が同じように茜さんが写っている写真を持ってきて焼き始めた。

私だけが、焼かなかった。

皆がこの家を出るのに対して、私はそのまま残る人間だった。いつかまた皆が集まるときにこの家があった方がいいと思っていたから、私だけは写真も持っていた方がいいんじゃないかという判断だった。それに、淳平もワリョウもヒトシも真吾も頷いていた。

だから、私の部屋の押し入れにある段ボール箱の中に、あの頃の写真はあるはずだ。

だが、この写真の記憶はない。

「この写真を撮ったのは誰だ？　ヒトシは違うと言っていたから真吾か？」

うーん、とワリョウが唸った。

(そこまで覚えてないなー。でもヒトシがそう言うんなら、真吾だろうね)

そう思う。理由は、アングルだ。微妙な違いになるし撮影場所にも依るのだが、もしヒトシが撮ったのならもう少し上からの角度になるはずだ。真吾は、私と同じような身長だった。それに対して、ヒトシは私より十センチは背が高い。

(淳平は来てるんだね?)

「そうだ。ヒトシも来てる。今は智一を捜しに出かけているが」

(どこにいるかわかったの?)

「確定はしていないんだ。でも可能性のある場所に向かった。じきに連絡が入ると思う」

電話の向こうで何か話している気配がある。奥さんの綾香さんと話しているのか。

(ボクもそっちに行くよ)

「お前もか」

思わず明を見た。それでわかったのかもしれない。明が、え? という表情を見せた。

「店はどうするんだ」

(ちょうどっていうか、たまたまなんだけど水道のタンクのメンテナンスが入るんだ。二日間休むつもりだった。一日だけでも顔出してその写真の謎を解きたい。気になるし、ついでに綾香も明の様子を見るのと、挨拶もしたいって言ってるから)

「わかった。それは歓迎だ。泊まる部屋は心配しなくていい」

（助かるよ。明日の昼過ぎには行くから。その間に、智一のことや、その写真のことで何かわかったらメールして）

「了解」

電話を切る。淳平が少し肩を動かした。

「ワリョウも来るのか」

頷いて、明を見た。

「何でも水道のタンクのメンテナンスが入るので二日間店を休むつもりだったらしい。お前の様子見がてらお母さんも来るらしいぞ。明日の昼過ぎには着くって」

「マジですか」

少し顰め面をした明の背中を、翔太と翔子ちゃんが「部屋の掃除！」と言いながら叩いた。丹下さんが、カウンターの中の丸椅子から立ち上がった。

「何だか毎度みたいな気がするけど、怪しいことが起こるとここは賑やかになるね」

笑いながら言う。

「確かにそうだ」

三栖さんも苦笑した。

「さぁさ、若いのはもう部屋に行きな。明も部屋をお母さんに掃除される前に自分でした方がいいんだろ。ここからしばらくの間は、おっさんたちだけにした方がいいみたいだからね。ダイちゃん、そうだろ？」

　丹下さんが私を見る。

「そうですね」

　現段階では、茜さんのことを何もかも若者たちに話すわけにはいかない。

「丹下さんももう家で休んでください。智一のことで何かあったら電話します」

「そうしておくれ」

　エプロンを外しながら、カウンターから出てくる。歩き方に年齢が偲ばれる。いつまでも元気でいてほしいと思いながらも、このカウンターの中から丹下さんの姿が消える日を覚悟していなきゃならない。

「私たち、丹下さんを送ってきて部屋に戻ります！」

　翔子ちゃんが言い、翔太も明も立ち上がった。年寄り扱いするんじゃないよ、と笑う丹下さんの肩を抱くようにして翔子ちゃんがくっつき、翔太と明がそれに続いて、軽く手を振り店を出て行く。何かが動いたらすぐに連絡くださいね、と言い残して。

　残されたのは、私と淳平と、三栖さん。

　カウンターの中に入り、ライ・クーダーのアルバムを取ってターンテーブルに置く。軽やかに味わいのあるギターの音が聴こえてきて、それに飄々としたボーカルの声が続く。

「コーヒー淹れますか?」

「いいな」

三栖さんが頷き、煙草に火を点けた。淳平が少し笑みを浮かべ三栖さんに向かって右手の人差し指を立てた。三栖さんは、小さく頷き煙草の箱を淳平に向かって滑らす。それを手にして、一本取り出して火を点ける。

俳優である淳平はもちろんだが、無駄にいい男だと評判の三栖さんと二人で並んでそういうことをされると、私だけが見ているドラマのワンシーンのようにも思えてくる。残念なことに二人とも五十代だけに、昭和の雰囲気が漂ってはいるが。

コーヒー豆をサイフォンに入れる。青いガスの灯(ひ)で温められたお湯が上っていき、コーヒーの香りが強く香ってくる。お湯の中で踊る豆を木のへらでゆっくりと掻き回す。もう何千回と重ねてきた、コーヒーをサイフォンで淹れる仕草。

「どう考えても、これはいたずらの類いではないんだな?」

三栖さんが煙を吐きながら、写真を指で示して訊いてきた。私と淳平は同時に顔を顰めて、頷き合った。

「そんな気がします」

「たぶん」

「ということは、茜さんとお前さんたちの過去には、そういう何事かがあったわけだ。

三十年以上も経ってからたかが写真一枚届けられただけで、おっさんたちが慌てて集まる程度には」

「そういうことですね」

淳平が言う。

「じゃあ、話せ」

三栖さんが、静かに言った。

「花凜さんがもう四十五のおばさんだからと言ってストーカー騒ぎを甘く見るな。お前たち二人は今どき珍しいほどのスキャンダルもない敵もいない芸能界きってのおしどり夫妻だ。お前たちに何かあったら傷つく善良なファンは大勢いるだろう。世の中こんなもんかと思う人がまたぞろ増えれば、それだけで空気が濁る。俺はな」

言葉を切って、にやりと笑った。

「信じられないだろうが、日本中を微笑みで包みたいんだ」

思わず笑ってしまったけれど、本音だろう。だから三栖さんは警察官をやっている。犯罪を憎み、清濁併せ呑んで今までやってきて定年を迎えようとしている。

「事前に防げる犯罪であれば、防ぐのがいちばんいいんだ」

「その通りですね」

淳平が頷き、私を見た。話すのはお前に任せるという顔をする。少し溜息をついて、落としたコーヒーをカップに注ぎ、二人の前に置いた。自分のを、飲む。

「かなり長い話になってしまいますけど」

「お互い年寄りだからな。気は長くなったろ」

頷いて、煙草を取って火を点ける。ライ・クーダーの乾いたギターの音が響く。クロスケはカウンターの上で思いっきり身体を伸ばして寝息を立てている。

「茜さんと淳平は結婚を意識するほどの恋人になったんですが、実はそのとき、茜さんには婚約者がいたんです」

三栖さんの右眼が細くなった。

「高校時代の同級生で、中島という男でした。野球部のエースピッチャーで、その年に甲子園出場を決めたほどだったんですよ」

こうして誰かに話すのは、初めてだ。淳平とでさえ、この話などしていない。私たち五人は、いや四人は封印していた。

その中島と茜さん、二人が高校生だった頃から話を始めなきゃならない。

茜さんは可愛らしい顔立ちではあったけれども、男子たちが騒ぐこともなく、成績がいいわけでもなく、美術部で絵を描くことが大好きな極端に内気な女の子だったと聞いた。それでも、ごく普通の高校生がそうであるように、彼女も毎日を当たり前のように過ごしていた。

その中で。

「まず、美術部の顧問の教師が、茜さんに言い寄っていたという事実がありました」

また三栖さんの右眼が細くなる。

「放課後の部室で、絵の指導にかこつけて手を握ったり身体を触ってきたり、あげくにヌードモデルにならないかと迫られたんです。茜さんがとにかく大人しくて、逆らえないことをわかっていたんじゃないかという話です」

「胸糞（むなくそ）が悪くなるな」

三栖さんが毒づく。

「結果として、茜さんはすっかり心を病んでしまって自殺を考えました」

まだセクハラとかそういう概念もない時代だ。誰にも相談できず追い込まれ、たまたま誰もいなかった放課後の美術部部室。自分でもわからないうちに部室にあった大きなカッターナイフを握りしめ、手首を切ろうとした。

「それを偶然救ったのが、中島なんです」

「救った？」

三栖さんの反応に、三十年前の自分たちを思い出して、淳平と顔を見合わせてしまった。そうだ。私たちもあのときにそういう反応をした。じゃあ、いい奴なんじゃないかと。

「そうなんです。言ってみれば、中島は茜さんの命の恩人なんです。そして、そこで茜さんはその中島の人生を狂わせてしまったんです」

「なんだ」

「止めようとした中島の右腕を、混乱して騒いだ茜さんがカッターナイフで切ってしまったんです」

三栖さんが、眼を閉じ天を仰いだ。

「そういう話になるのか。するとあれか？　そこでその中島と茜さんの運命は決まってしまったというわけか」

「そういうことです」

その刃はエースピッチャーの利き腕の腱（けん）を切ってしまった。将来を嘱望されたピッチャーの右腕は永久に失われた。

甲子園が、消えた。

「荒れていく中島を誰も止めることはできなかったそうです」

小さく息を吐いて、三栖さんは頷いた。

「同情はできるな。だが、そこで立ち直ってくれれば男が上がったんだがそうではなかった。中島は、自分の人生を目茶苦茶にした茜さんを自分のものにした、と、話は進むんだな？」

「自分のものどころか、おもちゃのように扱ったそうです」

元々が優しい女性だ。贖罪の気持ちは茜さんの中に溢れていた。自分にできることはなんでもすると言った。そして茜さんは充分に可愛い女の子だった。その子が、自分のためになるならなんでもすると言うなら、高校生が欲望のはけ口にするであろうことは、誰でも思いつく。

「ただ、茜さんのそういう献身が、中島の心を少しは動かしました。荒れることはなくなり、普通の高校生としての生活を取り戻して大学にも入学しました。茜さんが自分の婚約者同然の女だと周りに言うようになったのもその頃からだそうです」

「茜さんは納得済みじゃなかった。一方的に中島はそう言っていた」

「そうです」

それが、歪な形であったとしても、二人の間に愛情というものが育まれたなら問題はなかったのだろう。だけど、それは一切なかった。中島はただ茜さんを自分の所有物として扱い、大学時代も社会人になってからも好きに他の女の子と遊んだ。彼女を作って自分の生活を楽しんでいた。

だが、茜さんが自分から離れることは許さなかった。よくある台詞をそのまま言っていた。

「お前はオレのものだ、と」

茜さんは大学の頃に一度中島の子供を堕ろした。それでも中島の心根は変わらなかった。好きなときに呼んで好きなように扱い、茜さんの自由を一切許さなかった。文字通り、単なる所有物として扱っていた。

三栖さんが煙草を揉み消し、コーヒーを飲んだ。

「当時のお前たちが中島をボコボコにしたからって、俺は責めないな」

「今もそう思っていますよ」

淳平が、静かに言う。

私もだ。あのときの決心を、行為を、後悔したことなど一度もない。

「でも、茜さんは淳平と出会いました。愛し合いました。もう中島の呪縛から逃れたいと心底思い、そう話しました。ところが中島はこう言ったそうです。『結婚したいならすればいい。それでもお前はオレのものだ。関係を終わらせたいなどと言える立場にお前はいない』と。悲しさに、悔しさに、辛さに泣き続けた茜さんを淳平は何度も慰めました。自分が中島と対決するとまで決めたんですが、茜さんがそれを拒否しました。自分が一人で何とかすると。その結果が」

三栖さんが、少し首を傾げた。

「交通事故で死んだと前に聞いたが」

「事故だったのか、自殺だったのか、あるいは殺人だったのか今も結論は出ていません。一生出ることはないでしょう」

最後の話し合いをすると茜さんが言っていた日の夜。

中島が運転する車の助手席に茜さんは座っていた。後ろを走っていた車の運転手の話によると、〈はっきりとはしないが、助手席の人物が突然運転席の人間に摑みかかったようにも見えた〉と。

中島の車は事故を起こした。しかし、シートベルトをしていた中島は軽傷で助かり、していなかった茜さんはフロントグラスを破って外へ飛び出し、即死した。まだエアバッグもなかった時代だ。

「全ては、中島の証言で決まりました。別れ話になったが、茜が突然摑みかかってきて事故を起こしてしまったと」

「過去のカッターナイフの件も中島に有利に働いたわけだな？　そして死人に口無しだ」

「その通りです」

けれども、私たちは知っていた。

あの夜、中島と会う前に茜さんは淳平と私たちにはっきり告げたのだ。ちゃんとケリをつけると。必ず淳平の元に戻ってくると。強い決意を示してくれた。事故を起こそうとするはずがない。中島を巻き込んで自殺なんかするはずがない。

だから。

「復讐したんですよ。五人で、中島に」

二度と女を泣かせられない身体にしてやった。

三栖さんは、小さく頷いた。

「玉でも竿でも、使い物にならないようにしてやったか」

「そんなところです」

ふん、と小さく鼻を鳴らして、煙草に火を点けた。

「中島は誰がやったかもわかっていない。実際三十年以上お前たちに警察の手が伸びることはなかった。完璧な計画をもって完全な暴行を実行したわけだ。そして、それを全部仕切って、最後に手を下したのは、ダイ、お前だろう」

頷いた。

「そうです」

ふぅ、と、煙を吐く。

「淳平」

「はい」

「以前に、俺がダイを誤認逮捕した話は前にしたな」

「聞きましたね。三栖さんと知り合えば知り合うほど、どうしてそんなミスをしたのか不思議でしたよ」

　三栖さんが苦笑した。

「俺も、ずっと不思議だったよ。何故そんなポカをしたのかってな。あのときは確信があったんだ。その確信の根っこが、今ようやくわかった。理解できた」

「何ですか？」

　訊くと、悔しそうに顔を顰めた。

「お前は、そういう奴だ。そうやって人畜無害な顔で、毒にも薬にもならないような雰囲気なのに、普通の人間ならビビってしまうような暴力を、犯罪を、平気の平左でできる。いや違うな。それじゃあただの二重人格だ」

　少し首を捻った。

「お前は、いざというときには、自分の法律で動ける男だ。自分で自分を裁ける人間だ。自分が正義だと思えば、人を殺すことさえ躊躇わないだろう。だからだ。俺は切れ者の刑事だからな。お前のそういうものを見抜いてしまった。だから俺は自分の確信に従って、あのときお前を逮捕しちまった。こいつが犯人だ、とな」

　畜生、と呟く。思わず笑ってしまった。

「それは、自分は間違っていなかったんだ凄いだろう、と。結局自分を褒めて自慢しているんですね」

「その通りだ」

三人で笑った。笑い事ではないのだが、茜さんの件も、私の誤認逮捕の件ももう遠い昔の話だ。こうやって身内で話して笑う分には神様だって許してくれる。

三栖さんが、うん、と頷いた。

「それで理解できた。お前たちがこの写真を見て、慌てたのが」

しかしな、と、写真を取り上げて続けた。

「そうなると疑問点が山のように押し寄せてくるな。そもそもこの写真は、お前たちと茜さんしか持っていないものだろう。その中島とやらが手に入れられるはずもないものだ」

「その通りです」

だから、驚いている。

「どこから、誰が、何の目的で淳平の郵便受けに放り込んだのか。通常の犯罪捜査であれば明らかに脅迫のパターンだが」

「ありえないですね。茜と俺たちの過去を知っているのは俺たちしかいません。そもそも俺たちを脅迫できる相手は中島しかいませんけど、俺たちが中島を暴行したことは、絶対に知りようがない」

「お前たち五人、いや四人の中の誰かが中島に言わなければ、だな?」

その通りだが、言うはずがない。

「そもそも、中島が生きているのかどうかすら僕たちは知りません。だよな？」

淳平に言うと、頷いた。

「まったく知らない。知りたくもない」

「ヒトシやワリョウは言うに及ばず、だな」

「その通りです」

真吾はもういない。

だから、この写真はまったくの謎なんだ。

「可能性を考えるか」

三栖さんがコーヒーを一口飲む。

「まず、この写真をその当時に手に入れることができたのは、茜さんとお前たち五人。その他には？」

淳平と顔を見合わせた。

「裕美子ちゃんも考えられるか」

「そうだな」

茜さんの妹で、当時は実家に一緒に住んでいた。真吾とも恋人になった。

「持っていても不思議じゃないです」

「裕美子ちゃんか。その他には？」

「可能性だけなら当時は生きていた僕の両親も考えられますが、それはいくらなんでも、でしょう」

　確かにな、と、三栖さんも頷く。

「中島が手に入れていた可能性は皆無なのか？」

「皆無だとは、思います」

　それは、自信を持って言える。淳平が頷いて続けた。

「茜は俺のことも、皆のことも一切中島には教えていないと言ってました。まぁ当時あいつがこっそり探偵でも使って調べていたのなら別ですが。それならあいつが三十何年間も俺たちを放っておく方が不思議でしょう」

「そりゃそうだ」

　淳平に三栖さんが頷いた。

「だとしたら、当時ではなく、今になって手に入れた可能性が高い、か」

「今になって」

　そうだ、と、三栖さんは頷いた。

「文字通り今になってこの写真が出てきたんだ。この褪色具合は明らかに当時にプリントされたものだろう。昔の写真を誰かが手に入れたんだ。ダイ、淳平、ワリョウ、ヒトシ、そして裕美子ちゃんの五人のうちの誰かから、本人も気づかないうちに手に入れ、何らかの目的を持って淳平の郵便受けに入れた。現段階では、それしか考えられない」

淳平と顔を見合わせた。理屈では確かにそうだ。

「まぁ」

三栖さんが写真をヒラヒラさせて、苦笑した。

「誰かが落とし物を手に入れ『ここに写っているのは人気俳優大野淳平の若き日の姿じゃないか。そっと返しといてあげよう』と、住所を調べて郵便受けに入れてくれた親切である可能性もないわけじゃないだろうがな」

そう願いたいが、決してそうではないだろう。

7

沈黙が少し続いた。

刑事である三栖さんはもちろん、淳平も頭の回転は速い男だ。こうやって話すことで今まで考えてもいなかったことがいろいろと浮かび上がり、繋がっていくこともある。

何故今この写真が出てきたのか。

誰がこんなことをしたのか。

そして、ヒトシはそろそろゲイバーだという〈じぇんとる〉に着いた頃だろうか、などといろんな考えが頭の中を飛び回っているんだ。私もそうだった。

そして。

（何だろう？）

クロスケがカウンターの上で寝転がりながらあくびをして、それから伸びをした。猫の身体が伸びる様子は何度見ても、よく伸びるなぁと感心する。その様子に三栖さんも淳平も思わず頬を緩めて、淳平は手を伸ばしてクロスケのお腹の辺りを撫でた。

二人とも動物は好きだ。

それを見ながら、何かが頭の中を掠めるように動くのを感じていた。飛んでいるたくさんの思考の中で、何かがどこかに引っ掛かりそうで引っ掛からない。ぶつかりそうでぶつからない。

もどかしい何かを感じていた。

私のそういう表情に気づいたんだろう。三栖さんが、人差し指の爪で軽くカウンターを弾いた。

「どうした？　何か思いついたか？」

「いや」

思わず苦笑いした。

「何かが引っ掛かりそうで、引っ掛からないんですけど」

「けど、なんだ」

淳平が言う。

「言ってみろ」

「わからないんだ。ただ、何かそういう感覚がさっきから頭の中にある」

三栖さんと淳平が顔を見合わせた。

「こういうときのお前の勘ってのは本当に凄いからな。三栖さん知らないでしょう。大学んときのダイの〈教授失踪させた事件〉」

「聞いてないな。何だそりゃ」

「そんな古い話を」

言うと、淳平が笑う。

「こいつね、当時の教授が愛人みたいにしていた女子学生を見抜いたんですよ。それも一度会っただけで。それとなく教授に仄(ほの)めかしたら、その日から三日間教授が失踪しちまって大騒ぎに」

「そりゃすごい」

「たまたまだよ」

そうしたら、と、淳平が可笑（おか）しそうに続けた。

「今度はワリョウがその女の子にちょっかい出して、この家に押し掛けてきてもう大騒ぎですよ。ずっとここに住むとか死んでやるとかもう凄くてね。あれは今で言うならメンヘラちゃんだったんだろうな」

「あぁ、そうかもしれないな」

「人のことは言えんが、お前たちの学生時代の騒ぎは大概女絡みだな」

三栖さんがそう言って三人で笑ったところで、カタン、と、奥の階段のところで音がした。二階からあゆみがそっと降りてくる。顔が見えて、あゆみが淳平と三栖さんがいるのを見て嬉しそうに微笑むのを確認してから、わざと三栖さんは口に手を当てた。

「いかん。あゆみちゃんが来たな」

「何ですか。聞かれちゃ悪い話でもしてたんですか」

あゆみが笑って言う。

「淳平さん、お久しぶりです」

「うん」

淳平が頷いて微笑む。

「さやかは寝てるか？」

「大丈夫。パパが帰ってこなかったって言ってたわよ」

そのままあゆみはカウンターに入って、コーヒーを落とす準備をしながら淳平や三栖さんと他愛ない会話をする。眠っているさやかの話や、三栖さんの奥さんである芙美さんや一人娘の良美ちゃんの近況、そして相変わらず忙しい花凛さんのことなど、古い友人同士の会話を何気なく楽しむ。

四人分のコーヒーを落としたところで、自分の分をカップに入れて残りはポットに移した。まだ続くこの夜の私たちの分だ。

「それで、ダイさん」

私を見て言う。頷いた。帰ってきてからは会っていなかった。自分がいなかったときに何があったのかを知りたい、ということだ。

「ヒトシも一緒に来たんだ」

あゆみが頷く。判明した事実を、皆で話したことをかいつまんで説明する。細々としたところは省いても彼女は理解してくれる。そして、カウンターの上にある写真がどういう写真かも教えた。

あゆみは少し眼を大きくさせて、写真を見ていい？　という表情を見せる。頷くと手に取り、ほんの少し微笑む。彼女も茜さんの顔を見るのは初めてのはずだ。

茜さんの妹である裕美子ちゃんはもちろんあゆみとも仲が良い。店を手伝ってもらっているのだから、女同士でよく話をしている。子育ての先輩として、さやかの面倒を見てもらうことだってある。

「淳平さんもダイさんも若い」

笑顔であゆみが言う。

「そりゃそうだ。十九や二十歳の頃だからな」

あゆみと出会ったとき、私はもう三十歳のいいおっさんになっていた。淳平やヒトシ、ワリョウと会ってその頃の話をする度に、彼女はその頃に一緒に過ごしたかったと言う。

そして、写真をそっと置いたあゆみが、いつもとは違う表情を見せる。

それは、弁護士としての顔だろう。子育てのために休んでいるとはいえ、以前は法の下に様々な事件を扱ってきた人間だ。

弁護士とか検事とかいう連中は二通りいる、と前に三栖さんは言っていた。人の心を思う連中と、人の心を見透かそうとする連中。どっちがいいのかはその事件の性質にも依るが、人の心を思う弁護士は血腥（ちなまぐさ）い事件を担当しない方がいいと。

そしてあゆみは、人の心を思う優しい弁護士だと三栖さんは言っていた。

「茜さんの死については、詳しく聞かない方がいいのよね？」

私を見て言う。少し考えた。

そもそもの私とあゆみの出会いが、事件だった。淳平やヒトシやワリョウたちとはまったく関係のないところでの、事件。まだ中学生だったあゆみ。三栖さん、丹下さん、純也、苅田さん、若かった皆で走り回ってあゆみを救い出した。その後にも何故か私たちは〈事件〉に巻き込まれ、解決に奔走した経験を持つ。私がどういう人間であるかをちゃんとわかってくれている妻。

だから、茜さんの件を話したところであゆみは動揺などしないだろう。それでも、話さなくてもいいのなら、それでいいとは思っている。

「もしこれが何か事件に発展するようであれば、きちんと話すよ。今の段階ではまだ何もわからないんだ」

あゆみが微笑んだ。

「実は、茜さんの写真は見せてもらったことがあるの。裕美子さんに」

「そうなのか？」

こくん、と頷いた。

「前に家に行ったときにね。でも、小さい頃に家族で写したような写真」

それは知らなかった。淳平と顔を見合わせてしまった。あゆみは少し申し訳なさそうな顔をする。

「ダイさんも淳平さんも、茜さんのことについては何も話さないって言うと、裕美子さんもそれでいいんだって。花凜さんもいるんだし、もう大昔のことなんだから私や花凜さんは知らなくてもいいことなんだって」

「そうか」

「裕美子さんはね」

「うん」

あゆみが、淳平と私の顔を交互に見てから言う。

「私とダイさんたちは、昔からの友人。過去にたくさんの笑いと涙を共有した仲間。ただそれだけの認識でいいんだって言ってた」

それは、裕美子ちゃんのそういう気持ちは、もちろん察していた。淳平と花凜さんと裕美子ちゃんが顔を合わせることだって、もちろん今までに何度となくあった。裕美子ちゃんの側から言えば、死んでしまった姉の恋人と、その人の今の奥さんだ。そして私たちはその過去を共有している。初めて皆で顔を合わせたときには微妙な空気が一瞬流れたのは否めない。

それでも、皆がそれぞれに幸せを求めて自分自身の人生を生きてきた。歩んできた。

事実、裕美子ちゃんは淳平が結婚すると聞いたときには涙を流して喜んでいた。自分のことのように嬉しい。天国にいる姉さんもきっと喜んでいる、と。

淳平が、三栖さんの煙草をまた貰って、火を点けた。

「真吾が死んで、もう八年か？」

「そうだな」

時はあっという間に過ぎていく。

その八年の間に何があったかを考えれば、人生とはこんなにもたくさんの出来事を残してくれるのかと思う。

私も淳平も、最愛の女性と結婚をした。そして私とあゆみには子供ができた。

淳平のお母さんが亡くなった。そして、ある事情でその昔に離婚したお父さんの世話をしている。ワリョウのご両親は揃って施設に入った。ヒトシは、実は二つ上のお姉さんがこしらえた多額の借金を肩代わりしている。

この家で皆で過ごしていた頃の、何も抱えずに自分勝手に走り回っていた身体と心を考えると、信じられないぐらいたくさんの柵（しがらみ）を背負って、抱え込んで日々を過ごしている。

「ここに来る度に思うんだ」

淳平が言う。

「ここで皆で暮らし始めたのが、もう三十四年も前だったことの実感がまるで湧かな

いってな。三十四年だぞ？　生まれた赤ちゃんが中年のおっさんになってしまってい
る時間が過ぎてる」

「まったくだな」

「私は一歳か二歳の頃よ」

あゆみが言う。この会話は今までも何度も交わされた。同じ話を何度もするのは、
年を取った証拠だと言うがその通りだ。

「事件を起こす連中も、すっかり代替わりってことだな」

三栖さんが言って、皆で笑った。

「その通りですね」

ちょっと困ったわね、と、あゆみは苦笑いして小首を傾げる。

「いつも事件が起こるときには二つぐらいいっぺんにやってきて、こんがらがって。

あのときもそうだった」

頷いて苦笑いする。三栖さんの失踪と、あゆみの友人の行方不明があったときの話
だ。それはもちろん、淳平も後から聞かされて知っている。

「今回がそうでないことを祈るさ」

三栖さんもそう言ってコーヒーを飲む。

「特に、どこかで共通する何かがあるわけじゃないのよね？　この昔の写真の件と智

一くんの件は」

あゆみがそう言ったときだ。

コツン、と、何かが頭の中で弾け合ってぶつかった。

「そうか」

思わずカウンターの縁を軽く叩いた。

「どうした」

三栖さんと淳平が同時に声を上げる。二人を見る。

「さっきから気になっていたのはそれだ。共通点だ」

三栖さんが顔を顰めた。

「どこに共通点がある。智一と茜さんに」

そこまで言ったところで三栖さんは自分で気づいた。眼を少し大きくさせた。

「野球か」

頷いた。

「中島は甲子園出場を決めたほどのピッチャーだったんだな？　そして智一も野球部だった」

「いや、だけど」

淳平が少し首を傾げた。

「野球好きの男なんかいくらでもいるでしょう。その辺を歩く男を十人捕まえて話を聞けば五人は確実に野球好きだろう。それを共通点にするには」

「でも、実際に高校時代野球部だった、となれば一気にその数は減るだろう。それに、他にもある」

そうだ。他にもあるんだ。

「ただの偶然かもしれない。それでも、共通点であることには違いない」

「他に何があるって言うんだ」

「中島も、智一も、そして確定はしていないけどあの写真の」

iPhoneを出して、歌舞伎町の写真を出した。

「この智一の先輩であろう仁科恭生くんもそうだ。その野球部を途中で辞めているはずなんだ」

確かめてはいないけれども、明と一緒に調べたデータはそれを示していた。淳平が腕を組んで考え込む。三栖さんが煙草をくわえて火を点ける。

「確かに共通点だな。だが弱い。元高校球児を集めれば、途中で野球部を辞めた奴なんかもごまんといるだろう。そもそもだ」

ゆっくりと煙を吐く。

「野球部を辞めたという共通点があったからって、この写真が放り込まれていた、まぁ仮に〈ストーカー事件〉とでもしておくか。その〈ストーカー事件〉と〈智一の家出〉を直接的に結びつけるものなど」

そこで言葉を切って、三栖さんは淳平を見た。

「そうか、歌舞伎町だ」

そこだ。

最初に三栖さんと話していた共通点。淳平も気づいて頷いた。

「花凜の眼の前に現れた男は、若い男だったと言っていました。そして歌舞伎町で働いていると」

「それはどういう状況でだったんだ。まだ詳しく聞いていなかった」

私が言うと、淳平が頷く。

「さっきも言ったが、この写真がポストに放り込まれていた二日後だ。日曜日の午後の一時頃、花凜が仕事に向かうためにマンションを出た。彼女は普段から電車やタクシーを利用している」

皆で頷いていた。もちろん自家用車はあるが、淳平もそうだが、花凜さんも車の運転はあまり好まないと聞いている。

「エントランスを出たところの花壇の縁に若い男が腰掛けていた。身なりはきれいだったそうだ。ジーンズに白いシャツに濃紺のジャケット。デザインは流行(はや)りのものだったし、どこか洗練された雰囲気もあったので、きっとマンションの住人の知り合いか何かで、出てくるのを待っているんだろうとすぐに思った。ところが」

「その男が立ち上がって花凜さんの行く手を塞いだんだな？」

三栖さんが言う。

「そうです。そしてたまたまその場面を、写真週刊誌のカメラマンが目撃していた。同じマンションに住んでいる違う芸能人を張っていたそうなんですけどね」

あゆみが小さく頷いた。

「それで、ストーカー騒ぎの記事が出たのね」

「そうなんだ。実際そこで花凜が襲われたとか、変なことをされたわけじゃない。若い男はイケメンだったそうだし、おかしな素振りもなかった。むしろ、好感の持てるような男だったそうだ。だから、花凜もただ立ち止まってその男を見つめて訊いたそうだ。『何か用ですか？』となｍ。実際、ファンかとも思ったそうだ」

「その男は、何か言ったのか」

淳平が頷く。

「それも、特におかしなもんじゃなかった。そのまま繰り返すとこうだ。『花凜さんですね？　大野淳平さんの奥さんの』。花凜が『そうですが』と答えると男はニッコリ笑った。『オレ、歌舞伎町にいます。会ったらよろしく』」

「会ったらよろしく？」

　思わず繰り返した。淳平も少し口を尖らして顰め面をする。

「わけがわからんが、そう言ったそうだ。そして、またニッコリ笑いながら素早い動作で花凜の肩を軽くポン、と叩くとそのまま凄い勢いで走り去った。花凜はその勢いに少しだけ驚いてちょっと腰が引けたんだが、その様子が遠目には襲われたように見えたんだろう」

「それで、ストーカー騒ぎという記事が出てしまったのか」

「そういうことだ。実質的には何の被害もないし、そもそもストーカーかどうかもわからん。実際に花凜は何だったんだろう？　ときょとんとしてしまっただけだ。そのまま仕事に向かった」

　確かにそうだ。何の被害もない。ただ。

「明らかに何かの意図を感じるな。しかもそれを小出しにしている。『会ったらよろしく』なんて言葉もそうだろう」

　三栖さんの言葉に、淳平が頷いた。

「そうなんです。そいつの言葉には、まさしく〈何かの意図〉があるように思えて」

「それで、この写真と結びつけたんだ」

　言うと、そうだ、と、淳平はまた頷いた。

「ただし、いくら考えても何もわからない。茜と一緒に写っている写真と、謎の若いイケメンと、歌舞伎町。どこをどう捻って考えても繋がりがわからないじゃないか」

「淳平」

「何だ」

繋がりがわかったような気がする。

「花凜さんは何の仕事で沖縄に行っているんだ。今はもうホテルにでもいるのか？」

反射的に淳平が腕時計を見た。十時半を回っている。

「微妙なところだな。沖縄で行われる美術展のアドバイザーとして行っているんだが、打ち合わせの真っ最中かもしれないし、終わって関係者と遅いメシでも食べているかもしれない」

「この写真をメールで送ってみるんだ。その眼の前に現れたイケメンくんっていうのはこの彼じゃないかと」

歌舞伎町の仁科恭生くんの写真を見せると、淳平は眼を丸くして、三栖さんは渋い顔で頷いた。あゆみも、唇を真一文字に引き結んだ。

「まさに共通点ね」

「そうだ。何の関係もないと思っていた〈ストーカー事件〉と〈智一の家出〉。その二つを繋ぐのが仁科恭生くんだったとしたら、俺たちは根本的なところから考え直さなきゃならない」

「しかも、だ」

三栖さんだ。

「そこに〈村藤家の事件〉も絡むとなると厄介だな。ストーカー事件も家出も今のところただの〈騒動〉だが、村藤家のは〈事件〉だ。ましてや、村藤瑠璃ちゃんと仁科恭生くんはつきあっていたかもしれないんだろう？」

その通りだ。

「まだ未確認ですけどね。その可能性は大いにあります」

大人が二人、暴力によって大怪我をしている暴力事件に繋がっているかもしれない二人。

淳平が頷いて、真剣な表情でメールを打ち出した。花凜さんに仁科恭生くんの写真を送っているんだろう。

「もしまだ仕事中だったら返事は期待するな。彼女は仕事中は携帯の電源を切ることがあるからな」

メールが飛んで行く音がする。あゆみはカウンターの中でコーヒーカップを口に運ぶ。半歩下がって、棚に軽く寄りかかり軽く腕を組む仕草をする。

「茜さんの件は何も知らないけれども、事件に発展する可能性がある出来事ということなのよね？」

「そういうことだ」

「だとしたら、何十年も昔のことだから、全部を結びつけられるのはダイさんと淳平さんだけよね。もしも〈ストーカー事件〉と〈智一くんの家出〉と〈村藤家の事件〉が一つの根っこから派生したものだとしたならの話だけど」

その通りだ。淳平と顔を見合わせた。互いに顔を顰めた。

共通点は見つかった。しかし、何故そこに共通点があるのか。

「仁科恭生くんに訊くのがいちばん手っ取り早いな」

淳平が言い、私も三栖さんも、あゆみも頷いた。そこに、着信音が鳴った。淳平のものだ。

「花凜だ」

言いながらすぐに携帯を耳に当てる。

「もしもし。あぁそうだ」

皆で、その様子を見守る。

「うん、細かい事情は後で説明する。間違いないか？」

うん、うん、と頷きながら淳平は私に向かって右手の人差し指を上げた。どうやら当たりらしい。

「わかった。そうだ。今ダイのところにいる。あぁ、皆元気だ。あゆみちゃんも、三栖さんも。そうだ、ヒトシも来てる。了解。後でまた詳しく」

　電話を切った。

「たぶんそうじゃないかと思うと言っていた。髪形も服装もまるで違うので印象が変わっているが、このどこか中性的な感じのするイケメンぶりは覚えていると」

「決まりだな」

　三栖さんが煙草を吹かして言う。

「ストーカーと仁科くんは同一人物」

　何がどうなっているのかはわからないが、〈ストーカー事件〉と〈智一の家出〉が結びつけられた。

「でも、まだ、ですね」

　あゆみが言う。

「仁科くんが花凛さんの前に現れた男だとしても、その茜さんの写真を仁科くんが投函したという事実はありません。だから、そこだけはまだ可能性の段階です」

　その通りだ。

「そもそも、何故仁科くんが花凛さんに接触したのかがまるでわからない」

「でも、仁科くんが智一や瑠璃ちゃんに繋がるのは確実、か」

淳平が言う。三栖さんも頷きながら考え込んだ。

「決定的な情報がまだ少ないな。結局ヒトシ待ちか」

そういうことですね、と、言おうとしたところ、私のiPhoneが鳴った。ヒトシか
らだ。

「もしもし」

すぐさま出る。皆が私に注目する。

(俺だ)

外にいるんだということがすぐにわかった。周囲の雑音が聞こえる。

「今どこだ」

(〈じぇんとる〉の前にいる)

「仁科くんには会えたのか」

(それが)

ヒトシが口ごもった。

「どうした」

(店にいたはずの仁科くんは、いつの間にか消えていた。店の他の人間に訊いてもの
らりくらりとかわされて埒が明かない)

「逃げたってことなのか?」

三栖さんと淳平がその言葉に反応する。

（そうとしか思えん。俺が問い詰めると逆効果だからと純也に店を出された。今、純也が店の男たちにもう一度話を聞いている）

声に悔しさが混じる。その状況は何となくわかった気がする。若い頃のヒトシならきっとその場でひと暴れしただろう。その身体と体力に物を言わせて、力ずくでも聞き出したはずだ。

今は、そんなことはできるはずもない。気力も体力もまだ残っていたとしても、立場がそんな乱暴を許さない。

（まて、純也が出てきた）

雑音が入る。何かの音がする。

（ダイさん？）

純也の声。

「そうだ。逃げられたって？」

（面目ない）

「それは、仁科くんがヒトシと会ってからか？　会う前か？」

（ヒトシさんが店に入ってきてすぐだよ。それまでいたはずなのに消えたんだ。店の奥に控室でもあって、そこで休んでいるのかと思ったけど、それっきり戻ってこなか

ったんだ。確認したら帰ったたって)

「つまり、ヒトシの顔を知っていたってことか」

(残念だけどそこまでは確認できなかった。で、この店のマスターに智一の家出のこととと仁科が学校の先輩なんだって話をして、会いたいんだってお願いしたら、住所と携帯番号は教えてくれた。さっき電話したけど全然出ない。これからその仁科のアパートに向かうよ)

「部屋はどこなんだ」

(荻窪。新宿から中央線でしょ。駅の近くっぽい。詳しい住所はすぐにメールする。どうする? 他に何をする?)

簡潔な答えと問い。どんなときでも純也は冷静で有能だ。

「ちょっと待て。三栖さんに聞いてみる」

三栖さんが眼を細めた。

「逃げたのか」

「今の段階では判断できませんが、店から黙って消えたのは事実ですね。部屋の住所と電話番号は、店のマスターから聞けたそうです。純也が荻窪にあるアパートの部屋に向かうって言ってますけど、他に何か打つ手はありますかね」

そうだな、と、少し考えた。

「荻窪となると、ここから向かうには少し時間が掛かるな」

ルートを考える。北千住から御茶ノ水まで行ってそこから中央線か。

「四、五十分掛かるかもしれませんね」

「タクシー使ってもそんなに変わらんかもな」

淳平も言う。

「仮に仁科くんが逃げたとしても部屋に戻るとは限らない。だがもし、智一と瑠璃ちゃんを匿っているとしたら自分の部屋である可能性もあるだろう」

三栖さんが手を伸ばすので、iPhoneを渡した。

「純也」

(あいよ)

「そのまま荻窪にヒトシと一緒に向かえ。ひょっとしたら智一が仁科の部屋にいるかもしれない。騒ぎにならない程度に捜してみろ。俺と淳平とダイは歌舞伎町で仁科くんを捜してみる」

(了解)

電話を切る。

「それでいいだろう。淳平とダイは〈じぇんとる〉に行ってマスターとやらに仁科くんがどういう人物なのか、きちんと確かめてこい。礼は尽くしてな。俺は、あちこち回ってくる」

「あちこちとは？」

「歌舞伎町で、家出娘や家出息子が何にも訊かれずにあっさり泊まれるようなホテルを捜す。意外とたくさんあるからな」

☆

礼を尽くす必要はまったくなかった。

いや、正確に言うと尽くす暇がなかった。〈じぇんとる〉の扉を開けて中に入った途端に野太い嬌声が店に響いて、あっという間に私と淳平は男性たちに囲まれてしまった。もちろん、私はただ隣にいたというだけだが。

「どうして大野淳平さんがここに!?」

覚悟はしていたものの、俳優大野淳平の人気は大したものだった。実際のところ、今までこんな場面に出会したことがない。淳平と一緒にいるのはいつも店か、あるいは淳平と花凜さんの部屋だ。

人気俳優であることはもちろん知ってはいたものの、人気俳優というのがこんなにも人を熱狂させるものだというのを初めて、文字通り肌で知った。

「さぁさ、騒ぐのはその辺にしてねー。そして皆ね、お客さんたちも『大野淳平が来た！』なんてツイート、ラインは絶対禁止よ。絶対によ！　誰かがしたのがわかったらその場で殺すからね。大野さん、奥へどうぞ」

一際大きな声が響いた。

にやりと笑ったこの人がマスターなのか。ゲイバーの場合もマスターでいいのか。いやそもそもこのゲイバーというのはどういうタイプのゲイバーなのか。

困ったことにその手の知識がまるでなかった。ゲイの友人はいない。いないが、一口にゲイと言っても、いろんなタイプがあることは一般的な知識として、何となく承知している。

店そのものは、普通のバーと言ってもいい。L字形の木製のカウンターがあり、その後ろにはガラスの戸棚があってお酒が並ぶ。全体的にはオールドアメリカンな雰囲気が漂っていて、居心地(いごこち)は良い。テーブル席の椅子周りも天鵞絨(ビロード)に刺繍(ししゅう)が施してあり、かなり凝ったものだというのがわかる。

マスターは、大きな人物だった。文字通り大きい。身長は一八〇以上はあるだろう。それ以上に身体の厚みが違う。筋肉質のラガーマンのような体躯(たいく)に加えて肉がついたと言えばいいだろうか。

とにかく、大きかった。その割に身軽に動くのは、やはり若い頃はスポーツマンだったのに違いない。そして着ているのは和服だ。着流しと言えばいいのか。これで丁髷でもあれば江戸時代の素浪人か、あるいは引き締まった相撲取りのようにも見える。

そして、どこか見覚えがあった。確か〈ディビアン〉という名のドラァグクイーンがやっている店だと言っていた。数年前まではテレビにも出ていて人気者だったというが、この人がその〈ディビアン〉さんなのか。残念ながら判断はできなかった。

「さ、どうぞ」

一番奥の、コーナー席には衝立があり、座れば周囲から顔が見えないようになっている。マスターがおしぼりを持ってきてくれて、そのまま私の隣に座った。

「さて、大野淳平さん」

「はい」

マスターが、にこりと笑う。確実に淳平の顔の二倍はあろうというその風貌も、福々しい感じこそすれ、まったく嫌みのない笑顔だ。むしろ、人好きのする顔だ。

「あなたみたいな有名人が、しかも妻のある方が、男同士でこんな場末のゲイバーにやってきたっていうのは、理由があるのね？」

微笑みに、年齢が滲む。ひょっとしたら同じ年頃かもしれない。

「その通りなんですが、まずはオーダーした方がいいですね？」

「あら」

マスターが嬉しそうに頷く。

「テレビでの印象そのままね。ちゃんとした方だわ。何にする？」

「バーボンがあれば、ロックで」

「私もそれで」

「バーボンね。フォアローゼズでいい？」

頷くと、マスターがカウンターの中にいた若い男性に合図をする。その男性はかなりのイケメンだ。ホストクラブにいたのなら間違いなくナンバーワンだろう。

マスターが私を見る。

「ごめんなさいね、大野さんが有名人だからすぐ名前で呼んじゃったけど、あなたは？」

「あぁ」

苦笑いする。

「弓島と申します。この大野の古い友人です」

「弓島さんね。いらっしゃいませ。あなた」

微笑みながらじっと私を見つめる。

「変わった雰囲気をお持ちの方ね。堅気の商売じゃないでしょう。やっぱり何か芸能関係のご職業?」

「いや、実はあなたの同業みたいなものでして」

「あら」

「北千住で喫茶店をやっています」

あらまぁ、と、マスターは少し不思議そうな顔をする。

「喫茶店のマスター? そんな感じじゃないわ。変ねぇ、あたしの勘は当たるんだけど外れたわ。ねぇ大野さん、この方、昔から変な人だったでしょ?」

人の個性とは不思議なものだ。初対面で言われたらカチンと来る言葉も、まったく気にならない人がいる。このマスターもそうだ。もちろん客商売故の如才なさもあるが、全身から醸し出す雰囲気が、まったく嫌みがない。

淳平も笑う。

「さすがですね。こいつはね、妖怪みたいなものですよ」

「何だそれは」

「座敷童(ざしきわらし)みたいにね。いるだけで人を幸せにしたりするんですが、その代償としてときどき厄介事を持ち込んでくるような類いの人間です」

淳平が、俳優としての顔になっていた。

声音も少しだが変化する。俳優という商売の人間が皆そうなのかどうかは知らないが、テレビで観る淳平と、私たちの友人の淳平は少しだけ違う。その違いは、薄いベールのようなものだ。俳優の大野淳平はいつもベールの向こう側にいる。

「なるほど、そういう種類の方ね。何となくわかるわ」

　バーボンが運ばれてくる。

「さ、乾杯しましょ。ようこそ〈じぇんとる〉へ。あたしはディビアン。ディビって呼んでね」

　グラスを軽くぶつけた。バーボンを一口嘗める。やはり、このマスターがディビアンだったのか。

「さ、じゃあ」

　ディビアンが言う。

「わざわざお越しいただいたその理由とやらをお聞きしましょうかね」

　私を見た。

「実は、先程こちらで働いている仁科恭生くんについて尋ねた男がいたと思うんですが」

「あら」

　少し驚いたように眼を丸くさせた。風貌に似合わない、可愛らしい瞳をしている。

「じゃあ、あの家出したっていう高校生の件で？」

「そうなんです。あなたと同じぐらい体格のいい男も来たと思うのですが」

「いたわね。上木さんとおっしゃったかしら。親御さんだったわよね？　その高校生の子の」

「そうです。その上木と私たちは大学時代の同級生でして。今も家族ぐるみで付き合いがあるんです。家出した上木の息子も、もちろん私たちは生まれたときから知っている子供でして」

私が言うと、そういう事情で、という表情でディビアンは頷く。

「あなたたち、余程仲が良いのね。大の大人が揃って捜しに来るなんてね。でも、ヤスオの電話番号も住所も教えたわよ？　志田(しだ)純也さんよね？　あの『マーズドラゴン』を作ったゲームデザイナーの。やだそう考えたら何？　あなたたちは俳優にゲームデザイナーにって随分バラエティに富んだ友人たちなのね」

思わず二人で苦笑いする。言われてみればそうだ。おまけに警視庁の警部までいる。

「できれば、もう少しご協力いただきたく、参上しました。その仁科恭生くんですが、どういう若者なのかを詳しくお伺いしたいのですが、いかがでしょうか？」

私と淳平を交互に見て、ディビアンは小さく頷く。

「何でもその家出した子の部屋にヤスオの写真があったって話だったわよね？」

「そうです」

「それだけでここにやってきた調査力といい、あなたたち、ただの素人じゃないわね。何か、他にも事情があるって感じね」

客商売を長くやっているのだろう。それぐらいの洞察力はあって然るべきだ。ここは素直に頷いた。

「その通りです。何もかもお伝えできれば良いのですが、ここでは憚られます。仁科くんがどういう経緯でここで働くようになったのか程度のことで良いのですがお教え願えませんか」

8

ディビアンが、なるほど、と、頷きグラスを傾け一口飲む。

そして、少し何かを考えるように眼を伏せた。

私は、喫茶店のマスターだ。人が飲み食いする姿を常日頃、眼にしている。それこそ何百人、いや何千人という人間のそういう姿を見てきた類いの人間だ。だから、そこに何かを見つけてしまう。必ずしもそうだとは断言できないが、人間は飲み食いする姿に品が出てしまうと考えている。

下品な食べ方をしている、と感じた人間は大抵は、程度の差はあれその通りの性格だ。もちろん下品にも種類があるだろうから一律にそういう人間が駄目とは思わないが。少し下品だけど愛嬌があってそれが救っている、などという場合もあるだろう。

その反対に、品のある、ある種の素養のある人間ならばどんなに忙しくせわしく飲み食いしたとしても、下品とは感じない。むしろそういう状況の方がその人の持つ品の良さが際立ったりする。もちろんこれも同様で品がある食べ方をしているからといって、その人が素晴らしい人格者であるとも限らないだろう。犯罪者の中にも品のある人間は存在するだろう。

不思議なものだと思う。自分がどういう様子で飲み食いしているかはわからないのでそれは棚に上げてしまって、他人のそういうものははっきり感じ取れると思っている。

今、ディビアンはただ水割りを一口飲んだだけなのだが、そこにある種の上品さが感じられた。それは見ている人を安心させる類いの上品さだ。

きっと彼は、彼と呼んでいいのかどうかはわからないが、長くこの商売をやっているのだろう。おそらくはゲイであるはずだから、マイノリティとして生きるためにそれなりの覚悟を胸にして、人生を送っているはずだ。

だから、そういうものが仕草に出るのだろう。こういう世界で生きる術とも言えるかもしれない。

「ヤスオはね」

　私の顔を見る。

「はい」

「聞いてると思うけど、さっき突然いなくなったのよ。上木智一くん、だったかしら？　家出したその子を捜しに来たというお父さんが現れたときにね。それはつまり、智一くんの家出にヤスオが何かしら関係しているという証拠みたいなものよね。同郷で、高校の先輩後輩の間柄で、しかも同じ野球部だったってねぇ。状況証拠みたいなものも随分と揃い過ぎているわよね」

「そう思います」

　言うと、ディビアンも真顔で頷いた。客をもてなす笑顔は意識的に消しているように思う。商売を抜きにして、真摯に話しているんだ、という意思表示だろう。

「だから、志田純也さんに頼まれて、ヤスオの携帯の番号も住所も素直に教えたの。個人情報をね。普段ならそんなこと金を積まれたってしやしないわ」

「わかります」

　淳平が頷く。

「そしてね、大野さん、弓島さん」

「はい」

「志田さんに住所を教えて、わたしが自分でヤスオを捜しに行ったりしなかったのは、店を抜けられない事情があるとか、別にアルバイトの子なんかどうでもいいとか、家出した赤の他人の高校生のことなんか放っておけとかって思ったからじゃないわ。それは、ヤスオという人間を丸ごと信用して、信頼しているからなの」

私と淳平の顔を真っ直ぐに見る。真剣な表情。もうマスターと客ではなく、一人の人間として話している。そういう色の瞳をしていた。

「それは、彼はただのアルバイトではないんだ、という意味合いでしょうか?」

淳平が訊くと、ディビアンはゆっくり頷いた。

「わたしはあの子の過去も事情も何もかも引き受けて、この店で働かせているの。当然、ヤスオのご両親も承知のことよ。そうね」

一度言葉を切って、何かを考えた。

「どれぐらい親しいかという実例を挙げると、つい一週間前までわたしはヤスオを同居させていたのよ。自宅に」

「そうなのですか」

「だからと言ってわたしたちが恋人ってわけじゃないわ。わたしの家は広かったから、バイトの子を下宿みたいに住まわせることはよくあるの」

「広かった、というのは？」

　あぁ、と苦笑いした。

「よく気がつく人ね。一週間前にわたしは引っ越したのよ。まぁそれはいろいろな事情が重なってのタイミングで、別に深刻な事情があったわけじゃないわ。だから、さっき伝えたヤスオの部屋っていうのも、いいきっかけだからこれからは一人で暮らすって言って同じように一週間前に引っ越したばかりのところよ。もちろんわたしも引っ越しを手伝ったわ」

　そういうことか。

「それぐらい親しい間柄ってことで、雇い主としても、個人的にも、責任があるってことね。だからね、おいそれと〈仁科恭生という男がどういう人生を送ってきたか〉、なんていう話はできないし、しなくてもいいんじゃないかって判断してるのよ。言ってることわかってくれるかしら？」

「わかります」

　私が言い、淳平も頷いた。

「仁科恭生くんが、彼がもし、智一の家出を手助けしたか、あるいは単に保護しているんだとしても、それは人間として正しい真っ当な理由でやっていることであろうと、あなたは判断しているんですね？」

「そうなの」

またグラスを傾ける。

「理解してくれて嬉しいわ。たぶんそうだとは思っているんだけど、まぁでも親御さんがわざわざ来たというのに黙って店からいなくなったのは確かに拙かったわよね。その辺は若さが出たかしらね。だからちょっとだけ怒ってはいるんだけど」

そう言って、ニヤッと小さく笑う。その笑みに私も淳平も同意して、同じように苦笑いした。言っていることはよく理解できる。

そして、最初に会ったときからの印象は変わらない。このディビアンという人は、少なくとも真っ当な判断ができる人だ。仕事上でも信頼できる人間だろう。

もっとも、海千山千の人々が蠢く歌舞伎町で長く店をやっている人でもある。清濁併せ呑む腹も持っているだろう。信頼はできても、言葉を額面通りに信用していいか、できるかどうかはまた別だろうが。

「だから、とりあえずは安心してちょうだい。もしもヤスオが智一くんを匿っているんだとしても、危険なことにはならないと思うから。きっと家出には何か大きな事情や理由があって、それが片づいたのなら、終わったのならヤスオは智一くんにちゃんと帰るように言うと思うわ。あれでしょ？　ここまで来たってことは、書き置きかなんかあったからじゃないの？　そうじゃなきゃわからないわよね普通は？」

淳平と顔を見合わせた。それだけで意思疎通はできる。ここは、話を合わせておく。三栖さんの存在が知れたら態度が変わるかもしれない。やましいことがあってもなくても、普通の感覚の人間なら警察というものに様々な反応をしてしまう。

「その通りです。しかし」

これ以上そこを突かれないように話を進める。

「先程仁科くんの過去に何か人に言えない事情があったというニュアンスで話されましたが、それは、野球部絡みなのでしょうか？」

ディビアンの瞳の中で何かが揺れた。

「どうしてそう思ったの？」

「智一は腰をやってしまって野球部を辞めたんです。仁科くんも野球部を途中で辞めていたのではないでしょうか。実は、智一と仁科くんの接点も私たちにはよくわかっていなかったのです。先輩後輩と言っても三年離れていますからね。なので、その辞めたという共通点に彼らが交わる何か理由があったのかな、と話していたんです」

少し唇を尖らせて私を見た後に、淳平を見た。

「ねぇ大野さん。弓島さんってひょっとしたらものすごく頭の切れる人なの？」

淳平が肩を竦めて見せた。

「頭が切れるというより、こいつを昔から知っている人間は皆言いますね。『天使のような善人なのに悪魔のように勘が鋭い』と」

「それはイヤなタイプねぇ。敵には回したくないわぁ」

笑うしかない。ディビアンは、ゆっくりと店内に眼をやった。それから、時計を確認する。もうそろそろ日付が回る。しかし、店内は賑わっている。この店は何時まで営業しているのか。

ちょっと待ってね、と、軽く手を広げるだけでディビアンは私たちに伝えた。そういう仕草ひとつも、他人と膝突き合わせて話すことに長けた人間というのが伝わってくる。

「わたしもヤスオとその智一くんとの間にどういう交友関係があったかは全然わからないしねぇ。まだ志田さんから連絡は来てない？　ヤスオの部屋に向かったんでしょう？」

淳平と二人で一応iPhoneを確認した。メールも何も入っていない。

「まだですね」

「もしもよ、弓島さん」

「はい」

「もしも、志田さんがヤスオの部屋まで行って会えなかったら、そして智一くんも発見できなかったとしたら連絡をちょうだい。ここをすぐに閉めてわたしがヤスオを捜すわ。必ず見つけるから、その間どこか深夜営業の、そうね、一丁目の通り沿いにあるファミレスの〈ゲスト〉わかるかしら？」

「わかります」

「そこででも待っていてくれる？」

場所はわかるので頷いた。

「見つけたらわたしがそこに連れていくか、連絡するかするわ。もし、朝になるまでにわたしもヤスオを見つけられなかったとしても合流するから、そこで改めてお話ししましょう？　これからどうするかも含めて。それでいいかしら？」

「わかりました」

これ以上は、今は何も話さない、というのが伝わってくる。値切ろうとしても一切無理と思わせる商売人のようだ。

ただ、こちらもそれで終わらせるわけにもいかない。

「それとは別にもうひとつだけいいでしょうか？」

「なぁに？」

「仁科恭生くんは、この大野淳平や、あるいは奥さんの花凜さんのファンだったとかいうことはないでしょうかね？」

あの写真の件だ。花凜さんの前に現れたのは確かに仁科恭生くんなのだ。しかしデイビアンは、きょとん、と、眼を丸くした。

　これは、演技ではないと思う。

「知らないわねぇ。そういう話がどこかから出てきたの？」

「そういうわけではなく、この通り淳平も智一のことをよく知っていますからね。ひょっとしたらそれが接点かなとも考えたものですから」

　あの写真のことを言うわけにはいかないので、適当にでっちあげる。ディビアンも、なるほどと頷いてくれた。

「ヤスオが大野さんか花凜さんのファンだったらそこで繋がったのかもってことね。わたしもヤスオの趣味を何もかも把握しているわけじゃないけど、あの子はテレビはあんまり観てないと思うわぁ。少なくとも大野さんや花凜さんの名前が、わたしとの会話の中で出てきたことはないと思うけどねぇ」

「そうですか」

　これも、嘘は言っていないと思う。では、村藤瑠璃ちゃんはどうなのか。

「確認させてほしいのですが、こちらで働いているということは、仁科恭生くんはゲイなんだと認識してよろしいのでしょうか」

　ディビアンは軽く笑みを見せる。

「大丈夫よそんなに気を使わなくて。単なる趣味の問題じゃない。そうですよ。あの子はゲイ。男が好きな男の子」

「ということは、高校時代に付き合った女の子などはいないのでしょうかね。これも単純な疑問で、たとえば智一と共通の女の子の友人がいたのではないか、なんて考えたものですから」

「女の子を取り合ったとか？」

「そうです」

「それもないわね。あの子は中学の頃からもう自分は男の子が好きなんだってはっきり自覚していたっていうから。だからといって女友達がいないわけじゃないわよ。むしろ女の子の友達が多かったわね。自分はゲイだってカミングアウトした親しい女友達もいるそうよ」

　では、村藤瑠璃ちゃんと仁科恭生くんが付き合っていたという線は消えて、そういう親しい知り合いだったというのが残るのか。

　丁寧に礼を言い、〈じぇんとる〉を出てすぐに私の iPhone に着信があった。純也からだ。歩道の脇に寄って立ち止まって出る。淳平が私を見つめている。

「どうだ？」

〈留守。普通のアパートなんで部屋の前まで行けたけど部屋に電気は点いていない。

しばらくドアの前で中の様子を窺ったけど人の気配はない)

「智一に電話してみたか」

(もちろん。ドアの真ん前で耳くっつけて電話したけど、部屋の中で着信の音もしなかったし、廊下に面した窓を見ていたけど室内でディスプレイが光った様子もなかった。もっともスマホ抱えて布団に潜っていたらわかんないけどね)

確かにそうだ。

(仁科恭生の携帯にも電話してるけど同じように反応なし。どうしようか。このままヒトシさんと一緒にここに張り込む?)

少し考えた。

「張り込める場所はあるのか? 住宅街でうろうろしていたら通報されるぞ」

(アパートは道路沿いなんだ。上手い具合に道路向かいにイートインのできるコンビニがある。そこでなら、このアパートの入口が見える)

「ちょっと待て」

iPhoneを下ろして、淳平に言う。

「ディビアンは、捜すあてが、しかもたぶんそこにいるだろうと思えるものがいくつかあるという感じだったが、どう思う?」

淳平が大きく頷いた。

「俺もそう思う。あれが演技だったら大したもんだ」

「よし」

iPhoneを耳に当てる。

「純也」

（あいよ）

ディビアンとの話し合いの内容を伝えた。

「この後、ディビアンに仁科恭生が見つからないと連絡する。きっと彼を捜しに出てくれるはずだ」

（ってことは、そのディビアンから捜した結果の第一報が入るまではここで張っていた方がいいかもね）

「そうなるな。僕たちはもうすぐファミレスに着く。そこで待ってるから、何かあったら連絡をくれ」

（了解。ちょっと待って。ヒトシさんが話すって）

ややあって、ヒトシの声が響く。
（ダイ）
「うん」

（すまん。俺が店に行ったことで余計に混乱したかもしれん）

「そんなことはない。気にするな」

（お前の勘はどうだ。智一は無事だと思うか）

声に、何かが混じっている。相当にへこんでいるのがわかる。それぐらい、すぐにわかる。

「無事だ」

断言した。

「ディビアンとも話したが、彼も仁科くんが悪いことをするような男ではないことを確信していた。もしも智一を匿っているのなら、それは正しいことのためだ、とな。心配するな。純也に今話したがとりあえず智一が無事であることは間違いない感じがする。それは智恵さんに言っておいた方がいいんじゃないか」

（そうか）

「後は、何故家出をしたのか、その原因を摑んで智一の抱えている問題を解決してやればいいだけの話だ。あせるなよ」

（わかった）

電話を切ると、淳平がすぐに言ってきた。

「落ち込んでるのか、ヒトシ」

「あぁ」

顔を見合わせて、少し苦笑いをする。電話での会話を、私の言葉からだけでそういうのを感じ取ったんだろう。私たちは、そういう仲間だ。友人だ。

「自分の無力さに、か。あいつはデカイ図体して意外とそういうのに弱いからな」

淳平の言葉に頷いた。そうだ。ヒトシにはそういうところがある。それなのに教師という職業を長くやっている。

ファミレスの入口に着いたところでいきなり後ろから肩を叩かれて振り向くと、三栖さんがいた。

「三栖さん」

「ここで休憩か？」

三栖さんが少し笑みを見せた。

「電話しようと思ったらちょうど見かけたんでな」

三人でぞろぞろと店に入り、喫煙席を頼むとちょうど道路に面した端の席だった。三栖さんと出かけてどこかの店に入ると必ずそういう席に座る。刑事の習性みたいなものだそうだ。店を見渡せ、同時に外の様子も見えていないと落ち着かないと言う。

ファミレスはいつどの店に入っても同じ空気が流れているような気がする。それがある意味での安心感を客に与える。それでいて、一切煩わしさがない。こういう場所でよく文章を書く人が腰を落ち着けるという話を聞くが、テーブルが大きいのに加えて、案外そういうところに理由があるのかもしれない。

　さっき聞いたディビアンの携帯に、仁科恭生くんはアパートに戻っていないとメールで連絡すると、〈すぐに捜しに出るから待ってて〉という返信があった。絵文字も何もないシンプルなメールだった。

　後は、彼のことを信じてここで連絡を待つしかない。

　淳平が小腹が空いたといい、つまめるピザやポテトを頼んだ。ついでにビールといきたいところだったが自重してコーヒーにした。

「で、もうわかっているだろうが」

　三栖さんが煙草に火を点け、吸いながら言う。

「こっちで当たれるところは全部当たってみた。高校生でも泊まれるようなビジネスホテルやラブホだな。おおよそのところは確認してみたが、残念ながら智一の影も形も見えなかった。もちろん瑠璃ちゃんもだな。こっち方面には来てないのかもしれないな」

「そうですか」

　三栖さんが、考えられるところを回って聞き込みをしてまったく反応がないというのだからそうなんだろう。

「ついでに〈じぇんとる〉の評判も訊いてみたんだがな」

「どうでした？」

「これといって何もないな。暴力団との深い繋がりもないので、少なくとも表向きは健全経営であることは間違いない」

もちろん、こういう都会の盛り場で店を経営している以上はまったく関係なく過ごすということはできないに等しいだろうけど、少なくとも組んで怪しげなことはしていないということだ。

「そのディビアンですけど」

ディビアンに会ったことを話した。どういう人物であったか。そして、ここで待ち合わせしていて、ヒトシと純也が仁科恭生くんのアパートを見張っていることも。

「なるほどな」

少し考えてから頷く。

「確かに今回に関しては信用していい感じだな。その話と合わせて考えると、少なくとも仁科恭生くんは、クスリに走ったり半グレだったりして、智一に悪い影響を与えているわけではなさそうってことか」

「そう思います」

私が言うと、淳平も頷いた。

「頭の良い男ですよディビアンっていうのは。でも同時に、ああいう店を長いことやっているからあたりまえなんだろうけど世渡り上手な奴ですね。三栖さんなら最も警戒すべき男だって思うかもしれませんね」

「そうかもな」

苦笑いして三栖さんが言う。

「そういう連中が捜査のときには本当に邪魔になるんだ。良い意味でも悪い意味でもな。しかし相手が純朴な高校生の智一となれば、特に搦め手を使うこともないだろう。頭の良い奴は無駄なことはしない」

「だと思います。現段階ではここでディビアンを待つしかないでしょう」

「そういうことだな」

頷いて、三栖さんは腕時計を見る。

「まだ十二時過ぎか。夜明けまでに見つかってくれればいいんだがな」

「あるいは、村藤瑠璃ちゃんが一緒にいることが判明してくれれば、ですよね？」

淳平が言うと、頷く。

「そうなれば話が早い。表立って警察を動かせるからな」

智一から連絡が入ったというメールも、今のところ誰からも来ない。

「智一の担任の先生からも特に連絡は入っていないな？」

「いません」

それはまだ警察が智一の家出に関しては事実を把握していないということだ。三栖さんが確認したけれど、村藤家の事件もまだ表立ってニュースにはなっていない。行方不明になっているのが未成年なので、水戸警察署もかなり慎重になっているようだ。

「ただし、明日には何らかの動きを起こすだろうな」

三栖さんが言う。

「向こうに知り合いはいたんですか？」

訊いたら、頷いた。

「つてを辿って信用できる男を摑んでおいた。情報は逐一入ってくるから安心しろ。今のところ村藤家以外の人間が押し入ったりした形跡は一切見つかっていない。そして入院中の祖母と母親も命に別状はないが、まだ喋れるほど落ち着いてはいない。何より口の辺りがひどい状態らしいからな。この後筆談になるだろうってことだ」

「それはやっぱり」

淳平が顔を顰めた。

「意識を取り戻しても、簡単に証言ができないようにやったんですかね？」

「そうとしか思えないそうだ。実に的確に鈍器を前歯の辺りにヒットさせてるそうだぞ。ぐしゃっとな。当分の間は流動食なんじゃないか。だがそれでいて顎を砕くまでには至っていない。つまり、プロの仕業じゃないかという声も上がっている」

「プロですか」

訊くと、苦笑いした。

「人を殴り慣れている、あるいは鈍器のようなものを扱いなれている人間。素人がやるとどうしてもやりすぎてしまう。それが、ないという話だ」

「とても女子高生がやったとは思えないから、誰か別の人間がいたのではないかという線なんですよね？」

そうだ、と三栖さんが頷いた。

「だがそれを示す痕跡は何ひとつないんだ。それが捜査方針の決定を遅らせたり躊躇させたりする要因になっている。つまり今のところは、瑠璃ちゃんが母親と祖母に実に的確な暴行をして逃げているのではないか、という線で捜査をしている。要するに家族の問題だな」

「今日は関係者に聞き込みをして、瑠璃ちゃんの行きそうな場所を当たっていたというところですか」

「そうだ。朝になっても引き続きそうなるだろうな。それと、未成年なので早急な保護が必要ということで県警本部へ写真も回っている。なので、大げさに言えば」

少し肩を竦めて見せた。

「タイムリミットは明日の、もう今日か」

また時計を見た。

「午前中はこれまでの確認と今後の捜査方針を打ち合わせして終わる。昼から聞き込みを再開すればその結果として瑠璃ちゃんが行方不明というのはあちこちに知れ渡るだろう。そうして学校を休んでいる智一の存在にも警察は眼を留める。殺人でもないし、あくまでも家族間の揉め事だろう、という判断でそんなに大勢の捜査員は動かないし、学校で瑠璃ちゃんと智一が友人という線は出てこないだろう。そう考えると、仮に智一の欠席に眼をつけ家出だとわかり、何か関係があるんではないかと思ったとしても、やはり未成年ということで上の判断を仰いでからだから、ヒトシの家に回っていくのは夕方になるか」

「夕方か」

淳平が言って、三栖さんが頷く。

「だから、昼までがタイムリミットだ。教頭であるヒトシの立場を守るために穏便に済ますのであれば遅くとも昼過ぎには二人を、もしくは智一だけでも見つけなきゃならんな」

「そうですね」

できればそうしてあげたい。智一が瑠璃ちゃんの祖母と母親を殴り倒したとはまず思えない。そんなことができる男の子じゃない。だが、わずかでもその可能性があったと周囲に知られてしまえば、そして警察に捜索されたとなれば。

「言うまでもないが、相当に拙いな。ヒトシ本人がそれを一番わかっているんだろうが」

　淳平が顔を顰めて言う。

「教育界ってのは狭く閉鎖的な世界だって話だろう」

　三栖さんも頷いた。

「俺は捜査で何度となく学校というものに接触しているが、正直言ってあまり関わりたくない業界だぞ。社会的な評判や体面を気にしたりという意味合いではな。暴力団の方が余程わかりやすくていいぐらいだ」

　半分は冗談だろうが、理解はできる。ヒトシも会えば愚痴をこぼす。本来はそういう男ではないけれども、私たちには気を許しているからだ。私たちの中でも最も気が強い男であるヒトシでさえそうなのだから、私などはとても身が持たなかったろう。

　マナーモードにしたiPhoneが震える。

　純也からのメールだ。

〈まったく動きなし。引き続き見張っている〉

　三栖さんと淳平にディスプレイを見せてから、返信する。

〈了解。こちらもファミレスで待機中。動きがあったらすぐ連絡する〉

時計は進む。これからじりじりとした時間が続くのを覚悟する。

「もう眠いんじゃないですか。いつもなら寝る時間でしょう」

三栖さんに言うと、笑った。もう丹下さんもあゆみも眠っているだろう。明と翔太と翔子ちゃんの若者たちは普段でもこの時間まで起きているはずだ。

「お前に言われたくないな。淳平は、平気なんだろう？」

「スイッチが入っていれば。何時になろうと」

俳優という仕事に一日の区切りはないに等しいと聞いている。撮影が始まればそのスケジュールに合わせて、自分の睡眠時間を調整する。調整しながら常に体調を整える。長年やっているとそういうことが普通にできるそうだ。

運ばれてきたピザの匂いに、確かに小腹が空いていたなと皆で話す、口に運んで食べて、コーヒーを飲む。そして、煙草を吸う。

そして、考える。動けないのだから考えるしかない。

「何があるのかな」

淳平が言い、私も三栖さんも同時に頷く。

何かがあるはずなのだ。智一が家出をした原因が。それは瑠璃ちゃんが原因なのかもしれないが、それだけでは納得できない。

他に何かがある。そこの情報が何もないので、こうして手詰まりになってしまっている。

「たぶん、そのディビアンが言っていた〈仁科恭生の過去〉に関係しているんだろうな」

三栖さんが言う。

「そこに行きますか」

淳平が少し驚いたように言う。

「現段階ではそこに求めるしかない」

捜査のプロである刑事。三栖さんが言うんだからそうなのだろう。

「でも」

淳平が少し首を捻る。

「仁科恭生くんの過去に、智一が家出をした原因が絡んでいるのだとしたら、智一と仁科くんの交流の情報がもう少し残っていて然るべきでしょう。それは何もないんだろう？　ダイ」

「そうだな」

何もなかった。少なくとも発見できていない。三栖さんも煙草の煙を吐き、唇を歪ませる。

「家出する前に、智一が消したとも考えられるな。あるいは、今時の若者らしく携帯にしかそれが残っていないか、だ」

「そうなりますね」

私たちのような大人なら、たとえば手紙、年賀状、あるいは結婚式の写真、その他諸々(もろもろ)。付き合いの痕跡のようなものがどんどん残っていく。そういう時代に産まれて生きてきた。だから、それは意図して捨てなければどんどん溜(た)まっていくものだ。大人になればなるほどそういうものを捨てさることを躊躇する。

だが、高校生である智一といくつも変わらない仁科恭生くんならば、交流の痕跡はまさしくメールやSNSの中のデータという形にしか残らないだろう。そしてそれはデータを消せば全てが文字通り消えてしまう。

そう言うと、淳平が頷く。

「確かにそうか。そういや花凛ともそんな話をした」

「何だ」

「二人で撮った写真は、全部デジタルでしか残っていないんだ。プリントしてアルバムに整理しようと言いながら何年も放っておいている」

「そんなもんだろう」

三栖さんも頷いた。

「うちも、良美の写真をじいさんばあさんに見せるためにしかプリントしないからな」

三栖さんと芙美さんの一人娘の良美ちゃん。もう十歳になった。

「いい時代なのかどうか、まるでわからないな」

淳平が言う。

「それは歴史になってから判断されるものさ」

「そうだな」

中年、いや五十を過ぎたらもう老年なのだろうか。五十代の男が三人、ファミレスでとりとめのない話を続けた。智一や、会ったこともないが同じ高校生の瑠璃ちゃんのことは心配ではあったが、重大なことにならないだろうという思いがあった。刑事である三栖さんはそうでもないかもしれないが、私と淳平は非日常の感覚をずっと感じていて、言葉はそぐわないかもしれないが少しばかりの高揚があったろう。結論の出ない智一の家出の原因をあれこれ想像し、コーヒーをお代わりして、昔話もしていた。

五十代の男三人でそんなに会話が持つのかと思うが、その気になればいくらでも話すことは出てくる。智一の身を案じてじっと張り込んでいるだろうヒトシには申し訳ないが、何度か笑い話も交えて、時が過ぎていった。

会話が途切れがちになり、時計を気にし始めたのは、もう空が夜空からわずかに色を変えはじめ、明け方の空の色を帯びた頃からだ。

「言いたくはないが」

三栖さんが溜息をつく。

「まだか、でしょう」

三人で頷きあった。ヒトシと純也が張り込んでいる仁科恭生くんのアパートの方にもまったく動きがない。あまりにも長時間イートインにいるものだから、店長さんに何か疑われては拙いと正直に話したとメールが入った。多少の脚色をして、家出した親戚の子供を捜してあそこのアパートを張り込んでいると。幸いそこの店長さんもゲームデザイナーとしての純也のことを知っていたそうだ。そういうときに有名人というのは便利なものだと思う。

「ここまで手間取っているというのは、何だろうな」

淳平が首を捻った。

「見つからないなら見つからないでメールぐらいあっても良さそうなものだけどな」

「そうだな」

それさえもないというのは。

「説得に時間を要している、という線はありか」

三栖さんが言う。

「それはありそうですね」

ディビアンからの電話連絡には、仁科くんは応じた。しかし何らかの理由で会うことを拒否している。あるいは智一の居場所を教えようとしない。

「それを延々と説得しているんであれば、下手な希望を持たせないように連絡をしてこないというのは確かにあるな」

そう言ったときに、三栖さんのスマホが鳴った。取り出してディスプレイを見た瞬間に表情が変わり、私と淳平に向かって右手の平を広げた。

待て、という仕草。すぐさま立ち上がって、店の外へと急いだ。その背中を見送って、淳平と顔を見合わせた。

「警察からの電話だろうか」

「たぶんそうだろう」

あの様子はそうだ。だが、それがまったくの別件の事件なのか、智一の件なのかはわからない。三栖さんが外に出てすぐのエントランスのところで話しているのが席からも見える。

そこに、その姿が現れた。

ディビアンだ。

三栖さんもその姿に気づいたが電話を続けている。ディビアンは三栖さんのことを知らない。そのまま近くを通り過ぎて店内に入ってくる。

　私と淳平が立ち上がり、ディビアンに向かって手を軽く上げた。彼は私たちを見つけて、頷いて少し微笑んだ。着替えたんだろう。店での装いとは打って変わって、上質そうな生地のロングジャケットを着込んでいる。

　三栖さんが電話を終えた。

　このままここにいる、と、仕草で伝えてきた。ディビアンに三栖さんの存在は説明していないから、その方がいいと判断したんだろう。彼に気づかれないように頷いて応えた。

「遅くなっちゃって、ごめんなさい」

　大きな身体なのだが、動きは軽い。テーブルに眼をやる。

「どなたかいらしたの？　ここいいのかしら？」

「どうぞ。さっきまで志田純也がいたんですが戻っていきました」

　あぁ、と頷く。納得してくれたようだ。やってきたウエイターにトマトジュースを頼んだ。

「この時間のコーヒーってお肌に悪いのよ？」

「そうですか」

　苦笑いする。そして、店にいたときと同じような軽みを伴った態度に、私も淳平もその後の展開に希望を持った。

「さんざんお待たせしちゃったので、結論から言うわね。志田さんと上木さんは今もヤスオの部屋の前ででも見張って待っているんでしょう?」

「そうです」

ディビアンが、頷く。

「上木智一くんね。無事保護しました。今はTホテルの部屋で待っています。部屋番号は一一〇七。寝ちゃっているかもしれないわね」

「Tホテル?」

思わず繰り返してしまった。一流ホテルだ。

「どうしてまたそんなところに」

「安全だし、お詫びよ。うちのヤスオがご迷惑をお掛けしてしまったことへのね。大丈夫。支払は済ませてあるから、迎えに行ってもらってそのままフロントにカードキーを返したら終わりだから」

淳平と顔を見合わせた。

「まず、ヒトシに電話してもいいですか?」

「どうぞそうしてちょうだい」

まだ話の続きがあるんだろう。このままでは何が何なのかわからない。iPhoneを取り出し、一度考えた。

「智一は寝ているんですね？」

「たぶんね。一人で置いてきたけど絶対に大丈夫。いなくなったりしないわ。保証するから」

一人。ということは、村藤瑠璃ちゃんはいないということだ。

9

何はともあれ、ヒトシに電話だ。

「失礼します」

iPhoneを持って、ディスプレイにタッチしながら歩いて店の入口から外に出た。

そこにいたはずの三栖さんの姿がなかったが、少し離れたところのガードレールに腰掛けているのが見えた。そして、スマホを耳に当てている。また電話が入ったのか。

（おう）

すぐにヒトシが出た。

「智一を見つけた」

（本当か!?）

「ディビアンさんが直接言いに来てくれた。間違いない。今、Ｔホテルの部屋で一人で寝ているそうだ」

（Ｔホテルぅ？）

ヒトシの声がひっくり返ったがその気持ちはわかる。私は知人の結婚式で二度ほど行ったことはあるが、それ以外はほとんど縁のない一流ホテルだ。日本全国どんな大人に訊いても大半の人がそう答えるだろう。

「どこでどうしていたのか詳しい事情はこっちもまだ聞いていない。とりあえずお前と純也でＴホテルに迎えに行ってくれ。部屋番号は一一〇七だ。俺たちはディビアンさんとの話が片づいたらそのまま店に戻る」

（わかった。一一〇七だな？）

「そうだ。ホテルの部屋代金はディビアンさんが騒がせたお詫びに払ってあるそうだ。その辺も詳しくは後で話す。だから、智一を連れて出たらカードキーをフロントに返すだけでいい」

（そうか）

「ヒトシ」

（おう）

「その場で怒って智一を問い詰めたりするな。何はともあれ無事だったことを喜んで、黙って何も訊かずに店まで連れて行け。深い事情があるのは間違いないんだからな。たぶん俺たちの方が先に店に着くとは思うが、もしお前たちが先に着くようならあゆみを起こして鍵を開けてもらってくれ」

（わかってる。サンキュだ。すぐ向かう）

電話を切る。三栖さんも電話を終えたようだが、思いっきり眉間に皺を寄せていた。何かあったのかと思って近づこうとしたが、掌(てのひら)を広げて見せた。こっちへ来るなという仕草。それから中を指差した。ディビアンに知られない方がいいということか。

頷いて、時計を見た。午前四時を過ぎた。夜明けは近い。ヒトシと純也が智一を連れて店に戻る頃には、五時半か六時ぐらいにはなるだろう。少しばかり遅刻にはなってしまうだろうが、ヒトシは通常通り学校に出勤できるだろう。それでとりあえず体面は保たれるはずだ。

店に戻る。席ではディビアンと淳平が何か笑みを浮かべて話していた。

「済みません。お待たせしました」

「上木さんに謝ってくれた？」

ディビアンが言うので、頷いた。

「大丈夫です。後できっちり説明しますから」

「弓島さんって何かいいわぁ。こうして改めて明るいところで見ると佇まいがいいのよね。お友達になりたいわ」

思わず笑ってしまった。

「何もかも片づいたら、またお店に行きます。今度は普通の客として」

「ぜひそうしてちょうだい。待ってるから」

微笑みながら頷いて、トマトジュースをディビアンが飲む。

「さ、それでね、弓島さん、大野さん。お話の続きね。あ、今、大野さんと話してたのはね。くだらないテレビ業界のどうでもいい話だから放っておいてね」

苦笑いしながら淳平が頷く。私は知らないがこのディビアンも一時期はその業界にいたんだから、ひょっとしたら共通の知人でもいるかもしれない。

「わかりました」

「改めてね、お願いがあります」

「何でしょうか」

ディビアンはハンケチを取り出して、口の辺りをそっと拭く。そして、背筋を伸ばした。

「ヤスオと智一くんの両方に確認しました。智一くんの家出にはね、確かにうちのヤスオが絡んでいました。でもね、それは人助けだったの」

「人助け」

そうよ、と、ディビアンが頷く。

「ヤスオの人助けを、智一くんが手伝ってくれたようなのね。わたしは何がどうなったのか詳しいことを、ある程度だけどね、聞いたんだけど、内容は言えないの。言えないっていうのは隠すわけじゃなくてね。いずれわかるかもしれないけれども、わたしの口から今は言えないの。とにかく緊急のことで、こうせざるを得なかったってことだけは言えるし、そこはわたしも納得してるのよ。そこでね」

私と淳平の顔をじっと見る。

「お二人の度量を見込んでお願いするわ。高校生の男の子を巻き込んだのは確かにうちのヤスオの不手際。改めてお詫びするわ。そしてね、こうして智一くんを無事保護したってことで、何も訊かないでここでチャラってことにしてくれないかしら？」

これ以上、この件にはついては突っ込まないでくれということか。仁科恭生くんにも会わずに、そして何も訊かないで笑顔でさようならを言ってくれと、ディビアンはお願いしている。かなり虫のいい話ではあるが。いやその表現はおかしいか。そもそも迷惑を掛けたのはこちら側、智一かもしれないんだ。

「智一にも何も言うなと口止めしたんですか？」

淳平が訊いた。

「いいえぇ。そんなことはわたしにはできないわ。だって智一くんが家出したのは、ヤスオに頼まれたとはいえ、間違いなく自分の意志なんだからね。お父さんや家族や皆さんにね、こんなに迷惑を掛けたんだから自分のやったことはきちんと説明して謝りなさいって話しておいたわ。もちろん、どこからどこまで話すかは、それは彼の判断に任す形になるわね。ちょっとしかお話してないけど、あの子、智一くん、男気のある子ねぇ。そうでしょ？」

淳平と顔を見合わせた。男気か。優しい子であることは知っているが、男気を見せるような場面で智一と一緒に過ごしたことはない。だが、誰かのためにこうして自分を犠牲にできるのだから、そうなんだろう。

「間違いないわよ。こうして人助けのために、自分が怒られてもいいと覚悟して動けるんですからね。そういう子なのよ。だから、もし、もしもよ？　智一くんが今回のことを何も言わないようなら、それを尊重してほしいの」

一度言葉を切って、またトマトジュースを飲んだ。

「本当ならね、これは上木さんに、智一くんのお父さんにお願いすることですけどね」

「それは、間違いなくヒトシに、上木に伝えます。この後に会うことになりますから」

ディビアンは頷く。

何があるのか。それは仁科恭生くんの過去に関してなのかもしれない。その辺は他人においそれと話してほしくない部分なのか。だから、智一もそれに関してはきっと話さないとディビアンは察しているのかもしれない。そこを、無理に智一に問い詰めるな、と、予防線を張っているのか。

「どうかしら？　わたしの話はこうしてお願いして終わりなの。この我儘を聞いてくれるかしら」

優しい口調。バーのマスターとして長年客に接してきた丁寧な態度。ただ、慣れたその中には確かに誠実さを感じたような気がする。

「わかりました。元々、私たちも智一をただ心配して捜していただけのことです。智一が無事で、その他に何のトラブルもないのであれば何も言うことはないです。後は、親に黙って家出した息子を持った上木家の問題です」

「そうね」

確かにそうね、と、ディビアンも苦笑いした。

「その人助けがどういうもので、どういう首尾に終わったのかをここでは訊きません。智一が話したくないと言うのであれば、無理矢理に訊くこともヒトシにはさせません。ただひとつ確認したいのは、その人助けは無事に、つまり繰り返しますが、〈何のトラブルもなく終わったのかどうか〉なんですが」

ディビアンが、私と淳平を真っ直ぐ見つめながら、大きく頷いた。

「終わったわ。それは間違いありません。わたしが保証します。もうその件で智一くんがまた家出をしたり後で悩まされたりすることもないわ」

確信めいた口調。

だとしたら、今まで私たちは智一の家出と瑠璃ちゃんの事件をワンセットにして考えてきたが、それはまったく別のものなのか。智一は、瑠璃ちゃんを助けるために家出をしたのではないのか。

村藤瑠璃ちゃんの事件は、まったく関係ない偶然の出来事だったと判断するしかないのか。しかし、村藤家の事件は実際に起こったことなのだ。

瑠璃ちゃんは今、どこにいるのか。

「ダイ」

淳平が言う。

「この場ではここまでだな。ディビアンさんと握手をして店に戻るのが得策じゃないか」

「そうだな」

「あら」

ディビアンがにこりと笑う。

「握手なんかじゃなくて、思いっきりハグさせてほしいわぁ」

それは、遠慮させてもらおう。

「もうひとつだけ、確認させてください」

「何かしら」

「その智一の人助けというのは、同じ高校の生徒が関係していたのでしょうか。智一が友達を助けるために奔走した、という理解でいいのですか？」

ディビアンが、私を見て一度眼を閉じ、少し考えた。それから眼を開けて、私を見つめる。

「そうね。そう考えてもらって構わないわ。ねぇ、弓島さんね」

「はい」

ディビアンが、少し前かがみになる。

「わたしもね、そりゃあ自分が清廉潔白な人間だなんて言わないわ。世間に善悪の標準があるとしたら、標準以下の悪いこともしてきたし、世の中の汚いところや哀しい事情もたくさん見てきたつもり」

これは、頷くしかない。おそらくそうなんだろう。

「でもね、弓島さんも相当なものだと思うのよぉ。わたしの勘でしかないけどね。あなたも普通の人間が経験できないところをいろいろと潜り抜けてきた人間じゃないかしらね。同じ匂いがするのよ」

淳平が私を見る。

これも、頷くしかないか。

「自分では大した人生など送ってきていないと思っていますが、客観的に考えてみると、それこそ世の中に標準というものがあるのなら、それを上回るそれなりの修羅場は潜ってきたのかとも思います」

「そしてそれを普通のことって思っちゃうのよね、きっと弓島さんは。そうでしょ大野さん。この人、そういう人よね？　とんでもないことをしてきたのに、しれっとしてるんでしょいつも」

淳平が、苦笑いする。

「確かにそういうところはあります」

淳平が言うと、ディビアンがそうでしょう、と、椅子の背に凭れた。そういう淳平も、私と同じ種類の人間だと思っている。

「だからね、あえて言います。言葉だけでわかってくれると思うから。弓島さん」

「はい」

「もう五十を過ぎたんでしょ？　のんびりしましょうよ。周りで起こることなんか放っておけばどんどん過ぎ去って行くのよ。関係しようとしまいとね。それで世の中なんか勝手に回っていくんだって、もうわかっているでしょ？」

店を出て、ディビアンがゆっくりと歩き去るのを淳平と二人で見送っていた。三栖さんはまだ離れたところでその様子を見ている。

大きな身体のディビアンが角を回り、見えなくなり、しばらく経ったところで三栖さんがようやく近づいてきた。

「まずはタクシーに乗ろう。店に戻るぞ」

明らかに何かおもしろくないことがあったんだろう。そういう顔をしている。たぶん、二本の電話の内容なんだろうな。タクシーを捉まえ、後部座席に乗りこんだ。三人とも細身ではあるが、さすがに大の男が三人並ぶと狭い。北千住の店の住所を伝えた。

三栖さんの唇が歪んでいる。

「何がありました？」

黙って顎を前に向かって動かした。運転手に聞かれたら拙いってことか。

「それで、智一は見つかったんだな？」

「そうです」

ゆっくり頷いた。

「じゃあ、もう心配ない。どうやらあっちも片づいた」

「あっちとは」

そう言って小指を立てた。小指？　女ってことか。すると瑠璃ちゃんのことか？

「片づいたって、見つかったってことですか？」

「そういうことだ。詳しくは着いてからだな。何にせよこれで」

そう言って三栖さんは窓の外を見る。白み始めた空とネオンのコントラストはあまり見慣れないので、どこか外国の街にでも来ているような感覚になる。

「教頭先生の危機は回避されたようだな」

☆

鍵を開けて、ぞろぞろと店の中に入る。染みついたコーヒーやら煙草やらの匂いが身体を包み込んできて、家に帰ってきた気持ちになる。二階で寝ているあゆみやさやかを起こさないように、三人して足音を忍ばせる。

「まずは、コーヒーにしましょうか」

言うと、三栖さんも淳平も頷く。

「そうしてくれ」

「おっ」

三栖さんに続いて淳平が声を上げる。何かと思えば、いつの間にかクロスケが階段を降りてきていた。そのままスツールに飛び乗りカウンターへと移動して、淳平に甘え出した。

文字通り、猫なで声を出して。

「おはようクロスケ」

にゃあん、と答える。クロスケは本当に気に入った人にはちゃんと返事をするんだ。

「おやつをあげていいか？」

「いいぞ。冷蔵庫にささみがある」

淳平がカウンターを回り込んでいくのをクロスケが追いかける。三栖さんは煙草に火を点け、私はサイフォンにコーヒー豆を入れる。

中庭に続くガラス戸から朝の光が入り込んでくる。こんなに朝早く店に出るのも久しぶりのような気がする。

「タクシーだな。あいつらも着いたな」

三栖さんが言って見ると、確かに道路に緑色のタクシーが停まっている。背の高いヒトシの頭が見えた。純也と、智一もいるんだろう。コーヒーの香りが漂ってきてサイフォンで掻き回していると三人がヒトシを先頭にして入ってきた。

「おはよう」

「おう。おはよう」

ヒトシが入るなり立ち止まる。智一の腕を引っ張って隣に立たせた。純也がその脇を肩を竦めながら苦笑いしながら擦り抜けて、三栖さんと淳平の肩を軽く叩いてスツールに座った。

「本当に、迷惑を掛けた。そしてありがとう。済まなかった」

ヒトシが深々と頭を下げる。智一も、それに倣って頭を下げた。

ジーンズに、ブルーのスニーカーに黒のパーカー。坊主頭だった髪の毛は随分と伸びた。そして、身長もお父さんであるヒトシにもう少しで追いつこうというぐらいに伸びている。ヒトシほどがっしりはしていないが、スポーツマンであることははっきりとわかる筋肉質の身体。顔は、ますますお母さんである智恵さんに似てきた。

「済みませんでした」

神妙な顔をして、智一が私たちに言う。けれども、まだ幼さが残るその顔つきには、何かはっきりとした意志のようなものを感じた。今まで見たこともない、男の顔をしているようにも思える。

「本当に、ごめんなさい」

「まぁいいさ」

淳平が言う。

「そっちのテーブルに座れよ。コーヒー飲みながら皆で話をしよう」

「智一は紅茶の方がいいか？」

訊くと、少し笑みを浮かべて私を見た。

「あ、コーヒーでいいです」

ヒトシが唇を少し歪める。

「生意気にも最近はコーヒーを飲みやがる。ブラックでな。しかし」

腕時計を見た。

「まだほとんど何も聞いていないんだが、とりあえずこうして無事なことと、例の村藤さんの件はまったく知らないってのは確かめたんだ」

「これからならまだ学校に間に合うってことだな？」

言うと、ヒトシは頷いて申し訳なさそうな顔をした。

「てめぇの事情ばかりで本当に済まないんだが」

「いいさ」

淳平が言う。

「そのために皆で集まって走り回ったんだからな。だが、今日はワリョウも来るそうだぞ」

「ワリョウも?」

ヒトシが驚く。

「わざわざ店を休むんじゃないから心配するな。何だっけ?」

「たまたま水道のタンクのメンテナンスで臨時休業するところだったらしいよ。明の様子もついでに見たいからってことだった。昼過ぎには着くと言っていた」

「そうか」

コーヒーが落ちたので、皆に配る。淳平と三栖さんがテーブルに移動してヒトシと智一と向かい合う。私はカウンターのスツールに、純也と並んで座った。クロスケはうろうろして、純也の膝の上に乗ってまたおやつをねだっている。

「ワリョウにも久しぶりに会いたいな」

コーヒーを飲んで、少し息を吐いてヒトシが言う。身体から緊張感が抜けている。智一の無事を確かめたことで安心したんだろう。それは、皆一緒だった。長い夜が明けてとりあえず何事もなかったことで、緩い空気が流れている。

ただ、三栖さんだけがまだ刑事の顔のままだった。

「そこでだ。急いで話をまとめなくてもいいのかもしれないぞ」

刑事の顔のままの三栖さんが、コーヒーを飲んでから言う。

「さっきの電話の件ですか？」

訊くと、頷いた。

「何だ電話って」

ヒトシが顔を顰める。三栖さんが、軽く右掌をヒトシに向けて広げた。まぁ待て、という仕草。

「とりあえず、智一はこうして無事だった。そしてだな、さっきお前が智一を迎えに行っている頃に俺に二本の電話があった。一本は、村藤瑠璃ちゃんが一人で水戸警察にやってきたというものだ」

「出頭してきたんですか」

淳平が言い、私もヒトシも純也も同じように驚いた。智一だけは、何のことだろうという顔をしていた。

「さっきも言ったが、こいつは、それは誰だか知らないと言うんだ」

ヒトシが智一を示して言う。

「まったく知らないんだな？」

三栖さんが訊くと、智一は頷いた。

「名前はなんか、聞いたことがあります。でもそれは不登校になってる女の先輩がいるとかいないって、噂話みたいな感じで」

　三栖さんの顔を見た後に、私を見る。

「事件も知らないんだな？」

　智一は頷いた。

「父さんに聞いたけど、全然わからなくて」

　ヒトシと顔を見合わせる。唇を引き結んだ。その表情にははっきりとした確信が見て取れる。

　俺は、自分の息子を信じる、というものだ。

　ヒトシは、昔から熱い男だ。どんなことにでも真剣に取り組み、そして真面目に考える。一緒に暮らしていた頃はその真面目さから頓珍漢なことをやったり言い出したりして、よく皆にネタにされた。

　父親としてのヒトシはどうなのか。少しウザイですよね、と、智一の姉のいちこちゃんが笑って言っていたことがある。だが、それは子供のことを、自分の愛する分身のことだけを考えてのことだ。愛情たっぷりのお父さんなんだ。だから、子供の顔色を窺うなんてことはしない。真っ直ぐに向かい合う。その本心を真正面から聞いて受け止める。

　教育者としてのヒトシもそうだ。先生にできることなど高が知れている。本当のところで子供を育てるのは親だ。家庭だ。教師はその手助けをするに過ぎない。

だから、生徒のことを信じる。愛する。常にそうしていればたとえ裏切られたとしても、その愛情が届かなかったとしても、その生徒がいつか立ち上がるときに自分たちの思いはどこかで杖（つえ）になる。手探りした壁の突起になる。足を掛ける取っ掛かりになる。

今までに何度もそういう話をして夜を過ごした。ヒトシはそう信じて、教師をやってきた。辛い現実にボロボロになりながらも。

だから、智一の言うことを信じている。

ただ、愛する子供なんだから、真剣に向き合う親には絶対に嘘をつかないというわけじゃない。そこは、私とヒトシのささやかな見解の相違だ。

子供は、嘘をつく。

そのときに親の愛情の強さなどはブレーキにはならない。なるとしても、それを感じ取れるのは自分も大人になった頃だ。

智一が、嘘をつける男の子かどうかは正直言ってわからない。何せ、こんな事態は初めてのことだ。少なくとも今の智一は、演技をしているとは思えなかった。声色にも態度にもおかしなところはないようにも思うが。

「その瑠璃ちゃんって、一人で警察に来たの？」

純也が訊いた。

「一人だ。夜明け前にタクシーでやってきたそうだ。淳平は〈出頭〉って言葉を使ったが、水戸警察署も村藤瑠璃ちゃんのことを正式に容疑者にしていたわけじゃない。参考人なのか容疑者なのかあるいは被害者なのか、どうにも判断がつかずの状態だったんだ。だから、出頭という形じゃない。あくまでも行方不明になっていた事件の起こった家の娘が、警察署に自分でやってきた、という段階だ」

なるほど、と、皆が頷いた。出頭と自首が違うという話は前に三栖さんから聞いていたが、そのどちらでもない場合も当然あるんだろう。

「だから、電話があった時点ではまだ聞き取りも正式には始まっていなかった。ただ、本人は、『祖母と母に怪我させました』と最初に受け付けた署員に言っていたそうだ」

「自分で言ったんですね？」

「そうだ。そして『一人でやった』とも言った。これは間違いない。だが時間が時間だったし、瑠璃ちゃん本人がかなり憔悴（しょうすい）しているらしくてな、とりあえず病院に連れていって点滴を受けさせ、休ませているそうだ。聞き取りが本格的に始まるのは瑠璃ちゃんの気力体力が充分に整ってからになるだろう。殺人事件でもないし、警察もそこまで鬼じゃないからな」

そうだろうと思う。何といってもまだ高校生の女の子だ。容疑者でもない。

「だから、ヒトシはこのまま智一を連れて帰って、普通に学校に出勤、登校しても問題はないだろう。瑠璃ちゃんの件で警察が智一に眼を付けることはもうないはずだ。俺たちが警察に内緒でいろいろ隠そうとしたこともバレてはいないしな」

「ヒトシ、賀川先生には、もう少ししたら電話で話しておいた方がいいだろうな。瑠璃ちゃんの件は智一には関係なかったと」

　私が言うと、ヒトシが頷いた。

「そのつもりだ。俺から電話してきちんと謝っておく」

　三栖さんが小さく頷く。

「まぁ先生への一報は必要だろう。智一が家出していた件も改めてきっちり口止めしておいた方がいいかもしれない。現段階では」

　三栖さんが、皆を見回して言った。

「口止め？」

「そうだ」

　三栖さんの眉間に皺が寄る。

「どうして今さら口止めするんです？」

　淳平だ。

「こうして何事も、トラブルもなく終わったって話なのにそうするってことは、別の何かが？」

「もう一本の電話の方だ」

三栖さんのその言い方で、全員が少しばかり背筋を伸ばした。明らかに、事件が起こったと思わせる口ぶり。

「何があったんです？」

訊いた。三栖さんは、顰め面のまま、ヒトシと智一を見た。

「ヒトシ、智一」

「はい」

親子が同時に返事をする。

「野球部の長谷川監督は知ってるよな」

二人できょとん、と、眼を丸くした。

「もちろん」

頷く。

「その長谷川監督、長谷川孝造さんが、昨夜何者かに襲われた。意識不明の重体だ」

「何ですって！」

椅子が動く音が響いた。

ヒトシの腰が思わず浮いたからだ。

智一は、思わず身体を大きく動かした。私と淳平と純也も、思わず互いに顔を見合わせた。

「正確に言えば昨夜じゃない。今日の未明、もしくは明け方、だ」

眼が覚めたときには十二時を回っていた。

慌てて飛び起きて身支度を整え、下に降りた。ランチタイムの真っ最中の店は活気に満ち溢れている。

「起きたかい」

丹下さんがカウンターの中でミートソースを温めながらにやりと笑う。

「寝てても良かったのに。大丈夫よ？」

コーヒーを落としているあゆみが言う。ホールを忙しく歩き回っているのは裕美子ちゃんと翔子ちゃんだった。

「翔子ちゃんは休講？」

「今日は何もありませーん。大丈夫ですよー」

明るい声で言う。何人かの常連が「徹夜して寝坊だって?」と、私に笑いかける。年なんだから無理すんなよと。おおかた丹下さんが、友達と飲み歩いてまだ寝てるとか冗談を言ったんだろう。それに話を合わせておく。

「裕美子ちゃんもごめんね。今日は入ってなかったろう?」

「いいのよ。全然平気」

にこりと笑う。

普段はそんなことはまるで意識していないのに、写真を見てしまった昨日の今日だ。その柔らかな笑みに、姉だった茜さんの面影を見つけてしまう。

「ダイさん」

あゆみがカウンターの中で呼ぶ。

「オーダーは落ち着いているから、上でコーヒー飲んで顔洗ってきて。さっきクロスケが上に行ったから、ご飯をあげてきて」

「そうか」

「それから、ワリョウさんから電話があった。ミートを食べたいからランチが落ち着く一時過ぎに着くからって」

「了解。淳平は?」

「まだ寝てるみたいよ」

「わかった」

あゆみからコーヒーの入ったマグカップを受け取り、そのまま二階へ戻った。階段の上でクロスケが見下ろしていた。ご飯を食べに来たのに私が下へ行ったので、早く来いと催促して待っていたのかもしれない。

「悪かったね」

餌の皿に、パッケージから餌を出す。待ちきれないといった様子でクロスケが食べ出す。クロスケはこうして餌皿から食べるときに声を出す。ミャアミャアなのかどうか、そういうような声を出しながら食べるんだ。

四畳半ほどの広さの自分の部屋に戻る。椅子に座ってコーヒーを飲む。煙草に火を点けると途端に空気清浄機が回り出す。喫煙者ではあるし、〈弓島珈琲〉も喫煙可能の店ではあるが、子供ができてからは、家では自分の部屋だけでの喫煙に留めている。考える。

ヒトシと智一は、学校に行って放課後また戻ってくることにした。ワリョウが来るので皆で晩飯を囲もうという話になった。

そこで、もう一度、何が起こっているのかを話し合おうと。三栖さんも詳細を確認して、戻ってきてくれる。

階段を昇る足音が聞こえてきた。

「入るぞ」

淳平の声がして、部屋がノックされてドアが開く。マグカップを持って、寝起きで無防備な顔をしている淳平の姿。きっと俳優大野淳平ファンにとっては悲鳴を上げたくなるほどのシーンなのだろうが、私にとっては見慣れた姿だ。

「その格好で店から来たのか」

どこで用意したのか、まるで昔の中学校で使っていたような二本線の黒のジャージ姿。

「いつも休日の部屋着はこれだ。誰も何も言わなかったぞ」

「どこかの変なおっさんが来たと思って顔を合わせないようにしたんだろうさ」

そうでなければ歓声があがったはずだ。大野淳平のよく来る店として、ファンの常連も多いのだから。

くたびれたソファに淳平が座る。そのソファはまだ皆と一緒に暮らしていた頃から使っていたものだ。そこに、私たち五人の何もかもが染み込んでいる。

「煙草をくれ」

箱をテーブルの上に投げて、ジッポのライターを胸元に放る。淳平が受け取って、火を点ける。

「一時過ぎにワリョウが着くそうだ。ミートを食べたいってさ」

「あ、俺もそうする。お前もまだなんだろ？」

「まだだ」

二人で煙草の煙を燻らせる。

こうしていると、あの頃から何にも変わっていないような気がしてくる。まだ私たちは大学生で、休日にのんびりしていて、お昼ご飯は何を食べようかと話しているみたいに。

けれども、現実には三十年もの時間が過ぎていて。

「明らかに、何かが起こっているんだよな」

淳平が言う。

「そうだな」

「しかもそれは、今のところ俺たちだけが感じ取っている。学校の先生も、親も、警察もわかっていない」

「その通りだ」

そういう結論を出して、朝方に、夜が明け切る前に一度解散したんだ。まずはゆっくりと寝て、冴えた頭で事実をもう一度考え直すために。もっとも普通に出勤と登校をしたヒトシと智一は寝不足だろうが、電車の中でゆっくり寝ると言っていた。また後で来るときにも、念のために電車で来ると言っていた。

「ワリョウが来る前に整理してくれよ。あいつが入ると騒々しくなって話がややこしくなりかねない」

「そうだな」

二人で笑った。

「大きく分けて五つ。A、B、C、D、Eとしておこうか」

淳平が頷く。

「Aは、お前のマンションの郵便受けに茜さんの写真が放り込まれていたこと。これに関してはその他の事実は何もわかっていない。誰が持っていたのかも、誰が放り込んだのかもわからない。推測として、長矩高校野球部OBである仁科恭生くんが放り込んだのではないかというものがあるが、それは次のBの事実が時系列的に次にあっただけであって、推測に過ぎない」

「そうだな」

「Bは、花凜さんが仁科恭生くんに声を掛けられたという事実。ただ、それだけだ。他に何もわかっていない」

煙草を吹かしながら淳平は顎を小さく動かした。

「そこもいい」

「Cは村藤家の事件。今のところ瑠璃ちゃんが祖母と母親に怪我を負わせて逃げたという事実。原因は長年の虐待ではないか、という推測。そして瑠璃ちゃんは今は警察で保護されている」

「そうだな」

「Dは、智一の家出。同じ高校の友人を助けるために家出をしたという話だが、何がどうあったのか一切わかっていない。ただ、智一は無事に戻ってきた。友人の苦境というのもどうやら終わったという話だ。そこに、仁科恭生くんがかかわっていた」

「ということは、同じ高校の友人が仁科恭生くんと親しかったという話だよな」

「そうなるんだろうが、それも推測に過ぎない」

　煙草の灰を灰皿に落とす。

「Eは、長矩高校野球部監督の長谷川孝造さんが何者かに襲われ意識不明の重体というもの。これは三栖さんからの報告を待つしかない」

「それが全部、順番に起こっていった。何もかも俺たちの身の回りで、だな」

　そういうことだ。

「警察が事件として摑んでいるのはCとEだけだ。確かに同じ高校関係者でほぼ同時に起こった事件だが、別々のものだ。瑠璃ちゃんは野球部には何の関係もないはずだ。仁科恭生くんと付き合っていたのではないかというのも、推測でしかないし仁科くんがゲイという観点から考えると否定される。だから、単なる偶然だ、と考える方が自然かもしれない」

「だが、もし警察がその全てに関係している人物を洗い出していったら、明らかに上木家が上がってくるな」

淳平が言う。その通りだ。

その五つ全部に共通しているのは上木家の家長であるヒトシと、長男の智一だ。

淳平が首を捻る。

「何かが起こっているのか、それとも全ては関係のない独立したものなのか、だな」

「そうだな」

そして全部に共通しているのは上木家だけじゃない。

「仁科恭生くん、か」

淳平が言う。

「彼が写真を投函した人物だとするなら、の条件付きでな。もしそうならこのABCDE全部に共通して登場可能なのは、仁科恭生くんだけだ」

またそこに戻ってきてしまった。

智一が無事に帰ってきて、後は何も訊くなと言われたので結局仁科くんを捉まえる前に戻ってきたのに、また仁科くんに戻ってきてしまう。

「彼を探して会わなきゃ結論は出せないってことだな」

「三栖さんからの報告を待ってな」

もしも、長谷川孝造さんに重傷を負わせたのが仁科恭生くんなら殺人未遂になりかねない。下手すると殺人事件になってしまう可能性まである。

「まぁそっちは三栖さんに任せなきゃならないことだよな。俺たちにはどうしようもない。考えなきゃならないのはやっぱり」

「うん」

茜さんだ。

あの写真は、どこから来たのか。

10

ワリョウと奥さんの綾香さんが来たことで、店を早めに閉めて皆で集まり晩ご飯に焼き肉を食べることにした。人数が多いときにはそれがいちばんだ。何より年寄りも多いが、若者も多い。

昼間は、丹下さんのミートソースを味わった後、綾香さんは明の部屋を徹底的に掃除していた。それほどだらしなく暮らしているわけではないと思うのだが、母親にしてみれば眼に付くところが多いのだろう。あっという間に洗濯物が盛大に物干しに干されていた。

大学から帰ってきた明は多少ふてくされながらも言いなりになって部屋を片づけていた。ついでだ、と、翔子ちゃんに言われて、翔太も部屋の大掃除をさせられていた。翔子ちゃんは女の子だから常に部屋はきれいだが、翔太はそれなりだ。

日が暮れる前にはヒトシの家族も電車でやってきた。ヒトシは一人で来ようとしていたらしいが、智恵さんが皆に迷惑を掛けたのだから一言謝りたいと言い、智一も連れて三人でやってきた。智恵さんと智一は今夜中には帰るが、ヒトシは泊まり、また朝方に帰るつもりだと言っている。

ワリョウと綾香さんと明、ヒトシと智恵さんと智一、淳平、翔子ちゃんと翔太、丹下さんに裕美子ちゃん、純也とみいなちゃんに一人娘の瀬奈(せな)ちゃん、そして私とあゆみとさやか。三栖さんは、晩飯が終わった頃に顔を出すという連絡があった。つまり、今回の様々な疑問を男たちだけで話し合う頃に。その前に、いろいろと調べなきゃならないことがあると言っていた。

かなりの大人数だが、翔子ちゃんと翔太、明が住んでいる日本家屋の方は、以前居間だったところに大きな座卓を置いて、皆が集まれるスペースにしてある。中庭に面した縁側のところを開け放てば狭苦しさもない。

翔子ちゃんと翔太を除けば、もう何十年来の付き合いになる面子だ。遠慮も何もない。ヒトシもワリョウも淳平も勝手知ったる家だから、足りないものがあれば適当に台所に行って持ってくる。冷蔵庫を開ける。瀬奈ちゃんとさやかは、大好きなお兄さんお姉さんである明や智一や、翔子ちゃん翔太に遊んでもらえるし、たくさん人が集まっているからテンションも上がる。

話し合いたいことは何もかも隠して、ただ賑やかに和やかに食事をする。アルコールも控え目にして子供を含めた家族同士の付き合い、という時間が流れていく。

毎年の正月にはこうして何組かの家族が集まる機会をいつも設けているが、これだけ揃ったのは久しぶりかもしれない。

ワリョウとヒトシ、淳平と私。

あれから、真吾の葬儀以来、顔を合わせたことは何度もある。しょっちゅうあると言ってもいい。

ただ、四人だけで、家族を置いて集まったことは一度もなかった。

もしこれで全員が東京にでも、その近郊にでも住んでいればたまには男だけで飲むか、ということもあったのだろうが、金沢と水戸と東京と横浜ではそんな気楽に集まれるはずもない。四人が顔を合わすときには、集まるときには必ず誰かの家族がいる。子供たちを中心にして時間が過ぎていく。そういう時を過ごすようになって、もう二十年以上が過ぎる。

それを、幸せな時間、と呼べるだろう。

それぞれの暮らしの中に種々様々な問題はあるとしても、家族が皆揃い、友人たちと一緒に語らい合い、子供たちは嬉しそうに一緒に遊ぶ。

それ以上の幸せな時はないだろうと考える人もいるだろう。

その通りだと思う。その状態をいつまでも維持することが、家族を持った者たちの生きる意味だろう。

ただ、言わなくてもわかっていることがある。考えてはいけないこともある。

そういう賑やかな時間の中に、お互いに眼がふと合い、その向こうにある感情を共有する。

それを表現する言葉は、たぶん、ない。あったとしても、言ってはいけない。

それは、ただ過ぎ去った時代を懐かしんだときにやってくる思い、というだけのものだ。心にも身体にも何も抱えていない身軽だった若いときと、今を比べたときに吹いてくる風のようなものだ。甘く、あるいは熱く、身体全体を包み込んで過ぎ去っていく風だ。

〈家族〉と引き換えに手放したのはあの頃の〈自由〉と、思ってはいけない。それは、比べてはいけないものだ。

私たちはもう若い時間をとうに過ぎた年配の男たちだ。自分の意志で手にしたものを理由もなしに簡単に手放してはいけない。

そのことを私たちはわかっている。わかっているからこそ、お互いの胸の内にふと流れる淋しさを共有もする。

ただ、それを表に出しては、口にしてはいけない。


電車で帰る智恵さんと智一を玄関先で見送る。自宅に戻る丹下さんを、翔太と翔子ちゃんが送っていった。裕美子ちゃんも、純也とみいなちゃんと瀬奈ちゃんもそれぞれの家に帰っていった。

綾香さんと明は、あゆみとさやかと一緒に後片づけを手伝ってくれた。いつも思うが、ワリョウの家は、美園家は仲が良い。明と綾香さんはまるで友達のように会話をする。ワリョウもそうだ。会話の端々に何の遠慮もないのが感じられる。

親と子の関係というのは、千差万別なんだろうと思う。

仲良しの親子もいれば、そうではない親子もいる。そもそも仲良しという概念は友人関係にのみ有効で、親子にはそんな感覚はあるのか、という話になる。

私は男だから、大学時代に親と仲良しだったかと訊かれたら、普通だったと答える。仲良しなんていう感覚はなかった。父親は父で、母親は母だ。ただそれだけの存在だった。育ててもらった恩というものをしみじみと感じ始めたのはやはり年を取ってからだ。三十代になってからだろう。

あゆみとみいなちゃん姉妹は母親ととても仲良しだと言う。あんな事件に巻き込まれて父親を失ったという境遇は抜きにしても仲が良い。

お義母(かあ)さんは、まだお元気だが、あゆみもみいなちゃんも結婚して家を出た。一人暮らしは気楽で良いと仰(おっしゃ)っているが、いずれこの家に呼んであげなきゃならないだろうと考えている。実際、あゆみはすぐにでもそうしたがっている。幸いというと墓の下から怒られるが、私の両親は既にいない。誰に遠慮するでもなく、お義母さんをこの家に呼べる。そう言う私に、あゆみは感謝していると言う。

老いの問題は、深刻だ。

「それはそうしてあげた方がいいよね。まだ元気なうちにさ」

ワリョウが言う。たっぷりのコーヒーを落としてポットに入れて、店の二階の私の部屋に持ち込んだ。一人四杯飲んだとしてもまだ余る。マグカップを口に運び、ワリョウが続けた。

「でもさ」

「なんだ」

少し顔を顰めた。

「こんな愚痴を言うのはここでだけだからね。この面子にしか言えないよ」

ソファに凭れて、天井を見上げた。

「正直、親父とおふくろが心安らかに天に召される日を待っているよ。我が家の家計が破綻する前にね」

ヒトシが唇をひん曲げて、それでも何も言わずに小さく顎を動かした。淳平が肩を軽く竦めた。それも、考えたとしても普段は言ってはいけない言葉だ。だが、この四人の間なら言える。許してくれる。ワリョウの両親は二人揃って施設に入っている。商売をやっている自宅での介護が無理な状況に追い込まれたからだ。施設に入れなければ、美園家は精神的に崩壊していたという話は以前から聞いている。

「まぁ、その辺はいくらでもグチれ。なんぼでも聞いてやるさ」

ヒトシがコーヒーを一口飲んで、壁の時計を見る。九時を回った。三栖さんはもうすぐ着くと電話があった。

「どうせ三栖さんが着くまで、何も話は進展しねぇんだからな。淳平んところはどうだ。まだ借金は終わらないのか」

「お陰様で、あと一年もこの調子で稼げれば何とかなる」

「そうか。そりゃ良かった」

本来なら、淳平が背負わなくていい借金だ。両親が別れて四十年以上経っている。

いくら実の父とはいえ、何千万もの借金を息子である淳平が肩代わりしなくてもいい。だけど、淳平がそれを選んだ。

あのときに、私たちが一緒に暮らしていた頃、既に別れていたお母さんの入院費や生活費を出してくれた父親に、約束を果たしてくれた父に感謝していると言って。俳優のギャランティは私たちが考えるよりはるかに高額なのだが、それでも、一億円近い借金を返すのは容易ではなかった。

「済まないね。僕だけが楽していて」

ヒトシも、淳平ほどのものではないが、罪を犯してしまったお姉さんの借金を肩代わりしている。私だけが、何もない。

「まったくなぁ。昔っからそうだよなダイは」

ヒトシが笑う。

「こうやって自分の家があってよ。サラリーマンを辞めたと思ったら店にしちまってな。この野郎良い身分だなってな」

「ボクはちょっと泣いたよね。喫茶店にするって聞いたとき。あぁあの部屋が壊されちゃうのかって。ボクがカレーをぶちまけたあの台所ももうないのかって」

「うるさいよ。俺たちはコーヒー一生タダねって言って、本当に何回もタダで飲んでいってるのは誰だ」

煙草の煙と、コーヒーの香りと、友人の笑み。何を言っても、どんなことを話してもいい。お互いの間にあるものは、決して揺るがないことをお互いに知っている。認め合っている。

共に暮らしていた頃には気づかなくても、三十年以上も経てば、それがどんなにかけがえのないものかが理解できる。自分たちはなんと貴重な宝を得ることができたのかと思う。そのかけがえのないものを抱えたまま年老いていけることに、感謝できる。

「前にも言ったけどな」

淳平がワリョウを見た。

「本当にヤバくなったら一家心中する前に言ってこいよ。俺は自分の稼ぎを全部貸してやっても花凜の稼ぎで食っていけるんだからな」

ワリョウが、済まなそうな笑みを見せて頷いた。

「サンキュ。まだ大丈夫だよ。そのときには本当に言うから」

淳平を見た。

「助けてくれって」

淳平が、小さく頷く。

その言葉を、十文字にも満たない言葉を素直に言える仲間を得ることがどんなに難しいことかも、私たちは身にしみてわかる年齢になってしまった。

階段を上がる音がする。あゆみだろう。ドアがノックされて、扉が開く。

「ダイさん」

「うん」

「さやかが向こうに寝たいって言うから、そのまま寝かすね」

「わかった」

あゆみが皆に向かって微笑む。

「皆さん、煙草だけは吸い過ぎないようにね。特に淳平さん。花凜さんからライン入ってたから。言っておいてって」

「了解です！」

淳平がおどけて頭を下げる。

おやすみを言い合う。

「あゆみちゃんは本当にいつまでも若いねー。三十五？」

「今年で六になる」

「充分二十代で通じるよな。マジでロリコン野郎だよなお前は」

結婚するときにもさんざん言われたことだ。年齢差十七歳。出会ったときにはあゆみはまだ中学生だった。

「あれだよね。誰だっけ、もう名前も出てこないよあの子、ダイが初めてこの家に連れてきた子」

「あ、ふみえちゃんだろ！」

淳平が鬼の首でも取ったかのように言う。

「そうそうふみえちゃん！　あの子だってさ、今考えたらすっごい童顔だったよね。マジでダイってそうだったんだって思ったよボク」

「お前本当にやめろよ。その話を絶対に人前でするなよ」

洒落にならない話と、本当にくだらない話をただ続けていく。iPhone が鳴る。皆がこっちを見る。

「三栖さんだ」

☆

「お揃いだな」

三つ揃いのスーツ姿の三栖さんが部屋に入ってくる。空けておいた一人掛けのソファにどさりと座り、ひとつ息を吐いて、軽く微笑む。

「ワリョウも元気そうだな」

「お陰様で」

「智一は帰ったのか」

ヒトシに訊く。

「帰りました」

頷きながら、三栖さんが煙草に火を点ける。ポットからコーヒーをマグに注いで、前のテーブルに置くと、軽く手を上げて私を見る。

「サンキュ。何か話したか？」

「何も。三栖さんを待ってました」

「そうか」

一度煙を吐く。コーヒーを一口飲む。

「智一の方はどうだ。担任の何とか先生には話をつけたか」

「大丈夫です」

ヒトシが言う。

「学校側には単純に病欠ということで何も知られていません。村藤瑠璃の件にもまったく無関係ということで納得してもらえました。ただ、瑠璃ちゃんのことは相当に心配していました」

「だろうね」

家庭教師をしていたんだ。そして虐待とも言うべき厳しい躾けをされているのを知っていた。賀川先生にしてみると、智一よりも瑠璃ちゃんの方を心配しているだろう。

「何か警察から聞いているのなら、教えてほしいとも言っていましたね」

三栖さんが頷いた。

「後で教えてやるといいさ。大した情報じゃない。それで上木家の危機は回避されたな。じゃあまず、村藤瑠璃ちゃんの方だが」

皆が身を乗り出しながら頷いた。既に全部の情報は共有済みだ。

「本人がしっかりと話したそうだ。要約すると、まぁ予想通りの話だ。もう長い間、虐待とも言える厳しい躾けを祖母から受けてきた。その鬱屈が溜まっていて、自分でも知らないうちに爆発してしまった。気がついたら、祖母と母が倒れていた、と」

ヒトシが唇を歪めた。

「厳しい躾けの方は既に水戸警察の方でも把握していた。言ったな？　最初に駆けつけた交番勤務の警官がその話をしていたと」

「言ってましたね。その爆発したきっかけは何かあったんですか？」

三栖さんが首を横に振った。

「本人もよくわからないと言っている」

「祖母と母の二人の証言は取れたんですか？」

淳平が訊いた。

「取れた。筆談だからまだ完全とは言えないが、概ね瑠璃ちゃんの証言と一致しているらしい」

「ってことは、これでそっちは終わりなのかな？　単なる傷害事件？」

ワリョウだ。

三栖さんも、うん、と曖昧な表情で頷いた。

「ひょっとしたら最終的には事件にもならないかもしれん。心神耗弱状態だったという例のやつだな。ましてや虐待にも等しい躾けは警官や近所の人も証言している。反対に、祖母や母が罪に問われる形になるかもしれない」

そうかもしれない。そんな事件は今までにもあった。三栖さんが、首を横に捻った。

「いかんせん、自分で調べていないからどうもすっきりしない部分がある。あるが、これで終わりになってしまう雰囲気はある。だから、智一が瑠璃ちゃんの事件に関係しているのではという線も、本人の話も含めて完全になくなるってことだな」

ヒトシがゆっくり頷いたが、三栖さんに言う。

「でも、三栖さんの勘じゃまだすっきりしないんですね？」

「いや、智一が直接暴行に関係したってことはないんだろう。それは確信してる。そんなことができる子じゃない。ただ、まったくの無関係って部分はどうにもすっきりしない。あまりにもタイミングが良過ぎるし、結局本人も〈誰を助けるために家出をしたか〉を言わないんだろう？」

「言わないんです」

　申し訳ない、と、ヒトシが軽く頭を下げた。

「一応、親としては言ったんですよ。どんな事情であろうとお前を信じている。お前が秘密にしてくれと言うのなら絶対に秘密にする。だから話せ、と問い詰めたんですが」

「頑として言わないんだね？」

　ワリョウが訊くと、頷いた。

「そこは俺に似たのかもしれん。皆に迷惑をかけたのは素直に謝っている。だが、家出の理由は絶対に言わないの一点張りだ。本人がそう言っている以上、そして何もかも片づいたからほじくるな、と、ディビアンさんが言っているなら俺もそれ以上はどうしようもない。まさか殴って言わすわけにもいかん」

「あたりまえだよ。そんなことしちゃダメだよ」

「そこに関しては、ディビアンを信用すればいいだけだ。智一を責めるなよ」

　淳平が言う。

「そうだな。そこは事件の捜査じゃないから俺が出張（でば）るわけにもいかないし、そんな権限もない。だから、まぁ仕方ない」

「監督の方はどうなっていますか?」

何者かに襲われたという野球部の長谷川監督。

「捜査中だ。わかっている事実は、家人が知らぬ間に監督は外に出ていた。家から歩いて一分の空き地で頭から血を流して倒れていた。凶器はこれまた鈍器としかわかっていない。近所の人が何かうめき声のようなものを聞いて警察に通報して発覚した。もし、通報がなかったらおそらく死んでいただろう」

皆が思わず顔を歪めた。殺人事件にまでなっていたわけだ。

「現場での遺留物は何もない。そしていまだに意識不明の重体だ。物取りから怨恨の線まで、捜査班が全員出張って調べている。これに関してはそのうちに野球部の関係者全員にまで聞き込みが入るだろうから、智一のところまで行くかもしれない」

「そうですね。それは本人にも言ってあります」

三栖さんは頷き、ふと、という感じでヒトシを見た。

「お前は会ったことあるのか? 長谷川監督に」

ヒトシが一瞬顔を顰めた。

「もちろん、あります」

ゆっくりと頷く。

「どれぐらい親しい？」
ヒトシが、いや、と慌てたように首を横に小さく振った。
「親しいって程じゃないですよ。息子の部活の監督さんですから当然顔を見知ってい
て、あぁその前から名物監督だったので、そういう意味では智一が入部する前から知
ってはいたってことになりますね。そして何度か直接お会いして、きちんと挨拶をし
た程度です。生憎と部活や試合を見に行くことは俺はほとんどできなかったので、む
しろ話した回数は智恵の方が多いかもしれませんね」
「だろうな」
三栖さんも頷く。そうだと思う。どんな部活だろうと、運動部系の試合となれば見
に行くのはお母さんたちが主流だと聞く。ヒトシも見に行きたかったのは山々だろう
が、中学と高校の違いはあれど、学校行事は被るのがほとんどだろう。
ただ、何かが頭の隅をかすめた。それが何なのかはわからなかった。
「どんな人だ。印象でいいんだが」
三栖さんが続けて訊く。
「厳しい人ですね」
ヒトシが、はっきりと言った。
「ただ、運動部系の監督さんは皆そうですよ。規律や練習には鬼のように厳しい。た

だ、智一から聞いた話じゃあ練習中以外はわりと話しやすく、それなりに優しいって話ですよ」

そうか、と、三栖さんは頷いて、またコーヒーを飲む。それから、皆の顔を見回した。

「この段階で、智一の家出に関しては終わっちまったんだ。何もわからないままだがな。警察は瑠璃ちゃんの事件に関して智一にどうこうってことはまったくないだろう。監督の事件にしたってそうだ。智一が直接関係しているはずがない。単純に、元野球部でお世話になったというだけだろう」

「そうですね」

「だから」

煙草の灰を灰皿に落とす。

「残っているのは、写真の謎だけだ。茜さんが写っている写真を誰が手に入れて投函したのか。仁科恭生なのか。どうして花凜さんに接触したのか。そこだけが謎のまま残る。それで、だ。ダイ」

「はい」

「ただの思いつきなんだが」

そう言って、三栖さんは言葉を切って顔を顰めた。私たちは次の言葉を待っていたが、そのまま何も言わずに煙草を吹かす。

「何です？」

「いや」

言葉を濁した。

「珍しいですね。言い淀むなんて」

少しからかうように言ったが、本当だ。三栖さんが私たちに何かを言うのを躊躇う場面なんかあまり記憶にない。三栖さんは、煙草を吸いながら私の顔を見る。それから、ヒトシ、ワリョウ、淳平と順番に視線を動かした。

「さすがの俺も、この思いつきをお前たちに話すのは少々気が引ける」

「怖いですね」

淳平が少し微笑んで言う。

「言ってくださいよ。この状況を打破する思いつきなんでしょ？」

ヒトシが腕組みをしながら言う。

「この年になって怖いものなんかそんなにないですよ。せいぜいが赤字だけ」

ワリョウがおどけて言う。

「それがいちばん怖いな」

最近はつくづく思う。一人で、いや丹下さんと二人きりで店をやっていた頃は、丹下さんの給料分だけ稼げればいいと思っていた。自分の家でやっている店なんだから、家賃も何もかからない。食事も全部店でできるのだから、自分の分は煙草代だけ稼げたらいい、と。今は、妻も子供もいる。その立場になって改めて、ヒトシやワリョウがずっと営んできた〈家族の生活〉の重さをひしひしと感じている。子供たちを立派に育てて学校に通わせてきた親としての二人を尊敬する。

三栖さんも、煙を吐きながら苦笑する。

「じゃあ言うが、覚悟してくれ。あの写真なんだが」

皆で頷いた。

「仁科恭生があの写真を淳平のマンションのポストに投函したと考えないと、まったく話が繋がらない。強いて繋げなきゃならない必要も確かにないんだが、もしも、仁科恭生じゃなければ、まったく別件だという不気味なままで話が終わってしまう。このまま他に何も起こらなければ、進展がなければ、突然写真がポストに現れたという、下手な怪奇現象やSF紛(まが)いの話にもなりそうだ」

「そうですね」

その通りだ。

「だから、仁科恭生が、あの写真をどこかから手に入れて、何らかの目的で淳平の家のポストに投函したと仮定しなきゃ話が進まない。するとだな」

三栖さんが、皆を見渡した。

「俺の頭の中に、仁科恭生と、あの〈中島〉が知人なのではないのか、という図式が浮かび上がってきた」

軽い衝撃を受けたように頭が動く。

それは淳平もヒトシもワリョウも同じだった。同じように、身体のどこかが何か熱いものに触れたようにして動かした。眼を丸くさせた。

次の瞬間に、三栖さんがこれから話すことがわかった。

「まさか、三栖さん」

三栖さんの眼が細くなる。

「その、まさかだ」

それしか考えられない、と続けた。

「あの写真を持っていた可能性がある人物は限られる。お前たちの他には亡くなった真吾の奥さんであり、茜さんの妹の裕美子ちゃんだ。だが、当の中島が持っていたとしても、つまり、茜さんが当時に持っていたあの写真を中島が手に入れていたとしてもまったくおかしくはないんだ」

「いやでも！」

ヒトシだ。

「茜さんはそんなことは一言も」

「そうですよ」

　ワリョウも言う。

「ボクたちのことは全然言ってないって、あの頃言ってましたよ！」

「とはいえ、可能性だけを考えるなら、十二分にある話だろう。ポストに投函するという謎の行動を取る人物と設定しても、いや、むしろそんなことをするのは中島しか考えられない。動機は何らかの復讐だとすると話もすんなり通じる」

「でも、三栖さん」

　淳平だ。

「だとしても、どうして今頃になって」

「それは、わからん。ひょっとしたら中島は、三十年も経った今頃になって、あのとき自分を襲ったお前たちのことを知ったのかもしれない。可能性はある。何せ写真に写る淳平は今や人気俳優だ。それで知ったのかもしれない。それを知るためには結局のところ仁科か中島を問い詰めるしかない」

　三栖さんが、右手の人差し指を天井に向かってまっすぐに伸ばした。

「いいか、よく聞け」

　皆の顔をゆっくりと、順番に見てから言った。

「俺は、仁科恭生の保護者的なディビアンが〈中島〉ではないのかと、思った。そうなると二つの暴行事件は別としても、いろんなものが繋がる」

ディビアンが、中島？

あの、中島？

ヒトシが口を半開きにして、淳平を見ている。

ワリョウが上げた手をどこへやっていいのかわからずに自分の頭に乗せた。

淳平が、右の拳を握りしめ、宙を強い視線で見つめた。

私は、そうか、と、思ってしまった。今までその可能性に気づかなかった自分が馬鹿なんじゃないかとも。

「最近引っ越しをした、と、言っていたな」

淳平だ。

「ディビアンの口ぶりでは長い間暮らした広い家から引っ越したような感じだった。だとしたら、中島がずっと保管していた、持っていたあの写真を、引っ越しの準備で荷物を整理しているときに、仁科くんが偶然か故意にかわからないが、手に入れたという可能性は、あるか」

そうだ。彼らはつい最近引っ越しをしていたんだ。

「あり、だね」

「信じられないよ、そんな偶然」

ワリョウだ。首を横に何度か振る。

ヒトシが唸るような声を上げた。

「偶然ってのは、必然、ってな話をしなかったか。昔だ。茜さんとここで一緒にいた頃に。あいつのことを知ったときに」

そう言って、大きく溜息をついた。

「あのとき、淳平とダイが出会わなかったら、俺たちも出会わなかった。そして、茜さんとも知り合わなかったってな」

したような気もする。偶然は、必然だ。

起こるべくして起きたこと。

「感傷的な部分は抜きにさせてもらうぞ。俺はそこの部分においてはお前たちと感情を共有できない第三者だからな。実際問題、だ」

三栖さんが続ける。

「ディビアンが中島であれば、目的はともかくも写真と仁科の謎は解決するんだ。だが、ディビアンが中島かどうか、それを確かめるためには本人に訊いてみるしかないんだろう？　本人が何も言わなかったら戸籍でも調べるしか手段はないんだろう？

淳平もダイも、ヒトシもワリョウも、正直なところ中島の顔なんかほとんどまるで覚えていないんじゃないか？」

それぞれに顔を見合わせてしまった。三秒ぐらいそのままになって、同時に頷いた。

「その通りです」

私が言うと、皆も顔を顰めたまま頷いた。

「覚えていません。そもそも覚えようともしていなかった」

「忘れたかったというのもあるだろうな。今思い起こせばだが」

三栖さんの言葉に、下を向いた。

「そうかもしれません」

事実、あのとき、中島の顔を確認したのは二回しかない。

一度は、裕美子ちゃんに貸してもらった写真で。そして、真吾と裕美子ちゃんの結婚式の二次会にやってきたところを、その写真を見ながら確認したとき。

その二回だけだ。

顔を見たのは二回だけなんだ。

痛めつけたときにはこちらの顔を見られないように目隠しの上、口にはガムテープも貼った。人相なんかわかりっこない。

そしてそれは、もう三十年も前のことだ。私たちの人生において最も重要な出来事と言ってもいいはずなのに、既に霞の中に隠れてしまったかのように全部が朧げだ。

あのときの感情だけが、またたく星のように微かな光を今も放ってはいるけれども、それだけだ。

「今、あの当時の顔のままで眼の前に現われても、それが本当に中島かどうかわからないでしょうね」

言うと、淳平も同意の印に頷いた。

「情けないが、俺もだ」

「俺もだな」

「ボクもだよ。自信があるね」

ヒトシもワリョウも続けて言う。

「そして、三十年の時間というのは、一人の人間をまったくの別人にしてしまうのには充分すぎる時間だ。お釣りもたっぷりくる。下手したら二、三回は別人の風貌になれるほどの時間だぞ」

三栖さんの言葉に頷いた。

「ましてやお前たちは中島の声すら聞いていないんだろう。かろうじてわかるのは身長ぐらいじゃないのか。ディビアンと中島の身長は？　どうだ？」

情けないことに、それすら判然としない。

「大きな男というのだけは」

そう言うと、淳平が少し首を振った。

「ヒトシぐらいはあったはずだ。それは、あのときに後からヒトシも言っていた」

そうだったかもしれない。そういえば裕美子ちゃんもそんな話をしていたような気もする。

「そうだ、な」

ヒトシが頷いた。

「確かに俺ぐらいのタッパはあった。そして元は高校球児だ。鍛えた身体だったのははっきり覚えている」

ワリョウも頷いて、苦笑いしながら言った。

「裕美子ちゃんに確かめてもらう、って話は、なしだよね」

「なし、だ」

ヒトシが頷きながら言った。

「んなこと、させたくねぇよ」

「だね」

「確かに彼女なら、覚えているかもしれないな。あの頃の中島の顔を。お前たちの話からすると、当時中島と茜さんの関係をいちばんに苦悩していたのは、妹の裕美子ちゃんだろうから」

「その通りですね」

裕美子ちゃんなら、ディビアンが中島かどうかがわかるかもしれない。けれども。

「そんなことは、させられない」

淳平が言って、三栖さんも頷いた。

「ファミレスでも俺はディビアンと直接顔を合わせていないが、陰から見ていた。大きな男だったな。充分にヒトシぐらいはあった。ヒトシの倍以上に体重もありそうだったが、この三十年の間に思いっきり太ったということは充分に考えられる。何よりも」

三栖さんが私を見た。

「お前たちがした仕打ちで中島は二度と女を抱けない身体になったかもしれない。と、いうことは、ゲイに走ったとしても、まぁ頷けない話ではない。ゲイの人にそんな簡単で乱暴な話にするなと怒られるかもしれないがな」

頷くしかない。確かにそんな簡単な話ではないだろう。

「だけど、可能性としては、ある」

淳平が言う。少し顔を顰めて何かを考えるように下を向く。思い出しているんだろう。ディビアンの顔を。そして中島の顔を。

さっきから私もそうしているが、昨日会ったばかりのディビアンの顔ははっきりと浮んでも、中島の顔は、浮んでこない。はっきり像を結ばない。印象だけはあっても、どんな顔をしていたかが、わからない。

「ただ、ディビアンとお前たちの会見の様子を考えると、ディビアン、つまり中島がお前たちを〈茜さんの関係者〉、ましてや〈茜さんの恋人〉だった淳平だと把握していたとはまったく思えない。そうだろ?」

「思えません」

「それは、ありえない」

「全然ですよ」

私と淳平とヒトシが順番に言う。ワリョウは会っていないからただ首を捻っただけだ。

「もし、ディビアンが俺のことを知っていて演技していたんだとしたら、俺は今すぐに俳優を引退しますよ」

淳平が真剣な顔をして言う。

「あるいは」

可能性だけは言っておかなきゃならない。

「中島が三十年経って、まるで仏様のような慈悲の心を持つに至ったか、ですよ」

「そんなことあるかよ?」

ヒトシが少し声を大きくした。

「ないとは言えないだろう」

三栖さんが肩を竦めて見せた。

「さっきも言ったが、三十年は人を変えるのに充分過ぎる時間だ。殺人犯だって善人に変える。あの当時、ひょっとしたら茜さんを死に追いやった男も、人柄が変わり、寛容の心を持った善人になっていたのかもしれない。淳平が茜さんの恋人だったことを知っていてもあえてそれを隠して、良き協力者として接したのかもしれない。あくまでも、可能性の話で言えば、だ」

だが、と、続けて頭を掻いた。

「ここまではいい。刑事としての俺の判断でも、中島イコールディヴィアンだとしたら写真を持っている可能性はゼロではない。むしろ、お前たちと同じぐらいにある。それを仁科恭生が手に入れることもできただろう。しかし、繋がりが、さっぱりわからん。見えてこない」

三栖さんが言う。

「一連の出来事がすべて繋がっているのだとしたら、一体何が目的なのか？　そもそも目的などあるのか？　何もかもが単なる偶然なのか？　仁科恭生は単純にディビアンが持っていた古い写真を見つけて、有名な俳優が写っていると思って何か悪戯(いたずら)心を起こして届けただけかもしれない。智一の家出は本当にもう終わった話かもしれない。瑠璃ちゃんの件はまったく関係ない事件だったのかもしれない。長谷川監督の事件も、立て続けに起こったのもただの偶然で、どこかのバカがやった傷害事件かもしれない。それでも、だ」

一気に言って、三栖さんが私を見た。

「何かが、繋がっている気がする。しかし、それがまったく摑めない」

沈黙が続いた。皆がそれぞれに何かを考えている。

これを、どうしたらいいのか。やはり仁科くんに会うべきなのか。それともディビアンにもう一度会って確かめるべきなのか。

煙草を取り出して火を点けた。

その瞬間に、それが頭に浮んできて、思わず顔を上げてしまった。

三栖さんと、眼が合った。

「どうした」

三栖さんが言って、淳平もワリョウもヒトシも私の顔を見る。

「ちょっと待ってください」

煙草を吸う。煙を吐き出す。

もしそうなら、それが事実なら。

何もかも、全てが繋がっていく。

「三栖さん」

「何だ」

「水戸警察に話を通さないで、三栖さんが個人的に捜査をすることは可能ですか?」

三栖さんの眼が細くなる。

「何を思いついた」

本当に、思いつきだ。でも、本当にそれで全部が繋がっていく。

「これは、智一の家出から始まったんじゃないんです」

立ち上がって、机の上に置いてあったあの写真を持ってきて、テーブルの上に置いた。皆がそれを見る。

「このときにはもう、始まっていたことかもしれないんです」

11

「始まっていた?」

ワリョウ、ヒトシ、淳平、そして三栖さんも同時にその言葉を繰り返しながら私の顔を見た。

「何が始まっていたって言うんだ」

淳平が言い、それにワリョウが続けた。

「これはもう三十年以上も前の写真だよ？　そこから何かが始まっていたってどういうこと？」

「いや、ごめん」

皆の反応に、頭の中で黄信号が灯ったような気がして、右の掌を広げて見せた。

「ちょっと待ってくれ」

その手をそのまま口の辺りに持ってきて、下を向き、たった今思い浮かんだことをもう一度考えてみる。思わず口にしてしまったけれど、このまま話を進めてはまずいんじゃないのか。

直感は狂わないと思っている。

狂ってしまっては、それは直感ではなくヤマ勘というものになってしまう。要するに何の根拠もない本当にただの思いつきだ。当たるも当たらないも運頼みのようなものだ。

直感とは、そこにきちんと根拠となるべき芽があってのことだ。ずっと眠っていた種のようなものが、突然陽射しを浴びて地面から瞬間的に芽を出す。それが私の直感のイメージだ。

たぶん、間違ってはいないはずだ。

だから、今現在こうなってしまっている。

だが、もしもそうだとしたら、今までに起こったことの全ては。

連想ゲームのようにして次々と今までのことが繋がっていく。それが最後に行き着くところは。

そうか。

そういうことなのか？　だから。

だとしたら。

思わず顔を上げそうになったのを堪えた。

ここで、今の思いつきを全部この場で明かしてしまっては、何もかもを台無しにしてしまうのかもしれない。

皆が、私が口を開くのを待っているのがわかる。きっとそれぞれにコーヒーを飲んだり、煙草を吹かしたりしながら、こっちを見ているんだろう。待ってくれているんだろう。その視線を感じながら考えていた。

まるであの日の、あのロングドライブと同じだ。

淳平の『自殺する』という言葉の嘘を確信しながらも、ヒトシやワリョウには悟られないように『海へ行こう』と提案したあのときと。

　仮定の話だとしても、ここで言っては駄目だ。皆に告げる前に、何もかもがその通りだと確かめなきゃならない。それならばやはり、頼るべき人は一人しかいない。

「三栖さん」

「うん」

　煙草の煙を吐いて、三栖さんが小さく顎を動かした。

「改めて訊きます。村藤瑠璃ちゃんの事件と、長谷川監督の事件。この両方に関わるある人物について、三栖さんが個人的に水戸警察に知られないように捜査することは可能でしょうか？」

　三栖さんが右眼だけを細めて私を見る。唇をひん曲げる。

「やってやれないことはない。今の俺は定年になるその日を待っているおっさんだ。ちょいと失礼しますよと断っておけば何日か顔を出さなくたって誰も怒りはしない。だが、かなり慎重に進めなきゃならん。この」

　言葉を切って、スーツの内ポケットから警察手帳を取り出して、広げた。

「紋所があれば誰でも口を開いてくれるだろうさ。ただ、東京の警視庁の人間である俺が水戸でうろうろして話を聞いていたら、誰かが水戸警察に確認を取るという行動に出るかもしれん。そうなったらまずいってことなんだろう？」

「そんな気がしています。いろんな意味で」

「それは」

ヒトシだ。

「あれか？　誰かが何かを隠しているんだ。それが表沙汰や警察沙汰になったら、関係のないいろんな人が不幸になるからこっそりと確かめなきゃならんってことか？　そういう類いのことを今お前は思いついたってのか？」

「たぶん」

ヒトシはときどきいいアシストをくれる。本当にときどきなんだけど。ゆっくりと頷いた。

「まだわからないけど、そんな感じがするんだ。それを確かめるのには刑事である三栖さんが適任かとも思ったんだけど」

それしかない。

「三栖さん。さっきのは撤回します。僕が動きます」

「お前が？」

三栖さんが言うので、頷いた。

「ただの喫茶店の親父が、ある事件に関して自分が疑問に思ったことをあれこれ訊いて回ったって、迷惑には思っても警察にまで通報する人はそうそういないでしょう。

ましてや自慢じゃないけど、皆にいつも言われるように」

　自分で頬を軽く叩いて見せた。

「この通り、善人面。人畜無害に見える」

　ヒトシもワリョウも淳平も、まぁそりゃそうだが、という表情を見せる。これでごまかせるか。

　三栖さんだけが顔を顰めて何かを考えていた。

「仮に僕の行動を水戸警察が知ったところで、ただあれこれと訊き回っている者を捕まえたりはできないでしょう」

「誰かが、とんでもなく迷惑をしている、と、訴えでもしない限りはな」

　三栖さんが頷く。

「俺たちが手伝えることじゃないのか？」

　淳平が言う。

「お前がうろうろしていたら芸能リポーターが飛んでくる」

「そりゃそうだ」

　ヒトシが笑う。

「ワリョウもヒトシも仕事がある。ほら、動けるのは僕しかいないだろう」

　淳平とヒトシとワリョウが、それぞれに顔を見合わせて、ややあって淳平が言った。

「確かにそうだが、何を思いついたかは教えてくれないのか。この場では言えないことなのか」

「言えない。別に名探偵よろしく全部の材料が出揃ってから推理を発表しますってわけじゃないけど、ここで話したって何も確認できないただのホラ話になってしまう。何よりも」

本質のところは、素直に言うことにした。どのみち、真実がそうなら、最後には言わなきゃならないことだ。

「思いつきが正解ならば、さっきヒトシが言ったけど〈誰かが何かを隠して〉いるんだけど、それはつまり〈誰かが誰かを守ろう〉としていることと同じ意味なんだ。そしてそれは正しいことのように現段階では思える。調べることによってそれが無になるとしても、その気持ちを最後の最後まで尊重してあげたい。もちろん、僕の思いつきが単なる勘違いで、無にならないかもしれない。それならそれでいい」

ワリョウが眼を細めた。ヒトシが腕を組み天井を見上げた。淳平は黙って煙草に火を点けて、三栖さんは僕をずっと見ている。

淳平が、ふぅ、と煙を吐いて言った。

「誰かが誰かを守ろうとしていて上手く行ってるのであれば、それは放っておけばいいようなものだ。でも、それを無にしてしまう結果になるとしても、お前はこれから調べると言う。それは」

「そうだ」

淳平に言う。

もう一度、写真を指で示した。

「この写真を持ってきた人物は、誰かを守ろうとしていた。でも守ろうとしていたその事実は、この時点でもう始まっていたことかもしれないからだ。俺たちにも関わりがある。だから、少なくとも俺たちにはそれを知る権利も、知らなきゃならない義務もあると思うからだ」

皆が思い浮かべる先の人物を、仁科くんに向ける。

ワリョウとヒトシと淳平が、私が思い至ったその考えに辿り着かない内に、頭に思い浮かべる人物を仁科くんだけにさせる。逸らせる。〈誰かが誰かを守ろうとしている〉という、その誰かは仁科くんなのか？　と思ってもらう。

義務、か、と、淳平が呟く。

ひょっとしたら淳平なら私のついた嘘を感じ取るかもしれない。何かに思い当たるかもしれない。昔から、私と淳平は似ていた。考え方も感じ方も何もかも。だからこそ、知り合った瞬間からまるで旧知の仲のように笑い合うこともできたんだ。

でも、淳平は、それ以上何も言わずに煙草を吸っている。ヒトシもワリョウも、ただ小さく頷いたりしている。

「相変わらずお前の言うことはよくわからんが」

ヒトシだ。

「どっちみち、中島が本当にディビアンなのかどうかを調べられるのは、確かに三栖さんかお前しかいねぇんだし、そこは何としてもはっきりさせておきたい。その結果として、何がどうなるかはひとまず置いといて、だ。悪いが、任せる」

「そうだね」

ワリョウも頷いた。

「それしかないね。三栖さんのディビアンイコール中島説は、ちょっと放っておけない。絶対に確認したい。確認した後にどうなっちゃうかを考えるのは、それからにしようよ。そのときにまた集まればいいんだし」

頷いた。それももちろんそうだ。

「直接歩き回るのはダイがやるとしても、サポートは必要なんだろう?」

三栖さんが言う。あの眼は、きっともう何かを理解している。私が気づいたことを朧げながらも理解している。

「そうなると思います」

わかった、と、三栖さんが言う。

「じゃあ、同行しよう。さっきも言ったが二、三日どこかへ雲隠れしたって誰も文句を言わん。運転手と、いざというときのボディガードをやってやる。それなら皆も、特にあゆみちゃんは安心するだろう」


大きな疑問は残った。

けれども、表面的に見れば、智一は戻ってきたし家出したことで他のトラブルは起こっていない。村藤瑠璃ちゃんの事件も彼女自身が引き起こしたことで、しかも未成年でもあり虐待という事情がある以上表沙汰にはならないで済むかもしれない。

長谷川監督の事件だけが、大きな事件だが私たちには何の関係もない。野球部繋がりでヒトシたちが事情を訊かれたりはするだろうが、ただそれだけだ。それ以上は何も起こらないはずだ。今のところは。

それで、丹下さんもあゆみも、皆をひとまずは安心させられる。

三栖さんは昨夜のうちに一度家に帰った。また後で連絡を取って合流する。ヒトシは始発で水戸に帰っていった。淳平もそれに付き合って自宅に戻っていった。ワリョウと綾香さんも、朝ご飯を明と一緒に取った後に、帰っていった。

モーニングの客がそれなりにやってくるから、見送りはカウンターからしかできない。手を振って「またな」を言う。ワリョウも、頷く。

それぐらいだ。年を取れば取るほど別れの挨拶は短くなる。またいつ会えるかわからないくせに、そんなもんだと思ってしまう。

祭りの後の淋しさというが、皆で集まり、それぞれに帰っていった後に残される立場は嫌いじゃない。だから、こんな店をやっていられるのだと思う。

モーニングの客が引いたところで、あゆみを呼んだ。

「あゆみ」

「なに？」

カウンターで洗い物をしながら顔を上げる。丸椅子に座って一息ついていた丹下さんも私を見た。自分の居場所である椅子で毛繕いをしていたクロスケも、顔を上げて私を見る。クロスケはいつもあゆみの声に反応する。

「悪いけど、また少しの間、店を頼む」

あゆみが眼をほんの少し大きくさせた。首をちょっと傾げる。

「どこかへ行くの？」

頷いた。

「実は、まだ終わってないんだ」

丹下さんが眼を細めて、私を見た。

「いろいろと後始末かい」

「そういうことです。済みませんけど丹下さんも店をお願いします」

「そりゃいいけどさ」

「これから裕美子ちゃんのところに行って、ヘルプに来てもらえるよう頼んでくるから」

それはいつものことだ。ただ、電話一本で済ませられるヘルプのお願いを、わざわざ家にまで行ってすることの意味を、きっとあゆみも丹下さんもわかってくれる。まだ終わっていないとは、そういうことなんだと。きっとあの写真の件なんだと。

「どれぐらい？」

あゆみは少し笑みを見せる。

「うまく行けば、今日一日で終わる。終わらなければ、二、三日留守にするかもしれない。でも、たぶん夜には家に帰ってくるから。三栖さんも一緒だから心配しなくていい」

「わかりました」

あゆみが言って、丹下さんが小さく息を吐く。

「危ないことはするんじゃないよ。あんた方ももう孫がいたっておかしくない年なんだからね」

苦笑して頷いた。その通りだ。まだ誰もおじいちゃんにはなっていないが、ヒトシなどはいちこちゃんが結婚してすぐにでも子供ができれば、あっという間におじいちゃんになってしまう。

「じゃあ、よろしく」

「いってらっしゃい」

二人に軽く手を振って店を出て、歩きながらすぐに裕美子ちゃんに電話をする。

(はい。おはよう)

「おはよう。今大丈夫かな？」

(大丈夫よ。ヘルプ？　今日はいつでも行けるわよ)

いつもと変わらない裕美子ちゃんの声。

「そうなんだけど、もうひとつお願いがあるんだ。これから家に行っていいかな」

歩きながら通りへ出る。裕美子ちゃんの家、そもそもの実家へは車で五分もかからない。その気になれば歩いても行ける距離だ。

(いいけど、何？)

「茜さんのことで、少し話がしたい」

裕美子ちゃんと知り合って、つまりは茜さんと知り合ってから三十数年経ってはいても、実家に上がったのはまだ両手の指で数えられる程度だ。それも、裕美子ちゃんが東京に戻ってきてからがほとんど。

そして、茜さんが残したものは何もかも片付けられてはいるけれど、ほとんどそのまま残されていることは知っている。

「アルバム？」

通された居間で、すぐにそれを口に出した。裕美子ちゃんがきょとんとして私を見ている。

「お姉ちゃんの、高校時代の？」

「そう」

見せてほしいと頼んだ。あの写真が出てきたことは何ひとつ裕美子ちゃんには伝えていない。できれば内緒にしておこうと、淳平たちと決めた。他の皆にも口止めはしてある。本当に、裕美子ちゃんに確認しなければならなくなるまではそうしておこうと。

「事情は後で説明するけど、別に悪用するわけじゃないから」

わざと笑みを浮べながら軽く言った。確かあの頃にも一度見せてもらった記憶がある。革の表紙の卒業アルバムだ。

「全然いいけど？」

ちょっと待ってて、と言って二階へ上がっていった。母親との二人暮らしには広過ぎる一軒家だけど、裕美子ちゃんは社交家だ。近所の奥様たちが集まってお茶会をしたり、何だかんだと皆で習い事をしたりと忙しいと聞いている。

すぐに、足取りも軽く階段を降りてくる音がする。

「はい、これ」

古びたアルバム。今も残る茜さんの母校の名前が入っている。

「なに？　どうしたの？」

言いながら私に向かってちょっとだけ眉を顰めた。

「まさか、智一くんの家出に関してじゃないわよね。全然関係ないものね」

頷いておいた。

「家出とは関係ないよ。あれはもう終わったことだから心配しなくていい。ちょっとの間借りていい？」

「いいけど」

少し不満そうに私を見る。でも、すぐに笑顔になる。茜さんと裕美子ちゃんは、そんなに極端に似ている姉妹ではなかったけれど、笑顔は似ていた。やっぱり姉妹だよな、と、あの頃何度も言っていた。

「まぁいいわ。どうせダイさんのことだから訊いても何も教えてくれないんでしょ。あゆみちゃん言ってるわよ。最後の最後になっていろいろ言うんだからって」

「そんなつもりはないんだけどね」

笑っておいた。

「全部終わったら、何に使ったか教えてね」

「そうする」

☆

自分の車を出すと三栖さんが言って、北千住の駅まで迎えに来てくれた。その風貌にまったく似合わない赤の軽自動車だ。車はもう一台持っていて、そちらは家族で乗れるRV車なのだけど、禁煙だ。二度目の結婚生活に何の不満もないけれども、それだけは何とかしたいといつも言っている。

「まっすぐ水戸に向かっていいのか」

「まずは、お願いします」

頷いて、煙草を口にくわえながらハンドルを動かす。三栖さんの運転技術は折り紙付きなんだと、奥さんの芙美さんは言っていた。

「どこから始める」

「まだ整理がついていないんですが、大前提としてディビアンが中島であるという三栖さんの推理が合っているかどうかを確かめるのが大きなところなんですが」

「ということは、もしディビアンが中島じゃなかったら、お前の思いつきは全部崩れていくってことなんだな？」

「そういうことです。ディビアンに知られないように、彼の本名を調べることはできますか？」

三栖さんが、首を捻る。

「警察のご威光を使えば簡単だが、そうはできないってことだな」

「そうですね」

誰かに知られては困る。

「そうなると、ディビアンの本名を知ってそうな〈じぇんとる〉で働く連中とかに接触するのが常套手段だろうがそれもできないだろう。話ではかなり信頼関係が厚そうだ。絶対にディビアンに知られたらまずいからな」

「そんな感じでしたね」

「厄介だな」

三栖さんが顔を顰める。

「情報屋ってのを、ドラマかなんかで聞いたことあるだろう」

「ありますね」

「ああいう連中がいるのは、本当だ。俺にも何人かのそういう連中はいる。多少金を摑ませてやればあれこれと喋ってくれるが」

ディビアンな、と、また顔を顰めた。

「犯罪絡みならまだしも、何もやっていないゲイバーのマスター、いやママか？　その過去をほじくり返すってのは、あまり好まれない」

「好まれない？」

「意外だろうが、そういうものだ。ディビアンが裏でヤバいことをやってるなら、それをネタにして自分の身の安全を図ろうとする連中は出てくるが、ディビアンに関しては何にも出てこなかった」

「言ってましたね」

やましそうなところは何も出てこなかったと。三栖さんが調べてそうなら、間違いないんだ。

「つまり、歌舞伎町で真っ当な商売をやってきて長いってことだ。そういう人間は放っておけと言われる」

「そんな人間を追い込むと、三栖さんの裏の世界での刑事としての信用が逆に落ちていくってことですね？」

「そういうことだな。反対にディビアンにたれ込まれるかもしれない。三栖って刑事が何か動いているぞと」

いくらもうすぐ定年とはいっても、長い間に培った三栖さんのパイプはこれからの警察活動にも必要なものだろう。誰かに引き継がれていくものだろうから、それを失わせるわけにはいかない。

「何か他に方法がありますか」

「そうなると、いちばん手っ取り早いのは〈契約〉だな」

「契約？」

三栖さんが、微笑む。

「どんな契約であろうと、真っ当なものなら〈ディビアン〉という名前で契約できるはずがないだろう？」

そうか。

「あの店や、あるいはディビアンが住んでいる部屋の契約書」

「その通りだ。そこには〈ディビアン〉の本名が書かれている。〈じぇんとる〉の入っているビルを管理しているところは海千山千の不動産会社だ。あそこには手を付けられん。藪蛇（やぶへび）になる恐れが充分にある。と、なると、引っ越したばかりというディビアンの部屋か」

「尾行ですね」

「オーソドックスにな。以前はテレビにも出ていたぐらいの人物だ。自分の身辺をきれいに保つためにも、まともな不動産会社を通して普通に部屋を契約しているに違いない。そういう会社であれば、何とかなる」

確かにそうだ。

「だが、ダイ」

「はい」

「最初にそれを確かめるなら、行き先は水戸じゃないが、どうするんだ」

「もうひとつ、それ以前に確かめなきゃならない重要なことがあるんです」

カバンからアルバムを取り出した。三栖さんが横目でちらりと見る。

「何だそれは」

「茜さんの、卒業アルバムです。裕美子ちゃんに何も言わずに貸してくれと言って持ってきました」

「茜さんの？」

三栖さんの眼が細くなる。

「中島の顔を確かめたのか？」

「それもあります」

アルバムを開いた。

「さっき、待っている間に確認しました」

高校生の頃の、中島の顔。中島の名前は、中島宏。下の名前すら忘れていたけど、思い出した。

「どうだった」

「正直言って、わかりませんね。ディビアンと同一人物なのかどうかは」

そもそも、このアルバムに写っている中島宏という男が、本当にあの中島かどうかもわからなかった。ディビアンに至っては、どこをどう比べてもここにいる中島宏とは一致しない。そう言うと、三栖さんも頷いた。

「高校の卒業アルバムなんてそんなもんだろ。卒業して二、三年もしたらこれは本当にあいつなのか、ってぐらい印象が変わっちまう奴もいる」

「そうですよね。実際、茜さんも全然印象が違いますから」

それはあの頃も笑い話にしたんだ。恥ずかしいから絶対に見せないと怒るように言っていた茜さん。

「強いて言えば、ディビアンと中島の顔の形は確かに似ていますね。目鼻の配置も同じような感じです」

けれども、それだけじゃ同一人物とは言えない。

「それじゃあ、仮に裕美子ちゃんにディビアンを会わせても駄目かもしれないな」

「そうかもしれません」

「アルバムを借りてきたのは無駄だったか」

三栖さんが軽く笑いながら言う。

「まんざら無駄でもないです。本当に確かめたかったのは、そこじゃなかったから」

「そこじゃない？」

頷いて、煙草を取り出して火を点けた。窓を少し開ける。いくら喫煙者二人とは言っても、車内に煙が立ちこめるのは嫌なものだ。

間違いなかった。

直感は、狂ってはいなかった。

「中島は、当時甲子園出場を決めた野球部のエースでしたよね」

「そう言ってたな」

「その当時はまったく気にしていなかったし、あぁそういえばそうだったな、と思ったぐらいです。野球は嫌いではなかったですけど、それほど高校野球に興味があったわけでもなかったので」

なるほど、と、三栖さんが頷く。

「このアルバムで確かめたかったのは、当時の野球部の監督さんです」

煙草を吹かしていた三栖さんが、一瞬驚いたようにこっちを見た。すぐに顔を正面に向ける。

「監督？」

「そうです」

三栖さんの顔が歪む。

「それなのか？　昨夜お前が気づいたのは」

「はい」

間違いなかった。

「中島が所属していたこの高校の野球部監督の名前は、〈長谷川孝造〉さんです。アルバムに名前が書いてありました。写真もあるので後で確認してください。重傷を負った長矩高校野球部監督の〈長谷川孝造〉さんと同一人物かどうかを」

三栖さんが、なんてこった、と呟いた。本当に驚いた顔をしている。

「どこで気づいた。いや、何でそんな連想をした」

「三栖さんが言ったんですよ」

「俺が？」

「『お前たちがした仕打ちで中島は二度と女を抱けない身体になったかもしれない。』と、いうことは、ゲイに走ったとしても、まぁ頷けない話ではない。ゲイの人にそんな簡単で乱暴な話にするなと怒られるかもしれないがな』って言いましたよね」

「言ったな」

乱暴過ぎる意見だ。きっと本当に怒られると思う。ゲイの知り合いはいないけれども、そしてひょっとしたらそういうことがきっかけになる場合もあるのかもしれないが。

「そうではないんだ、と思いました。仮にディビアンと中島が同一人物だとしたら、最初から、あの頃から中島はゲイでもあったんじゃないか、と考えるのが自然だと思ったんです」

「茜さんのとの関係を考えると、中島は当時はバイだったってことか」

「そうです」

中島は、男も女も同様に愛せる人間だった。それなら、今のディビアンの姿も素直に納得できる。

「そしてもうひとつ思い出したんです。あの頃も僕は少し疑問に思ったけれども、些細なことだし僕らにとってはどうでもよかったことなので確認もしなかったんですけれど」

「なんだ」

「中島と茜さんの事件を話しましたよね？　茜さんが美術部の部室でカッターで自殺

しようとしたときに、そこに偶然やってきた中島が止めようとした」

「そして、茜さんが中島の腕を切ってしまったんだろう」

「そうです。でも、不思議ですよね」

「不思議とは、何だ」

「中島はそこで何をしていたのかって」

少し間が空いて、そうか、と、三栖さんが頷く。

「確かにそうか」

「そうなんです。中島は甲子園出場を決めた野球部のピッチャーですよ？　茜さんが放課後に美術部部室にいたのなら、野球部も練習をしているはずですよね。休みのはずがない。何故、中島は、茜さんが自殺しようとしている正にそこに、中島だけが居合わせることができたんだろうかっていうのが、疑問なんです」

煙草を吹かして、三栖さんが何かを考えるように沈黙する。車は、順調に走っている。

「少なくとも、美術部部室の近くで中島は野球部の練習以外の何かをしていた、ということを示していると考えることは確かにできるか」

そうなんだと思う。

「していたのかもしれない、あるいは、されていたのかもしれない、と思いました。

当時のこの高校の部室や教室とかの位置関係がわからないと何にも言えないですし、今となっては当事者である中島本人か長谷川監督に訊くしか確かめようもないことでしょうけど、たとえば当日は雨で、野球部が校舎内の階段や廊下で身体を動かしていてそれが美術部部室の近くだったとしても、中島だけがそこに現れるのも不自然です」

三栖さんは、大きく煙を吐き出した。

「そこに浮かび上がるものは、長谷川監督と中島の〈ある関係〉か」

「そうです」

「長谷川監督は、ゲイだったのじゃないか、か」

「はい」

「そして、自分の教え子に、野球部員に手を出すゲス野郎だったと、そう考えるのが自然だと。それが、お前のセリフを借りれば〈このときにはもう、始まっていたことかもしれない〉ことの、正体か」

「その通りです」

そうだと仮定するなら、全部が繋がっていくんだ。

「長谷川監督の性癖は今も続いているのかもしれません。それが、今回の家出騒ぎにも、そしてゲイバーで働いている仁科恭生くんにも、エース格であった彼がどうして野球部を退部したかにも繋がっているかもしれませんよね。もちろん、監督が襲われたことにも」

三栖さんが大きく顔を顰めた。

「ダイ」

「何ですか」

ちらりと、こっちを見た。

「それを犯罪捜査の現場では何というか知ってるか」

「知ってます」

動機だ。

犯行の、動機。

「仁科くんにも、ディビアンにも、長谷川監督を襲う動機がある、ということになります」

言うと、その通りだと三栖さんが言う。

「それを水戸警察に言えば泣いて小躍りするぞ」

「言った方がいいでしょうかね」

ハンドルを動かしながら、三栖さんが唸った。

「難しいところだな。警察官としては今すぐに電話しろ、と、言いたいところだが」

思いっきり嫌そうに顔を顰めた。

「それで、物の見事に全部が繋がっちまった、か」

「そうですよね」

溜息を大きく吐き出して、三栖さんがハンドルを一度叩いた。

「昨夜、お前が何だかわけのわからない屁理屈を捏ねて、淳平やヒトシやワリョウに言わなかったのが、ようやく理解できた」

「言えないでしょう？」

言えないな、と、三栖さんが頷く。

「それが動機で長谷川監督の傷害事件が起こってしまったのなら、そこに智一の家出が大きく絡んでいることになってしまう可能性が大きい」

「そうです」

そして。

「言いたくないんですが」

「あぁ」

三栖さんが頷いて続けた。

「智一は仁科くんに頼まれて、誰かを救うために家出をカモフラージュにした。二人にはそれほどの信頼関係がある。ただの野球部の先輩後輩という関係だけでは、素直に納得はできない。しかも、直接同じ時期に部活をやった先輩後輩ではないんだ。すると、いったい二人はどんな関係なんだ？　と勘ぐってしまう、か」

　そういう疑問が湧き上がってくる。

「昨夜、お前はそれに気づいたから必死にごまかした。ヒトシに気づかれないように」

「そうなんです」

　本当のところは、智一か仁科くんに改めて訊くしかない。

「もちろん、智一もゲイだ、とは限りません。単純に、智一は何らかの理由で長谷川監督の性癖を知っただけかもしれない。想像ですが、仁科くんと長谷川監督がそういう関係だったとしますね」

「そうだと仮定しよう」

「仁科くんはその関係の清算をするために野球部を退部したのかもしれない。そして同じように退部した智一に、ひょっとしたら君もか、と、勘違いして接触したのかもしれない。仁科くんとはそういう関係で繋がっていたのかもしれない」

「単純に監督の性癖の秘密を共有する仲間、ということだな」

「そうです」

「それなら、智一が仁科に協力して家出をして、そして口を噤んでいることは納得できる。確かにそんな秘密は口外できないな。だが、ダイ」

三栖さんが続けた。

「智一は長谷川監督の事件を俺が教えてもほとんど動揺しなかった。むしろヒトシの方が相当に驚いていたぐらいだ。何かを隠している普通の高校生のガキなら、あの時点でビビってしまってボロを出すもんだがそれもなかったぞ。あいつはそこまで腹を括ってるってことか？」

「それも考えました。もうひとつ、思い当たることがあるんです」

「何だ」

「仮に智一がゲイではなく、単純に長谷川監督の性癖を知ってしまってそれを黙っているとしましょう。あいつは人様のそういうことをぺらぺら喋るような奴ではないとは思います。それが知られたら野球部が潰れ兼ねないってこともわかっているでしょう。野球部員には罪はないんです。だから言わない。けれどももうひとつ、あいつがヒトシを守っているという可能性もあるのではないかと」

「ヒトシを？」

三栖さんが首を傾げた。

「ヒトシは以前酒を飲んだときに言っていました。『智一を今の高校に入れるのは苦労した』と。そして三栖さんが訊きましたよね？　長谷川監督を知っているか？　と。

そのときにあいつはこう言ったんです。『何度かお会いして、きちんと挨拶をした程度です』と」

「言ったな。確かに」

「でも、たかが息子の部活の監督に『何度か』会って『きちんと挨拶』をする必要がありますか？　あるとしても挨拶は一度で十分ですよね。その後、練習や試合を見に行って話をしたとしてもそれは『挨拶』ではないですね。あいつはほとんど部活や試合には顔を出せなかったし、実質智一は一年生で退部しているんです」

「お前」

顔を顰めて、三栖さんは一瞬顔を横に向け私を見た。

「ヒトシが入学時に裏技を使ったっていうのか。それを智一が知っていたと？」

「可能性の話です」

智一は、ヒトシの過剰な期待を気にしていた。それに何とか応えようとしていた。けれども結果的に腰の病でその期待から逃れられたことに心底ホッとしていた。

「明が言っていましたが、僕も以前から少しは気になっていたんです」

三栖さんの大きな溜息が響く。

「その線なら、智一が親父を守るために沈黙を守った、か」

「むしろ、その線の方がしっくり来ます。智一やヒトシの性格を考えるのならば」

ヒトシは、友人だ。気のいい奴で正義漢だ。子供を預かる教頭先生でもある。

「けれども、自分の子供の未来のためになら、監督に何とか息子を入れてくれと頭を下げるぐらい、何度でもやるでしょう」

「スポーツの強豪校の監督が、新入部員の入学に多少の権限を持つなんて話は、いくらでも転がっている、か」

三栖さんが自分で言って頷く。

「まぁいい。それも含めて全部確かめるには本人に訊くしかないが、素直に喋ってもらうためにも、まずはこっちで全部を解き明かさなきゃならん、か。厄介な事件になっちまった」

大きく息を吐いた。

「しょうがない。どうせ定年を迎えるだけの身だ。とりあえずは、これ以上誰かが怪我したり殺されかけたりすることはないだろう」

「ないと思います。全部が考えている通りなら」

「だったら、このまま黙って俺たちの捜査を進めよう。水戸警察に明智小五郎（あけちこごろう）並みの名探偵がいないことを期待しよう」

ちょっと考えさせろ、と、三栖さんが言った。これからどう進めればいいかを考えているんだろう。

道路は混んでいない。順調に流れていく。

「水戸に行って、そのアルバムの長谷川監督が、長矩高校野球部監督の長谷川さんかどうかを確かめる」

「そうですね。できますか？」

うーん、と唸った。

「昨日の今日だ。まだ意識も回復していないかもしれない。病院には警官がついているだろう。一般人の見舞いは受け付けていない。ということは、長矩高校に行って写真かあるいは履歴を確認するか、という話か」

「以前に、明にネットに上がっている野球部の動画を探してもらったんです。監督が写っているのを探してもらった方が早いですかね」

どうかな、と、首を捻った。

「ディビアンと同じだ。そのアルバムに写った写真と今の風貌が同じとは思えん。履歴を確認するのがいちばんだな。高校には間違いなくそれがある。智一の担任の賀川先生はどうだ。お前は会っているんだろう。信頼できるか？　何もかも秘密にしてくれそうか？」

「できそうな気もします。彼女は村藤瑠璃ちゃんのことを心底心配していました。彼女の今回の事件から話を持っていけば、聞いてくれるような気もします」

「村藤瑠璃か？」

少し首を捻った。

「仁科恭生が彼女と付き合っていたかもしれないっていう線は確かに残っているかもしれんが、彼女を餌にして賀川先生が沈黙を守ってくれるか？」

「そこを餌にして、長谷川監督が襲われた理由に持っていくのがいいんじゃないですか？　野球部どころか長矩高校にとっても大変なとんでもないスキャンダルですよ。それを何とか警察に知られないようにするために動いていると言えば、きっと沈黙してくれます」

「お前」

三栖さんが横目で私を見る。

「わかってはいたが、本当に悪い男だよな」

「いつも善人だって言うじゃないですか」

「最悪の善人だ。善いことをするためには何でも利用するんだろう」

「心外ですね。可能性の話をしてるだけですよ。それに、まだありますよ。ひょっとしたら賀川先生が何も言わずに完璧に協力してくれるかもしれない理由が」

「なんだ」

また煙草に火を点けた。

「三栖さんも疑問に思っていましたよね？　瑠璃ちゃんの事件はしっくり来ないと」

「思っていた」

「僕もなんです。これは本当にひょっとしたらなんですけど、最初に現場に来たのは交番勤務の警察官だって言ってましたよね。彼は、瑠璃ちゃんが虐待を受けていたのではないかという情報を以前に得ていたって」

「そういう話だった」

「その交番勤務の警察官と、賀川先生が知り合い、いや付き合っていたっていう線はどうですか？　瑠璃ちゃんの虐待情報は賀川先生から聞いていたとしたら」

三栖さんが、大きく煙を吐き出した。

「お前もそう思ったか」

「じゃあ」

そうだ、って三栖さんは頷いた。

「むしろ俺は、村藤瑠璃の祖母と母の口の辺りを鈍器で的確に痛めつけたのは、その交番勤務の警察官なんじゃないかと疑っている」

12

メールで返信があった。

賀川先生からだ。

急に具合が悪くなり、幸い今日は重要な会議も生徒との約束もないので早退けさせてもらうことにした。

賀川先生からのメールにはそうあった。

その時点でもうメールで送ったこちらの推測、〈交番勤務の警察官と知り合いではないですか？〉という疑問を認めたようなものだった。

具合が悪いと早退したのにどこか外で会って人に見られても困る。教師というのも実はたくさんの人に、言い方はおかしいが、面が割れているものだ。どこで在校生や卒業生の父兄に見られているかわからない。

なので、素直に賀川先生のマンションにお邪魔した。

誰かに見られた、あるいは知られたとしても三栖さんは刑事だ。たまたま早退して家にいた賀川先生にある件で話を聞きに来たとしてもおかしい話じゃない。そういうふうに言えば、一緒にいた私も刑事だったと皆が納得してくれるだろう。刑事が常に二人組で行動するというのはテレビドラマでもおなじみになっている。実際には数多くの例外が存在するのだけど。

きれいなベージュ色で、一階が駐車場になっている小さなマンション。確認するとピンク色の軽自動車が賀川先生の愛車だった。この辺りでは車がないと何かと不便なんだそうだ。生徒の家庭訪問をするにしても、車がないとどうしようもない。

キッチンと居間は小さなカウンターを境にしてひと続きになっている。隣の部屋が寝室なんだろう。机がないのでそれも隣の部屋なのかもしれない。小さなテレビにゲーム機が繋がっている。携帯ゲーム機もあるのは単純に好きなのか、あるいは生徒に話を合わせるためのものなのか。

賀川先生は、雲のような形をした黄緑色の小さなテーブルに、コーヒーカップを置いた。その手が少し震えていた。

女性を不安がらせるのは、怖がらせるのは好きではない。だから、訊いた。

「ゲーム、好きなんですか？」

賀川先生が少し戸惑うような表情を見せた後に、笑った。

「好きなんです。小さい頃から大好きなので、やり過ぎる生徒たちにも強く言えないんです」

三栖さんと顔を見合わせて、私たちも笑った。

「実は、この三栖刑事もゲームが大好きなんですよ。昔はよく〈ふっかつのじゅもん〉のメモを渡されました。知ってますか?」

賀川先生は、笑いを堪えるように口に手を当てて大きく何度も頷いた。

「知ってます知ってます。昔のドラクエですね?」

私たちにするとテレビゲームは若い時分の思い出になるのだが、賀川先生ぐらいの年齢なら、まさしく物心ついたときから傍らにゲームがあった世代だろう。

「いただきます」

カップを持って、コーヒーを一口飲む。少し薄めになっているが、香りのよい美味しい豆を使っている。案外賀川先生はコーヒーにこだわる人なのかもしれない。

ゲームの話で、先生も少し落ち着いたように思えた。

三栖さんとは初対面だ。まさか刑事が、しかも警視庁の警部が来るなんて思っても見なかっただろう。

話は、私が進めることにした。

「賀川先生」

「はい」

「メールにも書きましたが、私は守るべきものを守りたいと思っているだけです。何もかもを明るみに出して、糾弾しようとしているわけではありません」

賀川先生がほんの少し眼を伏せ、それから私を見て頷いた。

「そのために、必要なのですよね。長谷川監督の資料が」

「そういうことです」

先生がゆっくり立ち上がって、キッチンのカウンターにあった紙を持ってきて、それを私に差し出した。

「野球部の長谷川監督の履歴書のコピーです」

受け取って、読む。

隣の三栖さんも無言で覗き込む。そこには確かに茜さんと中島が通った高校の名前があった。年代もあっている。三栖さんと顔を見合わせ頷き合った。

間違いなく、長谷川監督は中島の恩師だ。あの当時の、野球部監督だった。

「繋がったな」

三栖さんの言葉に頷く。三十年以上も前の私たちの思い出と、今の事件に明らかな関係性が出てきた。

「これをコピーしてきてしまって、問題にはなりませんか？　大丈夫ですか？」

念のために訊いたら、小さく頷いた。

「大丈夫です。コピーするところは誰にも見られていません。そもそも、生徒以外は誰でも閲覧可能な資料ですから」

　そう言ってから、少し不安そうな表情を見せる。

「それが、長谷川監督の事件までもが、今回の上木くんの家出や村藤さんの事件に繋がっていくのですか？」

「それはまだこれから確認しますが、間違いなくどこかでそれらが全部関係しているはずです。けれども直接智一や村藤瑠璃さんに繋がるわけではないとは確信していいます。彼らがこれで警察の調べを受けるということもないと思います」

　賀川先生の眼を見る。

　村藤瑠璃ちゃんの事件で最初に駆けつけた警察官と特別な関係、つまり彼氏であることを賀川先生は暗に認めた。直接聞いてはいないが、こうして学校を早退してまで私たちのために時間を割いたことがその証拠だ。

「確認します。あくまでも疑問を解消するためで、私たち以外の人間には言いません。あなたは、村藤瑠璃ちゃんが虐待されているかもしれないと、警察官である友人に以前に伝えていたんですね？」

　唇を引き締め、頷いた。

「智一の家出と、瑠璃さんの事件が関係していると知らされたのはいつですか？」

　小さく息を吐く。

「この間お会いしてからすぐです」

だから先生は、私たちと会った時点では本当に何も知らなかった。

「ただ、どんなことが起こっているのかはまったく教えてくれませんでした。村藤瑠璃は無事だから心配するなと。そして、〈この件で何が起こっても僕を信じてくれ〉。それだけです。何もかも終わったら、きちんと話をするからと」

そして、先生はその警察官である彼氏を信じた。同時に、智一の関係者である私たちのことも信じてくれたんだ。

「長谷川監督が襲われた件に関しては、何も聞かされていないんですね？」

首を縦に大きく振った。

「電話しましたが、それは村藤瑠璃にも、上木くんにも関係ないことだから気にしなくていい。同じように心配するなと」

「ありがとうございます。繰り返しますが、これを表沙汰にする気はまったくありません。この他に事件が広がりを見せなければ、この三栖刑事も静観することを約束してくれています」

小さく頷いて、先生が三栖さんを見る。

「実は以前に、上木くんから聞いたことがあります」

「何をですか？」

「警視庁の刑事さんに知り合いがいるんだと。お父さんの友達だと」

二人で思わず苦笑いした。

「その通りです。もう三十年近くの友人になります」

「それにね、賀川さん」

三栖さんが優しく微笑んで言う。

私が見ると相変わらず眼が笑ってはいないのだが、一見すれば確実にナイスミドルだと思われてしまうのが三栖さんだ。若い頃から無駄にいい男と言われてきたらしいが、年を重ねて甘さが渋さへと熟成されている。白髪混じりの少し長めの髪の毛さえ格好良いと皆が言う。

「私はね、もう少しで定年なんですよ」

「そうなんですか？」

「それは若く見える、という褒め言葉だと受け取っておきます。従って、こう言っては警察の信用をがた落ちさせてしまうが、自分の管轄外の傷害事件に首なんか突っ込みたくない。面倒臭いし放っておきたい。それなのにこうして行動しているのはね」

にこりと微笑む。

「友人のためにです。彼らの今の暮らしを自分の力で守れるものならそうしたい。それは、先生の可愛い生徒たちも同様です。若い彼らの人生の中に嫌な思い出など極力残したくない。それが叶うものなら」

言葉を切って、軽く拳を握って自分の胸を叩いた。

「私は、法でなく、自分のその信念にのみ従って行動します」


近くの駐車場に停めておいた車に乗り込んですぐに、三栖さんが煙草に火を点けた。エンジンを掛けて、窓を少し開ける。今日の関東地方は全般的に晴れだと天気予報でも言っていた。陽射しを浴びていた車内は暑いぐらいだ。

「予想通りでしょうね」

そう言ってから私も煙草に火を点けた。窓を少し開けて、煙を吐き出す。三栖さんがゆっくり頷いた。

「賀川先生の彼氏の警察官が、通報よりも先に現場に行っていた。つまり、そこには眼に見えない他の人間の関与があったんだ」

それは。

「仁科くんでしょうね」

「だろうな。それしか考えられない。ということは、仁科とその警察官の関係は」

「警察官は、野球部ＯＢでしょう」

「だな。順番はこうだ。瑠璃ちゃんが電話で助けを求めたのは仁科だ。そして仁科は先輩である警察官に頼んだ。そういう流れになるんだろう。それはまぁこれから行って訊けばいいんだ。祖母と母の口を塞いだのは別人だろうってのは、水戸警察の連中も思ってはいるが、現場に駆けつけた警察官がそれをやったとまでは考えないだろう。頭に浮んだとしても、基本的に警察は身内に甘い」

「それが問題になることもありますよね」

「皮肉か」

二人で笑った。

「さて、東京へ戻る前に南野(みなみの)巡査長に話を聞くのと同時に釘を刺しておくか」

南野誠治(せいじ)巡査長。

交番勤務の警官。瑠璃ちゃんの事件で最初に現場に駆けつけた警察官。住所は賀川先生に教えてもらった。

「当番明けで家で寝てるというのはラッキーでしたね」

「捜査が上手く転がり出したらそんなもんだ。何もかもがちょうどいい具合に繋がっていく」

「そうですか」

「繋がった結果が幸せな結末には決してならないってのが、事件捜査の残念なところだがな」

そう言って、三栖さんが車を出した。確かにそうだ。上手く転がり出したところで、その結末にあるのは事件の解決だ。そして事件である以上はハッピーエンドなどはありえない。せいぜいが、ビターエンドだろう。

「当番で二十四時間詰めるというのは知りませんでしたね」

交番勤めの警察官の勤務というのは、当番と日勤というふうにわかれているそうだ。その合間に私たちもよく知っている非番というのがある。

「結構ヘビーだろう？　二十四時間詰めの当番は、一応その間に八時間休めるということになっているが、書類仕事に追われて仮眠にしかならないことがほとんどだ」

「じゃあ、三栖さんも以前はそういう苦労を」

残念、と、三栖さんが笑った。

「俺はこれでもかつてはキャリアだったんでな。交番勤務をしたことがない。お試し程度だな」

「なるほど」

南野巡査長の住まいは警察の独身寮だと聞いた。寮とはいってもそこは普通のマンションで、友人が訪ねていっても構わないそうだ。大学の学生寮にもそういうのがあるから同じようなものなんだろう。

賀川先生の方から連絡をしておいてくれている。寮に着くと、パーカーにジーンズ姿の背の高い青年が玄関にいて、そっちに車を置けと指示を出してくれた。来客用の駐車スペースだろう。そして、彼が南野くんなんだろう。

　車を降りた三栖さんに向かって敬礼しようとするのを、直前に三栖さんが身振りで止めた。

「やめておけ。誰かに訊かれたらただの知人ってことにしろ」

　唇を引き締めて、南野くんは頷いた。


「意外と広いんだな」

　コーヒーを賀川先生のところで飲んできているから何もいらないと三栖さんが言ってから、そう続けた。

「古いマンションなので」

　確かに、全体的にどことなく昭和の香りが漂っている建物だ。二部屋ある部屋の仕切りは襖だし、台所の設備も古臭い。ただ、使いやすそうな部屋ではある。

「さて」

　居間の真ん中にはコタツが置いてあり、そこに座った三栖さんが言う。

「賀川先生から電話で聞いたと思うが」

「はい」

「一応、確認する。ここでの会話を俺もこの男も墓場まで持っていく秘密にする覚悟がある。誰かを糾弾するために調べているんじゃない。関係者の平穏を守るために動いているだけだ。そこは信じてくれ」

「了解しております」

「そして、どうして俺がここに来たかを全部話すと長くなるし、君は知らなくてもいいことだ。重要なところだけ話して、質問する。端的に答えてくれ」

「了解しました」

南野くんは、正座して背筋を伸ばしている。彼にしてみれば警視庁の人間である三栖さんは雲の上の人に近いだろう。そうなってしまうのも無理はない。

「まず、君は、村藤瑠璃が祖母と母から躾けという名の虐待を受けていたことを理解していた。そうだな？」

「その通りであります」

「いや、普通に返事してくれていい」

「了解しました」

「それをどこかに相談したか？」

ゆっくりと頷いた。

「非番の日に関係機関に話をしておきましたが、村藤家そのものは祖母の財産で基本的に裕福であり、環境に何も問題はなく、虐待の実態も確認できなかったということです。しかし、近所の方々が多く目撃しています。躾けというにはあまりにも厳し過ぎる行為を」

「それでも、君は何とかしたいと考えていた」

「はい」

「恋人である賀川先生が、彼女を救いたいと考えていた。それに君も応えようとしたんだ。そうだろう」

その通りです、と、南野くんは頷いた。

「しかし、事件が起こってしまったわけだ。君は署からの要請でいちばん最初に駆けつけたそうだが、実はその前に事件を知ったんじゃないのか？　別の人間からの連絡で。その別の人間ってのは、賀川先生とは別に村藤瑠璃のことを気にかけていた、君の知り合いだ。その人間のこともあったから君は余計に村藤瑠璃を救おうと心に決めていた」

南野くんは、表情を変えなかった。真っ直ぐに三栖さんを見て頷いた。

「その通りです。親しい後輩から電話がありました。『村藤瑠璃が親を刺した。何とかしてくれ』と」

「後輩というのは」

三栖さんが言う。

「野球部の後輩で、今は東京に住んでいる仁科恭生だな？」

ゆっくりと、南野くんは頷いた。

「君は、長矩高校野球部ＯＢだったんだな？」

「そうです」

三栖さんも、少し息を吐いた。

「君は現場に駆けつけた。そして村藤瑠璃を落ち着かせて、事件をできるだけ小さくさせるために、彼女の罪を軽くさせるために動こうと判断した。しかし警察官である自分は村藤瑠璃を連れ出して匿ったりはできない。そこで仁科恭生に、このすぐ近くにいて信頼できる誰かをすぐに寄越してくれないかと頼んだ。やってきた高校生の男の子を君は知っていたのか？」

「いいえ、初めて会う男の子でした。同じ野球部の後輩で、私や仁科と同じく〈ある事情〉を知る者だということだけ電話で聞かされました。仁科からは信頼できるから村藤瑠璃を任せていいと」

「それで、その男の子は村藤瑠璃を東京で待つ仁科のもとへ連れて行った。残った君は、被害者である瑠璃ちゃんの祖母と母に、文字通り〈口止め〉をしたんだな？　警察官としての責任をその場では捨てて、ひとりの人間として」

動揺は、見られない。

南野くんは、自分の信念で行動したことを何の後悔もしていない。

あの日の、私たちと同じだ。

「その通りです。この先も生きていたいのなら、今日のことは何も言うな。自分たちが悪いんだと証言しろ。そして、二度と村藤瑠璃を虐待するなと言いました」

「それは」

思わず訊いた。

「本当なら、瑠璃ちゃんが刺したことにもしたくなかったんじゃないのか？　誰か見知らぬ人間の犯行にでも見せかけようと思ったんじゃ」

私を見た。

「はい。しかし状況から考えてそれは無理だと判断しました。何よりもそんなことをしても村藤瑠璃の心の傷は癒えないだろうと。それならば、衝動的な事件を起こしてしまって、怖くなって逃げたことにするのがいちばんいいと考えました。その後で、しっかりと考えさせて、自分のしたことに責任を取らせた方がいいと。もちろん、彼女には後で会って話をしました」

「良い判断だったな」

三栖さんが言う。

「俺でも、そうした」

「じゃあ、瑠璃ちゃんの出頭は君の判断でだね？」

「はい。きちんと話をして、後のことは何も心配するなと言いました。もちろん、自分のしたことだけはちゃんと罪を償おうと」

「その後輩の男の子についてのフォローは考えなかった？　会っていないんだよね？」

南野くんは、そこでようやく表情を変えた。申し訳なさそうに顔を顰めた。

「彼には、できるだけ私と関わらないようにした方がいいと考えました。仁科の方でフォローするから心配ないと言われ、その言葉に甘えました。後から、賀川先生からそれはたぶん上木くんという男の子ではないかと聞かされました。その日に家出をしているので、間違いないんじゃないかと」

三栖さんと顔を見合わせた。

「南野巡査長」

三栖さんが、そう呼んだ。

「はい」

「君一人で村藤瑠璃を何のお咎めもなしにはできないだろう。他に誰か上司が関与しているんだろうが、それは俺にとってはどうでもいいことだ」

言葉を切って、三栖さんが微笑んだ。

「瑠璃ちゃんが、彼女がこの後の人生に幸せを摑めるように、賀川先生と二人で協力して心の傷を癒してやってくれ。同時に、そのくそったれな家族からも守ってやってくれ。俺からも頼む」

南野くんが少し驚いたように眼を見開いてから、ほんの少し顔を綻ばせた。

「そのつもりです」

「それはそれとして、だ」

三栖さんが、眼を細める。

「君と仁科が野球部OBだというのは、わかった。そして、野球部監督の長谷川さんが何者かに襲われて重体だ」

南野くんが、わずかに表情を変えた。

「もちろん、捜査中であることは知っているよな」

「はい」

「交番勤務である君は捜査には直接当たらないだろうが、長谷川監督の元で学んだ野球部OBだから、関係者や周囲の状況を説明しろと捜査員が来たんじゃないのか」

「既に、自分の知るところは全て報告、説明してあります」

だろうな、と、三栖さんは言う。

「監督の事件が、村藤瑠璃ちゃんの事件と重なるように起こったのは、瑠璃ちゃんの事件を機にした誰かの犯行なんだろうと俺は思っている。誤解しなくていいが、君とは思っていない」

「私は、それには一切関与していません。断言できます」

「わかってる。それを踏まえて」

三栖さんが、身を乗り出した。

「肝心なことを聞きたい」

「はい」

「繰り返すが、君は、ディビアンを知っているな？」

きっと、その質問を予期していたのに違いない。南野くんは一瞬の躊躇もなく、頷いた。

「知っています」

「それは、同じ長谷川監督の元で野球をした者同士。そして〈ある事情〉を知る者同士という繋がりだろう。間違いないな」

「間違いありません」

「では、君は、ディビアンの本名を知っているな？」

南野くんは、小さく顎を動かすようにした。微かに息を吐いた。

「ディビアンさんの本名は、中島宏です」

☆

しばらく三栖さんは何も言わなかった。ただ車のハンドルを握り、煙草を吸い、車を東京に向かって走らせていた。

私もそうだ。ずっと、考えながらただ煙草を吹かしていた。ふと思いついて運転を代わりましょうかと言ったけど、三栖さんは別にいいと答えた。

「実は運転は好きなんだ。若い頃は何時間運転していても飽きなかった。さすがにこの年になると多少疲れるがな」

「そういえば、今気づいたけど、三栖さんと二人でドライブなんて初めてですね」

言うと、あぁ、と小さく言いながらハンドルを軽く叩いた。

「そういやそうだな。付き合いも長いのにドライブは初めてだ」

別に嬉しくはないがな、と笑った。

私自身は、それほど車の運転が好きというわけではない。それは若い頃からそうだった。あの家で淳平やヒトシ、ワリョウと真吾と暮らしていたときには父の車を借りてよく遠出をしたが、そのときにも運転したのは主にヒトシと淳平だった。

「さて」

三栖さんが、言う。

「材料は、全部出揃ったんじゃないか」

材料か。まさしくそうだ。

「そんな気がしますね」

智一の家出は、このまま青春の一ページとしてヒトシの家の、上木家の歴史の中に残っていき、そのうちに笑い話になっていくんだろう。智一が本当のことを言わなければの話だが、私たちと会ったときの智一の様子を考えればそうなっていくのは間違いない。

智一が産まれたときから私は知っている。

四千グラム近い大きな男の子だった。本当に男の子が欲しくてたまらなかったヒトシの喜びようは、今でもはっきりと覚えている。智一が初めてハイハイしたのも、たっちしたのも、私はビデオで見せられた。誕生日や入学や卒業を機会あるごとに一緒に祝ってきた。どんな男の子なのかは充分に把握しているつもりだった。

子供の成長に驚かされる。

まさか、こんなにも男気のある、そして何食わぬ顔をして私たちを騙(だま)せる演技力もある男になっていたとは思ってもいなかった。

「ヒトシは、根が単純な男だからな」

三栖さんが苦笑した。

「よく言うだろ。息子は父親を反面教師にするとな」

「そうですね」

「もし上手いこと終わったら、いつかおじさんにだけは本当のことを話してみろと言ってみろ。それでどれだけお前が信用されているかわかる」

そうしてみよう。

賀川先生も、そして警察官である南野くんも、心に傷を負った瑠璃ちゃんを見守っていくんだろう。大きな問題を抱えてはいるものの、あの南野くんの腹の据わりようを見たならば、第三者である私たちは何も言えない。瑠璃ちゃんが普通の高校生らしく学校へ通える日が来ることを、ただひたすら、善き方向へ進めていくことを祈るのみだ。

「その辺りは、何もかも片が付いたら俺も水戸警察に確認してみるさ」

「お願いします」

残るのは、長谷川監督の事件だけだ。

「あの写真は間違いなくディビアンが、中島が持っていたものなんだろう」

「そうでしょうね。そうしないと話が通じない」

三栖さんが頷いて続けた。

「そこら辺りからは、仁科とディビアン本人に訊くしかないが」

煙草を取り出して、火を点けた。一度煙を吐く。

「どうする。どうやって、ディビアンにぶつかっていく。材料は揃っているから間違いなく落とすことはできるぞ」

「取り調べじゃないんですから、落とすっていうのは」

「同じだ。実際、長谷川監督に重傷を負わせたのはディビアンか仁科、あるいは二人ともなんだろう。考えられる選択肢はもうそれしかない。これで単なる行きずりの物取りの犯行なんて結末になったとしたら、俺はその場ですぐに刑事を辞める」

「大げさですよ」

だが、確かにそうだ。

長谷川監督を襲ったのは、ディビアンかあるいは仁科くんか、二人で一緒にやったか、だ。

それしか考えられない。

「動機は、ある」

三栖さんが言う。

「ありますね」

どうして今になって、という疑問はあるものの、高校生の頃に長谷川監督とディビアン、中島がそういう関係になっていたとしたら、そして今も長谷川監督が生徒に手を出すような最低の男だとしたら、それを知ったディビアンが義憤に駆られて、というのは充分に動機としては成り立つ。

「ただ」

煙を吐き出して三栖さんが言う。

「どうして、今になって、だな。アリバイはない。お前と淳平がディビアンに会いに行って、ファミレスで待っている間に東京から水戸に行って帰ってくることは車を使えば充分に可能だ。真夜中に監督を呼び出すことだって、古い付き合いのディビアンにしてみれば簡単だったろう」

「あるいは、比較的最近の、新しい相手だったかもしれない仁科くんにしてみれば、ですね」

「その通りだ」

だが、と、続けた。

「それにしても何故そんな危ない綱渡りをしたか、だ」

考える。いや、その理由も頭には浮んでいた。

私も煙草を取り出して、火を点けた。

「あくまでも推論なんですけど」

「いいぞ」

写真だけが、浮いている。

「あの写真はディビアンが持っていた。つまりそれはディビアン、中島が僕たちのことに気づいていたかもしれないという可能性を秘めています」

「そうだな。それは前にも話した。どうして今まで黙っていたのかという疑問はあるが」

「そこは置いておきましょう。考えてもわからない。ただ、どうして写真を淳平のマンションの郵便受けに投函したのかですけど」

うん、と、三栖さんが頷く。

「結論は出ないが、たまたま手に入れた仁科が、悪戯か何らかの目的があって入れたかという話をしたな」

「そうです。あまり考えたくないことですが」

「何だ」

「何もかも、ディビアンの手の内で踊らされていたのかもしれないってことです。ディビアン、中島は長谷川監督を義憤に駆られて、あるいは昔の遺恨で襲った。それを僕たちにわざと見せつけたとしたらどうでしょうか。〈どうだ、お前たちと同じことを俺はしたんだぞ〉と。だから、お前たちもこの件に関しては」

三栖さんが少し驚いたようにこっちを見て、すぐに顔を前方に戻した。煙草を吸って、煙を吐く。

「お前たちにしてみれば、いちばん考えたくないことだな」

「そうですね」

中島は、私たちのことを知っていた。あるいは、最近になって知った。

「それで、長谷川監督に復讐しようと思いついた。同時に、僕たちにも」

「このことは、自分がそうしてきたように一生黙っていろ、墓場まで持っていけという無言の脅迫か。いやそれこそがお前たちへの復讐ってわけか」

その可能性もある、ということだ。

三栖さんの唸る声が聞こえてきた。

「考え過ぎのような気もするし、まるで整合性がないような気もする。だが、確かに写真が投函されたことを考えるのなら、それはありだ」

この一連の事件の絵を全部中島が描いたわけじゃないだろう。そんなのはありえない。

「村藤瑠璃ちゃんの事件は明らかにディビアンは無関係です。今のところは」

「そうだな」

三栖さんも頷く。

「これで、調べていって瑠璃ちゃんの母親かあるいは祖母との間にディビアンとの関係性が浮かんできたなら話は別だが、それはないだろう。あくまでも瑠璃ちゃんの事件は突発的なものだ」

「それを、ディビアンが利用したんです。僕たちへの、ある意味では復讐を兼ねて」

「考えられるな」

もちろん、他の可能性もある。

「ディビアンと直接会って感じたのは、確かに清廉潔白ではないにしろ、悪人ではないと思いました。男気と言ったら本人に怒られるかもしれませんが、そういう気概を持った人物だとも」

「だとしたら、その写真での脅迫の線はなくなって、単に仁科の悪戯ってことになるな。ディビアンが中島であることは確実だが、お前たちのことは知らない。本当に、ただの息子の家出に慌てて出てきた友人たちというだけだ。むしろ、仁科が迷惑を掛けて申し訳なかったって思っている」

「ですね」

「だとしても、ディビアンがそのタイミングで長谷川監督を襲ったという線は消えない」

「消えません」

　思わず、溜息をついた。

「どうしたらいいと思いますか」

　これを、どうすればいい。

　私一人の胸の内にしまって、このまま店に帰ればいいのか。ヒトシとワリョウと淳平には、結局ディビアンは中島ではなかったと嘘を吐けばいいのか。

「仮にそうしたとしても、だ」

　三栖さんが言う。

「ディビアンがお前たちのことを知らないのならいいだろう。それで日々は平和に流れていく。だが、知っていて今回の事件を起こしたのならば、必ずまた接触してくるだろう。それは充分に可能性がある。そして何か別の復讐のような計画を立てていることだって考えられる」

「そうですね」

　煙草を吸い、煙を流す。

　三栖さんが、溜息をついて、ゆっくりと言う。

「若き日の傷は、もうかさぶたどころか染みが浮いてきた皮膚になってるだろうさ。

そのまま朽ちるまで放っておいても誰も文句は言わないと思うがな」

そうかもしれない。

もう五十を越えた、老境のゲートをくぐった男になっている。

だが。

「まだその染みの浮いた皮膚に、コロンを付ける程度の気概は持っているつもりですけどね」

肩を竦めて、三栖さんが笑った。

「そりゃそうだ」

あの写真に写った茜さん。

茜さんは淳平の恋人だったが、私たち五人の、全員の思い出の女性だ。一生忘れることのできない大事な人だった。だからこそ、その人を奪った中島に復讐をした。

「ケリをつけるのなら全員で、が、理想ですが、そうもいきませんね」

何も言わずに三栖さんが頷いた。

13

一人で、ディビアンに会うことにした。

鉄は熱いうちに打て、ではないが、長々と放っておくようなことではない。できればすぐにでもディビアンに会って話をしたかった。

だけど、全員では集まれそうにもない。

淳平のスケジュールに単発のドラマの撮影が入ってしまったからだ。ペンディングになっていたものが本決まりになったらしい。今回のオフというのはそのペンディングの期間だったとか。

脇役ならともかくも主演だ。明日からすぐに打ち合わせなどが入ってきて、撮影が始まればほとんどの場面で出ずっぱりになる。そのスケジュールを自分の都合で動かせるはずもなく、数週間はそれに掛かり切りになる。一応のスケジュールはあり、休みもないことはないのだが、ほとんどの場合この日の夜は撮影がない、とはっきり確信できるのはその直前になってしまうそうだ。それがわかってから、水戸にいるヒトシと金沢のワリョウに電話して今すぐ来いというのはほぼ不可能だ。

ヒトシにしても今回の智一の家出騒ぎを、校長にだけは話して内密に済ませてもらった経緯があるし教頭としての業務も山積みになっている。ワリョウだって、豆腐屋の朝は早い。毎日毎日豆腐を作って待っているお客さんに届けるのが仕事だ。何よりもこっちに来るだけでも交通費は掛かるのだ。家族揃って東京までの旅行ならばともかくも。

五十三歳になった職業もバラバラの男たちが四人、予定をきっちり合わせるのは簡単なことではない。

それが、現実だ。

ましてや、ディビアンの店にひょいと顔を出してそこでできるような話じゃない。ディビアン本人に電話をして、誰にも話を聞かれない場所で会いたいと約束しなければならない。

都合、五人の五十過ぎの男たちがスケジュールを合わせなきゃならない。それは最低でも一ヶ月は余裕を取って考えなきゃならないだろう。

「確かにな」

三栖さんがカウンターのスツールに座って、言う。

水戸から帰ってきて、一度署に戻り、村藤瑠璃ちゃんや長谷川監督の事件の捜査状況などを確認して、その他にあれこれと職務を終わらせて〈弓島珈琲〉に顔を出してくれたのは夜の九時を回っていた。

そのときにはもう、私は一人で会いに行くと決めていた。

淳平もヒトシもワリョウも、本当にディビアンが中島かどうかを知りたがっている。それ自体は本人だと判明したものの、まだディビアン自身から直接聞いていない。今の段階で状況を話すのも中途半端だろうし、何よりも全員が集まれないいんであればケリもつけられない。

そして、ケリをつけるなら四人でとは思ったものの、別に全員でディビアンに会う必要はない。

「一ヶ月も二ヶ月も放っておいてそれからというのは、あまりにも間が抜けているでしょう」

「だったら、お前だけで話を聞けばいい、か」

「そうです」

もうお客さんは誰もいない。丹下さんはさっき翔太と翔子ちゃんに連れられて家に帰った。あの二人はいつも丹下さんが帰る頃に店に顔を出して、丹下さんがいいと言うのに家まで送っていく。自分たちが持てなかった、祖母というものを味わっているんだと思う。そして丹下さんもそれに応えている。

あゆみは、さやかを寝かしつけて細々（こまごま）とした家事を片づけている。この時間は店にいるのはいつも大抵私だけだ。もう少し遅くなると、勉強や遊びに疲れた明や翔太、翔子ちゃんたちがコーヒーを飲みに来たりする。

「そうなると、俺も行かなきゃならないな」

「三栖さんもですか」

煙草に火を点けて、煙を吐きながら頷く。

「お前たちとディビアンの間にある過去に俺は無関係だが、そこには同時に長谷川監督の事件がある。ディビアンは、十二分に犯人の可能性がある容疑者とも言える。それを知ってて刑事である俺が放っておくわけにはいかないだろう。ましてやお前はひ弱だ。ディビアンがもしも狂暴な一面を持っているんであれば、太刀打ちできない」

それは確かにそうだ。

「心配するな。俺は口出ししない。黙って状況を見ているだけだ。何だったら本物の刑事みたいに、その場で張り込んでいるだけにしてもいい」

「本物の刑事でしょう」

二人で笑った。

「どこで話し合いをする」

「考えたんですが、苅田さんのビリヤード場がいいんじゃないかと思って」

あぁ、と、三栖さんが頷く。

「なるほどな。お誂え向きだ」

以前はテレビにも出ていた男で、あの身体はどこへ行っても目立つ。どこかを貸し切りにでもしない限りは二人きりになんかなれないと思ったけれども。

「あそこなら誰の邪魔も入ることはないし、話を聞かれることもないでしょう」

「ここに来てもらってもいいが」

三栖さんが店を見回した。

「大切な家族のいる場所に、中島なんかに足を踏み入れさせたくはないな」

「そうですね」

「よし」

トン、と、三栖さんが指でカウンターを軽く叩いた。

「俺がディビアンを連れてきてやる」

「三栖さんが？」

「わざわざお越し願うんだ。迎えは必要だろう。警視庁の人間が迎えに来ちゃあ、ディビアンも嫌とは言えないだろう」

間を空けたくはない。ディビアンに明日にでも直接会って話したいことがある。申し訳ないがこちらの指定する場所で会いたいと電話をすると、あっさりとＯＫしてくれた。実は私にもう一度会いたかったのだと言う。

北千住の閉店したビリヤード場という場所で会うことも、何の躊躇いもなく承諾してくれた。実はこの辺には何度か通ったことがあり、何となく場所はわかるとも。ただし、時間は開店準備を終えて店が落ち着いた夜遅くにしてほしいとのことで、午後十時に会うことになった。

苅田さんの〈カリタビリヤード〉は小さなところだ。台は六台しかない。そのうち二台が四つ玉などを行うキャロムで四台がポケットだ。ビル自体が古く、昭和の遺産とも言うべきものだ。板敷きの床は軋(きし)みや歪みがあり、台の脚に板ゴムを挟んで水平を保っている。飴色(あめいろ)になっている板張りの壁や鉄の窓枠、いまだに稼働して音を立てるスチームの暖房。このまま映画やドラマの撮影に使ってもらっても何の違和感もない。

もちろん閉店してかなり経つが、普段から掃除はしている。純也もたまに遊んでいる。いつかこの雰囲気を残したまま何かに使ってあげたいが、どうなるか。

煙草に火を点けた。煙が流れていく。

ここで何時間もビリヤードをして過ごしていた時期もあった。大学生の頃に、淳平、ヒトシ、ワリョウ、そして真吾と。社会人になってからは、夏乃と真紀(まき)と、和泉(いずみ)と。

五十三年の人生で大切な友と、大事な人と、二人失っている。それが多いのか少ないのかはわからない。

階段を昇る足音が聞こえてきて、ややあって扉が軋んで開いた。そこに、三栖さんの姿が、後ろにディビアンの姿があった。

「お招き頂いて」

ディビアンが笑みを見せた。

「済みませんわざわざ。こんなところに」

いいえ、と、ディビアンが言う。

「いい感じだわ。若い頃を思い出す。昔はこんなところがたくさんあったわよね」

「そうですね」

店で淹れたコーヒーをポットに入れて持ってきていた。丸い猫足のテーブルにカップも用意してある。そこの椅子に座ってもらって、コーヒーをカップに注ぐ。三栖さんはカップを持つと、何も言わずに頷いて、そのまま窓のところまで歩いて、長椅子に腰掛けた。二人きりで話せということなんだろう。

ディビアンが、いただきます、と言ってコーヒーを一口飲む。やはりその姿に品を感じる。この人はそういうものを手に入れるのにどれだけの時間を費やしてきたのか。

「美味しいわ。〈弓島珈琲〉のコーヒーね？」

「そうです」

「今度はお店でゆっくり飲みたいわね」

「ぜひどうぞ」

何事もなければ、の話なのだが、歓迎だ。その気持ちは本当だ。今も、こうしてディビアンがあの中島だと知ってから顔を合わせても、負の感情は湧いてこない。中島の顔をはっきりと覚えていないせいもあるだろう。同一人物だと思えない。

そしてディビアンに初めて会ったときからずっと私は彼に好感を持っている。本当に何事もなければ、いい友人として日々を過ごせるような気がしてる。

彼は、何もかも知っているのか。私が、私たちが自分を襲った人間であることを。茜さんとあの日々を過ごした人間であることを。

「まさか、警視庁の刑事さんが迎えに来るとは思わなかったわ。驚いちゃったわよ」

「済みません。古い友人なんです」

ほんの少し眼を細めて、ディビアンは顎を動かした。

「納得したわ。家出の件であなたたちが簡単に私の店に辿り着けた理由が。そりゃあ、捜査のプロがいるんだものねぇ。ましてや」

三栖さんの方を見る。

「あの人だったなんてねぇ」

「知っていたんですか？」

首を小さく横に振る。

「直接知っていたわけじゃないわ。でもまぁ、歌舞伎町みたいな盛り場で長年店をやっていれば、警察関係でどんな人がヤバいかぐらいは話に聞くわよ。知ってる？　三栖刑事さんがあの辺の危ない連中から何て呼ばれているか」

「知りません」

「リカちゃんよ」

「リカちゃん？」

思わず少し声が大きくなった。三栖さんを見ると、思いっきり嫌そうな顔をしていた。どうやら自分でも知っているらしい。そんな話は聞いたことなかった。

「どうしてまたリカちゃんと」

「あれよ、ほらホラー話のリカちゃん。〈私リカちゃん、今あなたの後ろにいるの……〉ってやつ。知ってる？」

「あぁ」

頷いた。リカちゃん電話のホラー話だ。電話のリカちゃんがだんだん近づいてくるというもの。

「三栖刑事に眼を付けられたら絶対に逃げ切れないって話よ。じわじわと近づいてきて必ず尻尾(しっぽ)を摑まれるって。〈だるまさんが転んだ〉みたいだって話もあるわね。まだ遠くにいると思って振り向いたらいきなりそこにいるとか」

笑ってしまった。いや笑い事ではないのだろうけど、犯罪者が三栖さんを恐れる気持ちはよくわかる。

二人で笑って、そして一瞬沈黙が訪れた。

「ねぇ」

ディビアンが静かに言った。

「弓島さん？」

「はい」

私の顔を見て、ディビアンは微笑む。

「あなた、きっととんでもなくいろんなものを抱えて生きてきた人よね。どんなものを抱えてきたのか、教えてくれる？」

私の抱えてきたもの。

重いと思ったことはない。捨てたいと考えたこともない。そもそも抱えていると感じたこともない。それでも、誰にでも教えられるものではない。

けれども、今は言うべきなのだろう。そんな気がする。ここは、そういう場だ。

「恋人を、死なせました」

夏乃。彼女の苦悩を、あの頃の自分は傍にいたのに何も感じ取ってやれなかった。

彼女の死に責任があると、父親である上司でもあった吉村さんに責められたが、その通りだと今でも思っている。

店を見回した。

「ここで、一緒にビリヤードもしました」

新入社員の同僚として出会い、友人になり、そして恋人になった吉村夏乃。

「そうだったの」

ディビアンが、小さく顎を動かし、それから手を合わせ眼を閉じて祈ってくれた。

「私がでくの坊だったせいで、彼女は淋しさをその胸に抱え込んだまま、たった一人で逝ってしまいました。その苦しみも哀しみも私は仕事にかまけてまるで理解していなかったんです。まだ二十代の頃の話です」

若さは、時に残酷だ。

「もちろん、自分を責めました。でも、不思議と、彼女のところへ逝こうという気にはなりませんでした。なれませんでした。どんなに悲しくても、罵られても、泥水を飲むような気持ちになっても、生きていくものだと感じていました」

ディビアンはじっと私を見ている。

「だから、彼女のいない世界を今日まで生きてきました。喫茶店を開き、静かに毎日を過ごしていこうと決めて、そうしていました」

「そういえば訊いていなかったけど、ご結婚なさっているのね？」

頷いて見せた。

「七年前に。五歳になる娘もいます」

「何かが起こったのね。一人で生きていこうとしていた、そうしていたあなたに結婚を決意させる何かが」

「そうですね」

事件だった。静かな日々の暮らしの中に突然の様に降って湧いた事件が、あゆみと私を出逢わせた。それから長い時間を掛けて積み重なっていったものが、私に彼女との結婚を決意させた。

「それも、抱えているもののひとつかもしれません」

あゆみの実の父親は犯罪者だった。逮捕はされてはいないが、その事実を私とあゆみは共有している。今でも、私たち二人の間には、その事実がブルースを奏で続けている。流れている。

そう、と、小さく呟き、ディビアンは私を見る。

「私もねぇ、いろんなものを抱えて生きてきちまったのよ。もちろん、ゲイだってことも含めてね。それはもう、ストレートな人にはわからない苦労もいろいろあったわよ」

「お察しします」

にこりと微笑み、ディビアンは続けた。

「真似するわけじゃないけどね、私もね、大昔に恋人を死なせちゃったのよ」

静かに、私を見て言う。大きな感情の揺れは感じられない。

「弓島さんと同じような台詞を繰り返しちゃうけど、私がろくでなしだったのよ。今以上にね。あ、恋人って言ってもね、男の人じゃないわ。昔は私はバイだったのよ。今はちょっとそっちは薄れちゃったかな。だから、女の人ね。死なせちゃったのは」

茜さんのことを言っているのか。

訊けばいい。すぐにわかる。『それは、死なせてしまった恋人は、緒川茜という人ですか？』と。

そう思ったけど、ただ唇を引き結んだだけになってしまった。ディビアンの瞳の中に、それを感じない。告白しているという決意のようなものはまるでない。

ただ、事実を、私に昔話をしているだけにしか思えない。

「何かしらねぇ」

溜息をつく。コーヒーを飲む。それから煙草を吸って、煙を吐く。一連の動作に何の淀みもない。

「贖罪（しょくざい）、って言葉があるわよね」

「はい」

「一生そういうものを抱えて生きていける人なんて、いるのかしらね」

それは、わからない。ただ、一人そういう男を知っている。薬物によって、高校の後輩だった夏乃を死に至らしめてしまった橋爪さんだ。もちろんそんなことは話せない。言わない。

「わかりませんが、少なくとも彼女を失ってからしばらくは、そういう気持ちは私にはありました」

「今は、消えた？」

少し、考える。

「消えはしません。乗り越えたわけでもありません。ただ」

「ただ？」

「置いてきたような気がします」

ディビアンは、その言葉を聞いて、少し口元を緩めた。

「いい表現ね」

夏乃を一人で死なせてしまったことを忘れたわけじゃない。その死を乗り越えるというものでもない。彼女を孤独に死なせてしまったという事実を、彼女の恋人だったという過去を、そこに置いてきた。そうして私はあゆみと結婚をした。

「置いてきたからといって、見えなくなる、感じなくなるわけじゃないわよね」

「はい」

「むしろ、ずっと抱えていた頃よりも、はっきりと見えるのよね。いつまでもいつまでも振り返らなくてもそこにあることがわかる」

頷いた。本当にそう思う。

自分がディビアンの言葉に共感しているのがわかる。同じような考え方をする人なんだろうとも。

「あなたの場合、死なせてしまったというのは、どういう状況だったのでしょう」

考えてもいない質問が口をついて出た。出た瞬間に、自分が訊きたくてうずうずしていたことに気づいた。訊いてしまった以上、もしディビアンがあなたの場合は？と訊いてきたら、素直に答えるつもりになった。

「聞いてくれるかしら」

意外にもディビアンはそう言った。

「今まで、三十年以上、誰にも話したことはなかったのよ」

「構いませんが、いいんですか」

頷いた。

「私はね、当時の私は男でもあり女でもあったの。でも、昔のことよ。男の姿でいる私は女であることはもちろん誰にも秘密だったわ。絶対にね。そのせいだったのかしらね。何かストレスになっていたのかしら。ひどい男だったわ。彼女のことを自分のものとして、まるでぞんざいに扱っていたわね。何年続いたかしら。彼女との関係。終わりが近いのはわかっていたのよ。彼女を自由にしてあげるべきだとも思っていた。ある日ね」

「はい」

「私は、酔っていたわ。酔って車を運転していたの。彼女が別れ話をしていたわ。それをぼうっと聞いていたの。ハンドルを握りながら。でも、気づいたらね」

言葉を切った。

「私は、病院のベッドにいた」

「病院」

繰り返すと、こくり、と頷いた。

「彼女のお葬式は終っていたわ」

茜さんのことだ。

中島が酒に酔っていたなどという話は、飲酒運転だったのは初耳だった。

そんな事実はあの当時には一切出てこなかった。何故なのかと考えるには時間が経ち過ぎている。

茜さんが、運転する中島に摑み掛かっていったように見えたという証言もあった。

そのせいで、遺された茜さんの家族は大変な思いをして生きてきた。

つまり、それは、酔って居眠り運転になっているのに気づき、中島を起こそうと、あるいはハンドルを持とうとしたのではないか。やはり茜さんには何の過失もなかったんじゃないか。

全部、中島のせいだったんじゃないか。

忘れかけていた思いが、胸の奥底に眠っていたものが噴き上がるような気がした。

拳を、握りかけた。

その瞬間に、音がした。

椅子を引きずるような大きな音。

それで、その噴き上がりかけたものが、消えた。

「済まん」

三栖さんがそう言って、軽く手を上げた。三栖さんが椅子を移動したそのときに音を立てたんだ。

たぶん、わざと。

私の中の何かを感じ取って、落ち着け、と言ったんだ。

ディビアンは、三栖さんに軽く頷き返して、続けた。私の胸の内にあったものには気づいていない。

「奇跡的に私は、軽い怪我で済んだのよ。どうしてなのかしらね。なんで自分だけが助かったのか。どうして自分が生きているのか。ずっと考えていたのよ。そしてね、ある日ね、バチが当たったのよ」

「バチ、とは——」

ディビアンが、苦笑する。

「誰かに、二度と女を抱けないような身体にされたのよ。思ったわ。あぁ、これは彼女を死なせてしまったバチが当たったんだって。今までの自分を見た神様がついに鉄槌を下したんだって」

「その、誰か、というのは——」

苦笑して、首を横に振った。

「ひょっとしたら、彼女の新しい恋人ね。そういう話はしていたのよ。その日の車の中でも、何か写真を見せようとしていたのは覚えていたの。彼女と、誰かが写っていたわ。覚えていないのよ。その日以来見ていないから」

その写真とは、あの写真か。

ひょっとしたらディビアンと同様に奇跡的に事故車の中から持ち出されて、ディビアンの元にあったというのか。

あの写真は、茜さんが持っていたものだったのか。

「探そうとしなかったのですか。その、誰かを」

ディビアンは、大きく溜息をついた。

「不思議とね、そんな気持ちは湧いてこなかったわ。こうしてこの姿で生きることが、生き続けることが、彼女への贖罪なんだと私は思ったのよ。そして、その気持ちをいまだに私は置いてきていないの。ずっと抱えているの。あなたと違って、置いてくる機会がないままにね」

ディビアンは、中島は、茜さんへ贖罪の気持ちを抱いていたというのか。ひょっとしたら、あのときにも。

感情を抑えることには慣れている。それが習い性になってデフォルトになっている。さっき湧き上がりかけたものはもう消えた。

「その贖罪とは別に」

三栖さんの声が聞こえた。ゆっくりと立ち上がり、煙草に火を点け、そうして私たちのテーブルまで歩いてきて、椅子を引き腰掛けた。

紫煙を流す。

「あんたは、もう一人の男に罰を与えたのか。高校生の頃の自分を女として扱った男に、それから何十年も経って神様が作ってくれた機会に、神様のピンチヒッターとしてバットを振ったのか」

長谷川監督の事件のことか。三栖さんが、話を切り替えた。ディビアンは、薄く微笑んだ。

「とてもいい表現ね。神様のピンチヒッター。当然、私が高校野球の球児だったことはご存知なのよね」

「エースで四番だったこともな」

そうよ、と、ディビアンは少し胸を張った。

「エースで四番。自分で言うのもあれだけどねぇ、そりゃあ凄かったものよ。でも、三栖刑事。長谷川監督の事件のことを言っているのなら、私にはアリバイがあるわよ。あなたたちの友人の息子さんを探し回っていたっていうアリバイね。それは、ヤスオも証言してくれるわ」

「同じ監督の元で白球を追ったあんたと仁科恭生くんが共謀しているとも警察は考えるだろうがな」

「それでも、私たちの繋がりは、元監督と球児というだけ。そういう人はどれだけたくさんいるかわかる？　私だけが疑われるような証拠は何ひとつないのよ。何らかの関係性に気づいているのは、その日に友人の息子が家出したというあなたたちだけ。仮に長谷川監督が奇跡的に意識を回復したとしても、誰にやられたかわからないと言うでしょうね。それで、事件は迷宮入りよ」

三栖さんが、首を一度ぐるりと回した。ディビアンを見据える。

「死んだ場合は殺人事件だ。警察はそんなもんで容疑者から眼を離すほど甘くはないぞ、と、言いたいところだが、あんたは先刻ご承知なんだろう。何を言ってもその顔から笑みが消えることはない」

ディビアンが、笑みを大きくして頷いた。

「今晩、お誘いに乗ったのは、それを言いたかったの。遅かれ早かれあなたたちのうちの誰かが来るような気がしていたからね。ひょっとしたら弓島さんと大野さんかと思ったけれども、刑事さんが来たのにはちょっと驚いたわ」

何も証拠はない、という言い方が既に長谷川監督への暴行を認めたようなものだ。けれども、きっと間違いなく証拠はないんだろう。そして長谷川監督は、意識を回復しても何も言わないんだろう。犯人のことを。

そうでなければ、やらなかった。確信があったから、やった。神様のピンチヒッターを。ひょっとしたら長谷川監督とディビアンたちは、あの日から私たちとは関係のないところで、長い長い延長戦をずっと戦っていたのかもしれない。そこに、仁科くんも加わっていた。ひょっとしたら、智一も。

ディビアンが、ゆっくりと立ち上がった。

「訊きたいことは、聞けたかしら?」

頷くしかない。いや、これ以上何かを訊いても何も言わないんだろう。だから、立ち上がった。これで終わり、と示した。

「もうお会いすることもないかもしれないけど、歌の文句じゃないけれどもね、バッタリどこかの街で会ったら微笑み合いましょう? あたし、あなた方のことが好きよ。これは本当に」

ディビアンが、歩き出し扉を開ける。三栖さんを見ると、黙って唇を歪ませた。

私は、後を追って階段を降りた。

「ディビアンさん」

ビルを出たところの背中に声を掛けた。

「なぁに」

こっちを見ないで言う。

「どうして、贖罪のことを話す気になったんですか。初めて他人に」

ゆっくりと振り返りながらディビアンが私を呼んだ。

「弓島さん」

「はい」

私を見つめるその表情に、曇りはなかった。静かな瞳をしていた。

「私たちは、似た者同士よ弓島さん。会った瞬間にそう感じたわ。同じものを心の底に抱えているって。それで生きてきたのよ何十年も。何十年も生きてきたんだから、この先も抱え込んだまま何も言わないで生きていけるでしょ？　そう思わない？」

そう言って、微笑んだ。微笑んですぐに、私に背を向けまた歩き出した。答えはいらないと、その背中が言っていた。

煙草を吸いたくなった。

良き喫煙者の私はこんな街中の歩道の上で吸ったりしない。だが、無性に煙草が吸いたくなって、ジャケットのポケットから煙草の箱を取り出して、火を点けた。

ディビアンの遠ざかる背中から眼を離さないまま。

煙を吐き出す。その煙の向こうに、彼の、中島の背中が霞むように遠ざかっていく。

「似た者同士、か」

冗談じゃないぜ、という台詞と、そうかもな、という台詞の両方が浮かんで、私はもう一度煙草を深く吸い、煙と一緒にその台詞を吐き出した。

☆

店に戻ると、既に閉店していた。誰もいなかったが私が帰ってくるから、灯は点けたままにしてあった。あゆみは二階にいるんだろう。丹下さんもいつものように翔太と翔子ちゃんが送って帰っていっただろう。

鍵を開けて三栖さんと二人で中に入る。三栖さんがカウンターのスツールに座り、私はカウンターの中に入った。

「ミートが食べたいな。小腹が空いた」

三栖さんが言う。

「今からですか。全部贅肉になりますよ」

「それに気づくのは女房だけだ。気にするな」

笑って、冷蔵庫に入っている寸胴鍋からレードルでミートソースをすくい、雪平鍋に一人分を移す。弱火でゆっくりとかき混ぜて温める。ここで急いで中火や強火にしてしまっては味が落ちるんだ。どうしてかはわからないけれども確実に味が落ちる。どんなに忙しくても、ゆっくり温めるんだよ、と丹下さんに教えてもらった。そうして茹で立てではなく、フライパンで温め直したスパゲティにかける。それでこそ丹下さんの、〈弓島珈琲〉のミートソースができあがる。

「はい」

とん、と、音を立てて三栖さんの眼の前に皿を置いた。湯気を立てるミートソーススパゲティ。

その動作とほとんど同時にガスの火を止める。サイフォンの下ボールにコーヒーが下がってきて、上を外して、コーヒーをカップに入れる。スパゲティを作りながらサイフォンでコーヒーを落とすぐらいの芸当ができないと、喫茶店の親父はやっていけない。

「コーヒーもどうぞ」

「サンキュ」

三栖さんはミートソースを美味しそうに食べて、それから口の周りを紙ナプキンで一度拭いて、コーヒーを一口飲む。三栖さんはいつもそうだ。ミートソースを食べながらコーヒーを飲むので、紙ナプキンを二、三枚使う。

私も、自分に淹れたコーヒーを飲む。

「それで？」

三栖さんが言った。

「何ですか？」

とぼけたわけではなく、何を訊きたかったのかわからないので言うと、三栖さんはフォークをひょいと上げた。

「まるでスローバラードが流れるように静かに終ったが、これでいいのかってことさ」

苦笑いして、煙草に火を点けた。

「スローバラードですか」

思いついて、レコードが並ぶ棚に向かって、それを探した。まだ、ヒトシやワリョウや淳平や真吾と、茜さんとも出会う前から何度も何度も聴いた曲だ。

LPを探し出して、ターンテーブルに載せる。その曲が流れ出す。RCサクセションの、清志郎(きよしろう)の〈スローバラード〉。

「悪い予感の欠片もない、か」

三栖さんが、笑みを浮かべて言う。

「ないですね」

精一杯の強がりだ。不安だらけの毎日の中で、ただ明日に広がるはずの未来を夢見て、そう強がった若い日の歌だ。

ただここにいるぬくもりが遠ざからないように、消えてしまわないように握りしめる歌だ。

「皆には言うのか。ディビアンは中島だったと」

「言いません」

三栖さんが、少し眉を顰めた。

「間抜けな刑事の戯言だったってか」

「そうですね。三栖さんの考え過ぎだったということにしましょう」

ディビアンは、ディビアンだ。智一の家出に関わった、気の良いゲイバーのママかマスターでしかなかった。

「お前だって写真で、このときから始まっていたなんて思わせぶりな台詞を吐いたろう。あれはどうするんだ」

「それも全部空振りで、単なる勘違いだったとします」

そうしなきゃ、そう言わなきゃならない。そうしないと、智一の行動が全て無駄になってしまう可能性がある。

智一は、何もかも知っていて、隠していたんだろう。

自分の入学に、父親であるヒトシは長谷川監督に頼んで口添えを、色を添えてもらったのを。入試の多少の成績の悪さを、中学の頃からの野球の才能と引き換えにしてもらったことを。

よくある話だ。野球の名門校にはありがちだと思う。野球の特待生にするほどではないが、入部してほしい子について、野球部の監督が校長や理事長辺りに話をするというのは珍しいことじゃないんだろう。

私たちにしてみると、発端となったのは智一の家出だった。

「だが、実質的な発端は村藤瑠璃の衝動的な事件。そして彼女が仁科に連絡したことで、智一が巻き込まれた。その時点では智一は単に仁科との友情からの行動だったんだろうな」

「そうかもしれませんし、仁科くんから虐待の話も、ひょっとしたら仁科くん本人が長谷川監督を憎んでいることも聞いていたのかもしれません。むしろ知っていなければ、動かないかもしれませんよね」

「そうだな」

「でも、単純に瑠璃ちゃんを保護するだけだったはずなのに、土壇場になって長谷川監督を襲うことも知らされた。だから、何も知らない、ただの人騒がせな家出少年であることをきっちり装った。想像するしかありませんが、ディビアンと智一が顔を合わせて何かを確認し合ったのは確かでしょうからね。そうまでして智一が守ろうとしたのは」

　三栖さんは少し首を捻り、頷いた。

「父親のヒトシ、だな。自分が、ただ友達を助けるために無茶をした若者ということにしないと、ヒトシのことも、あるいは自分がゲイであることも、長谷川監督のことも、何もかもが皆に知られるかもしれないから、だな」

　真実を確かめる気はない。

いつか智一が話してくれるかもしれない。

「ディビアンもそれを知っていたんでしょうね。だから、僕たちにも何も訊くなと言った。子供の決意を尊重してやれと言った」

「そうだな」

ヒトシも、私たちに小さな嘘を吐いていた。長谷川監督とはわずかな面識しかないと言ったのは、保身のためじゃない。

同じように息子を、智一を守るためだ。

それは、親としては当然のことだ。たとえ何が起ころうとも親は子供を守るものだ。そうしなければならない。どうってことはない。裏切られたと怒るほどのものでもない。

そういうものを、何もかも隠して生き続けるのは、年寄りの役目みたいなものだ。

「あの写真が投函されたのは、単純に仁科くんの悪戯だったとしておくのが無難でしょう」

「そうだな」

引っ越しのときにたまたま見つけた。

そして、そこに人気俳優の大野淳平の若き日の姿が写っていた。

「ちょっとした悪戯心だ。あるいは、淳平の大ファンだったから投函してすぐに淳平に会って仲良しになってもらうつもりが花凜さんにしか会えなかった。だから、歌舞伎町にいるとか適当にごまかした、ということにしておかないと、話がややこしくなってしょうがない」

「そうですね」

そうでなければ、村藤瑠璃ちゃんが親を襲ったことまでが、ディビアンの計画の一部になってしまう。その一部に智一を巻き込んだことも、南野くんがしたことも何もかも、彼の手の平のうち。

「とてもそんなことまで考えてられない。ディビアンがもう終わったと言うんだから、そういうことにしておこう」

「刑事としてはどうなんですか。傷害事件に真相に眼を伏せるのはいいんですか」

「いいも何も」

煙草を吹かした。

「俺は、既にお前たちの若き日の過ちを見ないフリしてやってるんだぞ。それと同じようなものがひとつふたつ増えたところでどうってことはない。どうせやられたのはろくでもない男だ。放っておきゃあいい。俺はこのまま定年まで平和でのんびりした日を過ごさせてもらう」

煙草を吹かす。煙を吐く。紫煙が二人の間でゆらゆらと揺れる。

「だが、ダイ」

「はい」

「俺の嘘はともかくも、淳平もヒトシもワリョウも、お前の嘘には気づくぞ」

三栖さんが言う。

「気づくでしょうね」

でも、気づいても、きっと何も言わない。

ワリョウは、「そっか」と言って笑い、ヒトシは「騒がせやがって」と言って唇を歪め、淳平はただ肩を竦め微笑む。

それで、終る。終らせてくれる。終らせる。

私たちは、そういう仲だ。

友だ。

「いずれにしても、智一とは一度会っておいた方がいいだろうな。お前と二人きりか、もしくは、いた方がいいのなら俺も含めて三人で」

「そうですね」

そういう日が来るだろうか。ひょっとしたら智一の方から、一人で店に遊びに、家に泊まりに来ることでもあるかもしれない。

「それを待った方がいい気もします」

「そうか」

音がしたので見ると、中庭に明と、翔太と翔子ちゃんの姿が見えた。手を振って、ぐるりと回って玄関から入ってくる。

「お帰りなさーい」

翔太の明るい声が響く。

「ただいま」

「三栖さんまたミート食べてる」

「食べるか？」

翔子ちゃんも、明も頷く。

「コーヒーもください！」

「了解」

下宿人は、店の明かりが点いているうちはコーヒー飲み放題だ。夜食も一食だけならOKになっている。

それが、日常だ。

階段を降りる音が聞こえてきて、あゆみが顔を出した。三人の声が聞こえてきたので降りてきたんだろう。皆に声を掛けてカウンターの中に入ってきて、小さく「お帰りなさい」と、私に言った。

微笑み合って、頷く。

「まだ、いろいろ片づいていないんですか?」

明が少しだけ心配そうな顔をして言う。その言葉に、翔太も翔子ちゃんも同じような顔をして私を見る。

「いいや」

軽く笑って、言う。

「片づいたよ。全部終った。もう、いつも通りだ」

解説

藤田香織（書評家）

「信念」、という言葉について、考えてみたことがあるだろうか。

言葉の意味としては分かっているつもりでいたけれど、私は辞書で引いたこともなければ、検索してみたこともなかった。なんとなく、その人にとっての核になる思いとか、指針とか、信じて疑っていないものという意味だろうな、とざっくりしたまま今日まで来てしまった。

連想するのは、頑（かたく）なさや確かさで、あるかないかを問われれば、そんな揺らがぬものは自分のなかにはなにもない、と思う。もちろん、空気を読むことも、場の流れに乗ることも、臨機応変に対応することも、長いものに巻かれることだって簡単じゃないし、それで痛い目にあったことも、後悔したことも数えきれないほどある。でも、その経験から確固たる信念を持つには至らず、未（いま）だあらゆる場面で何が正解なのか分からず、迷いっぱなしだ。

言い換えれば、私はこうありたい、こうあるべき、というものを持たなくても、なんとなく生きて来られたのである。信念なんて大仰なことだと考えてもみなかった。

客観的にみて、今の世の中、大半の人がそうだろう。

信念。なにがあっても迷わず、揺るがず、動じない、貫き通す思いとは、どんなものなのか。本書『スローバラード Slow ballad』には、知っているようで知らないその言葉の重みが、いくつかの形で描かれている。

読めば考えずにはいられなくなる。自分のなかに信念と呼べるものはあるだろうか。これから先の人生で迷ったり苦難に陥ったとき、なにに基づき動くべきか。そしてきっと気付かされるだろう。それは、自分の大切なものを改めて考えることでもあるのだ、と。


物語の始めにも少し触れられているが、本書は東京の台東区（上野や浅草がある二十三区で一番小さな区だ）北千住（きたせんじゅ）で、喫茶店〈弓島珈琲（ゆみしまコーヒー）〉を営む弓島大（だい）を主人公に据えた通称〈ダイ・シリーズ〉の四作目という位置付けの作品である。時間を行きつ戻りつしながら描かれてきたシリーズだが、今回は二〇一四年、ダイが五十三歳になる年の物語だ。

〈弓島珈琲〉は、かつてダイの祖父母が住んでいた古い洋館をベースにしていて、店に改築する以前、大学時代のダイは、ここで四人のバンド仲間と共同生活をしていたことがあった。現在ダイは店の二階で、妻のあゆみと五歳になるひとり娘のさやかと暮らしているが、同じ敷地内に建つ両親が住んでいた日本家屋には、仲間のひとりワリョウこと美園和良の大学三年生になる息子・明と、同じ大学に通う双子の姉弟・翔子と翔太が下宿している。

近隣の住人たちからも愛されている、庭の遅咲きな桜も終わろうとする四月下旬の「いつもの、朝」。事の起こりは茨城県水戸に住むヒトシこと上木晃一からかかってきた、一本の電話だった。息子の智一が書き置きを残して家出したという。「東京に行ってきます。連絡するから心配しないで。しばらくしたら帰ります」。智一は甲子園の常連・長矩高校の二年生で野球部に所属していたが、腰の怪我で少し前に退部していた。ヒトシたち夫婦にはそれが家出の原因とは思えないが、他に心当たりもない。ちょうど店に来ていた旧知の警視庁の警部・三栖さんのアドバイスも受けるが、案じたダイはデジタル関係に詳しい明を連れ、愛車のミニクーパーで水戸のヒトシ宅へと向かう。

ほどなく、明がパスワードをこじ開けた智一のパソコンから、歌舞伎町で撮ったと思われる見知らぬ三人の男たちの写真が見つかった。ダイたちの調査で、そのうちひとりが智一が所属していた野球部のOBである仁科恭生らしきことが判明。恭生をよく知る人物として名前のあがった智一と同じ高校の三年生・藤村瑠璃の自宅に様子を見に行くと、水戸警察署の捜査員たちの姿があり、三栖の情報によって、瑠璃の祖母と母親が何者かに襲われ重傷を負い、瑠璃が行方不明になっていることが明らかになってくる。

　果たして智一の家出と瑠璃の行方不明、ひいては村藤家の傷害事件には何か関係があるのか。一方で、ヒトシたちと同じかつてのバンド仲間で、現在は実力派人気俳優となった淳平（大野淳平）の妻でタレントの花凜がストーカー被害に遭ったというネットニュースが、やがて思いがけない謎へと繋がり、智一が所属していた野球部の長谷川孝造監督が襲われ、意識不明の重体という事件も飛び込んでくる。

　興味深いのは、家出した智一の行方そのものは、そう時間も経たずに判明し、無事にヒトシのもとへと帰ってくることだ。ダイと明が奔走する智一の行方探しの過程は、意外性あり、ちょっとした興奮もあり、ラスボス的ディビアンとのやりとりも実にスリリングでニヤリとさせられてしまう。けれど、智一が帰ってきても、ダイたちの身の回りで次々に起きた五つの出来事の謎はなにひとつ解決しない。

　誰が、どうして、なんのために「それ」をしたのか。誰と誰がどう繋がり、そこにどんな関係性があるのか。そして、智一が家出した本当の理由は――。

　本書に限ったことではないけれど、このダイ・シリーズは、黙って読み進めていればすっきり解決にたどり着く、というタイプの小説ではない。三栖さんや、村藤家に最初に駆け付けた警察官の南野くんの「信念」についてだけでなく、読みながらつい自分に引き寄せてあれこれ考えてしまう。自分なら、そんなことで友人を頼れるか。自分なら、それを黙っていられるか。自分なら、聞けるだろうか、話せるか。

考える。東京からわざわざ友人が駆けつけてくれ、息子の行方の手がかりを探してくれているというのに「俺は、教頭という立場の人間だ」というヒトシの立場を。考える。薄利多売の豆腐屋の五代目になれと息子には言わず、「親父とおふくろが心安らかに天に召される日を待っているよ」と口にしてしまうワリョウの切実を。考える。智一のことも、ディビアンのことも、すべてを明らかにしてしまったほうが楽になれるだろうに、友人たちが抱えている荷物の重さを推しはかり、今じゃなくていいと口を閉ざしたダイの判断を。考えても、正解なんてないことは分かっているのだ。でも、考える。見知らぬ誰かのことを、大切な人のことを、なによりも自分のことを。大人の現実は、そんな時間さえなかなか取れないことも、作者である小路幸也さんはきっとよく知っているに違いない。

お気付きの方も多いと思うが、ダイたちは小路さんと同じ、1961年生まれだ。もちろん、弓島大と小路幸也は、住んでいる場所も職業も違う。けれど、ダイたちが過ごしてきた時代を、時間を、小路さんは知っている。五十歳を過ぎた、家庭をもつ男たちの「それぞれの生活の中でのし掛かる様々な事柄の重さ」を知っている。そしてその重みは、辛(つら)いばかりではないということが、一貫して静かに描かれていることが、このダイ・シリーズの美点なのだと私は思う。

最後に。

本書がシリーズ初読みだった、という方や、改めて読み返してみたいと思った方のために、簡単に前三作についても触れておこう。

第一作『モーニング　Mourning』（二〇〇八年三月刊→二〇一〇年十二月文庫化）の時は二〇〇六年。四十五歳のダイは、事故死したかつてのバンド仲間・真吾（河東真吾）の葬儀に出席するため、福岡へ向かう。本書に登場する淳平、ヒトシ、ワリョウと二十年ぶりに顔を揃えるが、葬儀の後、淳平が思いがけないことを言い出し、福岡から東京までをレンタカーでロングドライブすることに。ある目的から、車中では大学時代の話が語られ、四十五歳の現実と交差しながら綴られていく。本書でも重要なエピソードになっている茜さん（緒川茜）との関係性や、同級生たちからホモ疑惑をかけられる（今となっては複雑な話でもありますね）程仲が良かったという共同生活の思い出、そして「中島宏」との過去も。シリーズのなかでも本書と対になる作品なので、次の一冊、というならこちらからぜひ。

二作目の『コーヒーブルース　Coffee blues』（二〇一二年一月刊→二〇一五年一月文庫化）はダイが三十歳、勤めていた広告代理店を辞め、〈弓島珈琲〉を始めてほどない、一九九一年の物語だ。「モーニング」は、シリーズ化を予定して書かれたものではなかったため、仕切り直す形で舞台は弓島珈琲に据え、この時は唯一の従業員だった丹下さんや、現役バリバリだった三栖さんが大いに活躍している。ダイと十七歳年下の妻・あゆみの出会い（この時なんと中学一年生！）、彼女の父親が犯罪者だという詳細、ディビアンに語った「恋人を、死なせました」という背景が明らかにされている。今や有名ゲームクリエイターとなった純也はやんちゃな高校生で、後に妻になるみいなは小学二年生。ビリヤード場の元オーナー、苅田さんも健在だ。

そして三作目『ビタースイートワルツ　Bittersweet Waltz』（二〇一四年七月刊→二〇一六年八月文庫化）は二〇〇〇年、ダイは四十路目前。大学生になったあゆみは弓島珈琲でアルバイトをし、三栖さんは、現在大学生トリオが住んでいる場所に下宿し続けている。シリーズのメインテーマともいえる友情・仲間というものについても多角的に色濃く描かれている作品で、「親友」という存在についても深く言及している。ドラマだったら三栖回とでもいえる作品で、現在の妻である芙美が三栖さんに寄せる信頼にも胸が熱くなる。

本書の単行本発売当時、シリーズとしてはこれで一応、一区切り、とうたわれていたが、嬉しいことに小路さんは自身のホームページで〈一区切りはつきますが、シリーズ終了というわけではありません〉とはっきり記している。

〈次からは、新たなダイのストーリー展開になると思いますが、今回（単行本）の表紙の装画がその新たな展開を物語っているかもしれません〉ともあるので、機会があればぜひ予想してみて欲しい。果たして「弓島探偵事務所」が正式に発足する可能性はどれくらいあるのか。

楽しみに待ちたいと思う。

二〇一六年九月　実業之日本社刊

実業之日本社文庫　最新刊

朝倉かすみ
ぼくとおれ
同じ日に生まれた四十男ふたりが描いた〝人生の地図〟を、昭和から平成へ移りゆく世相と絡め、巧みな筆致で紡ぐ。『平場の月』著者の珠玉作。（解説・大森望）
あ22 1

沖田正午
おれは百歳、あたしも百歳
時は二〇四九年、平均寿命が百歳を超えた日本。百歳の夫婦が百三十六歳の母を介護する、桜田家の笑いと涙の日々を描く超老後小説。これがニッポンの未来?
お6 2

沢里裕二
処女刑事　性活安全課VS世界犯罪連合
札幌と東京に集まる犯罪者たち――。開会式を爆破!?　松重は爆発寸前!!　処女たちの飽くなき闘い。豪華キャストが夢の競演！　真木洋子課長も再び危ない!?
さ3 10

小路幸也
スローバラード　Slow ballad
連鎖する事件に、蘇る絆。30年の歳月は誰を変えたのか。北千住「弓島珈琲」が舞台のほろ苦い青春ミステリー〈ダイ〉シリーズ最新刊！（解説・藤田香織）
し1 4

中得一美
嫁の家出
与力の妻・品の願いは夫婦水入らずの旅。けれど夫は……人生の思秋期を迎えた夫婦の「心と体のすれ違い」と妻の大胆な決断を描く。注目新人の人情時代小説。
な7 1

南 英男
盗聴　強請屋稼業
脱走を企てた女囚が何者かに拉致された！　調査を依頼された強請屋探偵の見城豪は盗聴ハンターの松丸とともに真相を追うが……傑作ハード犯罪サスペンス！
み7 14

吉田雄亮
騙し花　草同心江戸鏡
旗本屋敷に奉公に出て行方がわからなくなった娘たちはどこに消えたのか?　草同心の秋月半九郎が江戸下町の闇に戦いを挑むが……痛快時代人情サスペンス。
よ5 5

実業之日本社文庫　好評既刊

実業之日本社文庫　好評既刊

池井戸 潤
不祥事
痛快すぎる女子銀行員・花咲舞が様々なトラブルを解決に導き、腐った銀行を叩き直す！　テレビドラマ「花咲舞が黙ってない」原作。（解説・加藤正俊）
い11 2

池井戸 潤
仇敵
不祥事を追及して職を追われた元エリート銀行員・恋窪商太郎。彼の前に退職のきっかけとなった仇敵が現れた時、人生のリベンジが始まる！（解説・霜月 蒼）
い11 3

伊坂幸太郎
砂漠
この一冊で世界が変わる、かもしれない。一瞬で過ぎる学生時代の瑞々しさと切なさを描いた一生モノの傑作長編！　小社文庫限定の書き下ろしあとがき収録。
い12 1

佐藤青南
白バイガール
泣き虫でも負けない！　新米女性白バイ隊員が暴走事故の謎を追う、笑いと涙の警察青春ミステリー！　迫力満点の追走劇とライバルとの友情の行方は――？
さ4 1

佐藤青南
白バイガール　幽霊ライダーを追え！
神出鬼没のライダーと、みなとみらいで起きた殺人事件。謎多きふたつの事件の接点は白バイ隊員――？　読めば胸が熱くなる、大好評青春お仕事ミステリー！
さ4 2

佐藤青南
白バイガール　駅伝クライシス
白バイガールが先導する箱根駅伝の裏で、選手の妹が誘拐された!?　白熱の追走劇と胸熱の人間ドラマで一気読み間違いなしの大好評青春お仕事ミステリー。
さ4 3

実業之日本社文庫　好評既刊

佐藤青南
白バイガール　最高速アタックの罠
SNSで拡散された過激な速度違反動画を捜査するなか、謎のひき逃げ事件が発生。生意気な新人白バイ隊員・鈴木は容疑者家族に妙に肩入れするが――。
さ44

知念実希人
仮面病棟
拳銃で撃たれた女を連れて、ピエロ男が病院に籠城。怒濤のドンデン返しの連続。一気読み必至の医療サスペンス、文庫書き下ろし！（解説・法月綸太郎）
ち11

知念実希人
時限病棟
目覚めると、ベッドで点滴を受けていた。なぜこんな場所にいるのか？　ピエロからのミッション、ふたつの死の謎…。『仮面病棟』を凌ぐ衝撃、書き下ろし！
ち12

知念実希人
リアルフェイス
天才美容外科医・柊貴之。金さえ積めばどんな要望にも応える彼の元に、奇妙な依頼が舞い込む。さらに整形美女連続殺人事件の謎が…。予測不能サスペンス。
ち13

知念実希人
レゾンデートル
末期癌を宣告された医師・岬雄貴は、不良から暴行を受け、復讐を果たすが、現場には一枚のトランプが……。最注目作家、幻のデビュー作。骨太サスペンス!!
ち14

知念実希人
誘拐遊戯
女子高生が誘拐された。犯人を名乗るのは「ゲームマスター」。交渉役の元刑事が東京中を駆け回るが…。衝撃の結末が待つ犯罪ミステリー×サスペンス！
ち15

実業之日本社文庫　好評既刊

中山七里
嗤う淑女
稀代の悪女、蒲生美智留。類まれな頭脳と美貌で出会う人間すべてを操り、狂わせる——。徹夜確実、怒濤のどんでん返しミステリー！（解説・松田洋子）
な51

七尾与史
歯科女探偵
スタッフ全員が女性のデンタルオフィスで働く美人歯科医&衛生士が、日常の謎や殺人事件に挑む。現役医師が描く歯科医療ミステリー。（解説・関根亨）
な41

西澤保彦
腕貫探偵
いまどき〝腕貫〟着用の冴えない市役所職員が、舞い込む事件の謎を次々に解明する痛快ミステリー。安楽椅子探偵に新ヒーロー誕生！（解説・間室道子）
に21

西澤保彦
腕貫探偵、残業中
窓口で市民の悩みや事件を鮮やかに解明する謎の公務員は、オフタイムも事件に見舞われて……。大好評〈腕貫探偵〉シリーズ第2弾！（解説・関口苑生）
に22

西澤保彦
モラトリアム・シアター produced by 腕貫探偵
女子校で相次ぐ事件の鍵は、女性事務員が握っている？　二度読み必至の難解推理、絶好調〈腕貫探偵〉シリーズ初の書き下ろし長編！（解説・森 奈津子）
に23

西澤保彦
必然という名の偶然
探偵・月夜見ひろゑの驚くべき事件解決法とは？〈腕貫探偵〉シリーズでおなじみ〝櫃洗市〟で起きる珍妙な事件を描く連作ミステリー！（解説・法月綸太郎）
に24

実業之日本社文庫 し14

スローバラード Slow ballad

2020年2月15日 初版第1刷発行

著 者 小路幸也（しょうじ ゆきや）

発行者 岩野裕一
発行所 株式会社実業之日本社
〒107-0062 東京都港区南青山5-4-30
CoSTUME NATIONAL Aoyama Complex 2F
電話 [編集]03(6809)0473 [販売]03(6809)0495
ホームページ https://www.j-n.co.jp/
DTP ラッシュ
印刷所 大日本印刷株式会社
製本所 大日本印刷株式会社

フォーマットデザイン 鈴木正道(Suzuki Design)

ISBN978-4-408-55564-5（第二文芸）